不容青史尽成灰

【魏晋南北朝篇】

动乱与融合

张嵚 著

陕西师範大學出版总社

图书代号：SK17N0856

图书在版编目（CIP）数据

不容青史尽成灰．动乱与融合 / 张嵚著．— 西安：陕西师范大学出版总社有限公司，2018.2
ISBN 978-7-5613-9330-7

Ⅰ．①不… Ⅱ．①张… Ⅲ．①长篇历史小说—中国—当代 Ⅳ．①I247.5

中国版本图书馆 CIP 数据核字（2017）第 151940 号

不容青史尽成灰 动乱与融合
BURONG QINGSHI JIN CHENGHUI DONGLUAN YU RONGHE
张嵚 著

责任编辑 高 歌
特邀编辑 朱六鹏
封面设计 王 鑫
出版发行 陕西师范大学出版总社
（西安市长安南路 199 号 邮编 710062）
网 址 http://www.snupg.com
印 刷 三河市祥达印刷包装有限公司
开 本 787mm×1092mm 1/16
印 张 17
字 数 173 千
版 次 2018 年 2 月第 1 版
印 次 2018 年 2 月第 1 次印刷
书 号 ISBN 978-7-5613-9330-7
定 价 45.00 元

目录

第一章

王濬，三分天下自他终

众所周知，三国分裂时代的结束，国家的重新统一，始于280年的西晋灭东吴，完成这个大业的主要人物，就是西晋名将王濬。

说到三国的晚期，读过小说《三国演义》的人，都会想起这样的评语："时无英雄，使竖子成名。"在许多受《三国演义》影响的人心里，三国晚期是一个英雄乏善可陈的时代，《三国演义》里的英雄，过了八十回之后，不是死得差不多了，就是垂垂老矣，这一时期的风云人物，貌似一代不如一代。事实上，三国晚期绝不是许多后人想象的那样。

三国晚期与早期，其真实情况，与"三国"小说里描写的是恰恰相反的。客观上说，东汉末年到三国的中前期，是中国历史上一段惨痛的破坏期，常年的分裂与内战，导致国民经济遭到了剧烈的破坏：国家人口锐减，经济凋敝，城市萧条，无论是北方的东汉乃至魏国政权，还是东部的东吴政权，以及西南的蜀汉政权，都在这场暴乱中受害深重。仅就后人津津乐道的战争来论，东汉末年到三国的中前期，这期间有多次战争都很热门。但不争的事实是，三国后期的战争，无论是规模、范围，还是国家对战争的动员能力，都已经远远超越了三国前期。无论是曹魏灭蜀国，还是最后的西晋灭吴国，其战争的曲折程度和规模，都远胜于赤壁之战等现代人津津乐道的战役。这其中最主要的原因，就是三足鼎立的局势，让当时中国的三个政权都获得了休养生息的时间，中国的人口、经济，在这一时期得以迅速恢复并发展。这样的一个时期，自然也是属于英雄的舞台。在真实的历史上，三国晚期不是人才凋零的时期，其杰出人物，特别是军事家们的能力毫不逊色于三国中前期的英雄们。最后完成国家统一大业的，也是他们之中最优秀的人物，王濬正是其中之一。

一

在三国晚期，门阀大族已然迅速崛起，并日益把持国家政权。王濬，自然是一个家世很牛的人。

王濬，字士治，河南灵宝人，他的家族在当时非常著名，史载“世代显贵”。按《晋书》里的说法，他们家世代都担任北方年薪两千石的高官，典型的世袭权贵。一般这种家族出来的，大多都是不学无术的纨绔子弟，然而王濬却例外。他从小机敏好学，年轻时候就博览群书，外加他相貌英俊，很早就是当时的知名人物。

在那个重视风度和出身的时代里，才貌双全外加身世显赫的王濬，大展宏图貌似不成问题。但早期的王濬，却相当不上进，对做官根本没兴趣，生活中最大的爱好，就是和一群狐朋狗友四处游玩。二十岁以前，政府曾经几次征召他做官，都被他婉言谢绝。而且他的行为也很另类，在当时人的许多笔记里，都记录过他放荡不羁的行为方式，比如曾经衣冠不整地招摇过市，或者是白天在大街上弹琴。甚至有一次，他因为和别人有一点儿私怨，居然光天化日下和对方打群架，十足一个形骸放浪的富二代。说起这位二世祖，当地的乡民们大多鄙视，史载“为乡老所弃也”。

但过了二十岁，王濬却浪子回头了。史料上对于他二十岁前后的记录，可谓大相径庭，不管是当时人的笔记，还是正史，说到他二十岁之前的事情，大多是“为害乡里”“无意仕途”“嬉戏为乐”，可一过二十岁，就成了“胸怀大志”“交游豪杰”“力图有功于国”。很能表现他那时候胸怀大志的事情是，有一次他家盖房子，王濬特意在门口留出了几十步宽的大路，这在当时看来很没必要，王濬却说“要是有一天我带兵出发，这条路就能派上用场了”，这真是狂得没边儿。当时凡是听到这句话的人，无不挖苦他两句，王濬却理直气壮地回答：“陈胜都说过，燕雀安知鸿鹄之志。”你看，年纪轻轻，他就把自己当鸿鹄了。

后来他的人生证明，他这不是狂，而是真有这个本事。

王濬的官场起点，发端于他为官河东。当时他的职务是河东从事，也就是当地负责司法工作的检察官。在这个职务上，王濬干得很认真，认真到谁的面子都不给，凡是有违法行为的，都会被他大胆纠察，甚至和他家有关系的官员也不例外，而且越是和他熟，他办案越严厉，是当地有名的铁面无私的人物。他这个人眼光也很刁毒，能抓住各种贪污腐败行为的蛛丝马迹，只要他巡查一个地方，当地官员就别想有任何事情瞒着他。这样六亲不认且嗅觉灵敏的人，在当地官员眼中，简直是条人见人怕的疯狗。

在河东当地，各路官员对这条“疯狗”都格外怕，发展到后来，王濬走到哪里，当地都会有一些官员连辞职报告都不打，立刻卷包袱逃之夭夭。有一次王濬从河东的最南边，巡查到河东的最北边，一路路过的各个县城，先后有五个县令闻风而逃，王濬当时也因此被称为官场第一杀手。这样当然得罪人，有一次，王濬在外巡查的时候，被人雇凶追砍，谁料王濬更猛，当场抄家伙和歹徒肉搏，一个人砍翻了五个歹徒，剩下的一个歹徒被王濬从郊外追杀进县城，直砍得血肉模糊才算完。日久天长，他成了河东郡没人敢惹的人物。

没人敢惹的王濬，自然也没人敢用，由于得罪的人太多，好多年王濬都没有得到提拔。敢用他的人总算还是来了，不过先碰上了一个敢嫁给他的。当时河东刺史徐邈，其女逐渐到了嫁人的年龄，徐邈本人很讲恋爱自由，特意把河东的青年才俊都请来了，以宴会为名招待众人，暗中让女儿躲在屏风后面自己挑选，素来被称为“疯狗”的王濬也在其中。结果徐姑娘一眼就看上了王濬，铁了心非他不嫁。赴了一次宴，竟然抱回来一个老婆，这运气着实好得很。运气更好的是，当时的名将羊祜前来看望老友徐邈，身为徐邈女婿的王濬也参加了，这一次见面，羊祜就对王濬青眼有加。到了羊祜受命镇守四川的时候，王濬被羊祜点名要了过去，成了他的参军司马，其军事生涯也就此开始。

跟随羊祜后，王濬开始屡建功勋。他最初在羊祜军中担任的参军一职，主要负责整顿军队纪律。在这个职务上，王濬依然铁面无私，甚至连跟随羊祜征战多年的名将们也不姑息。这等于是不给羊祜面子，但没面子的羊祜，反而很高兴，对王濬大力提拔，先做了从事中郎，后来又当上了巴郡太守。当时的巴郡，就是现在的重庆，与东吴的领地接壤，是西晋重要的战略要地。能执掌如此重要的地方，自然是因为羊祜对王濬的赏识。不过，王濬上任后才知道，这赏识是有条件的：巴郡，是当时西晋边镇中最麻烦的地方。

在西晋统一中国之前，作为西晋边境的巴郡，主要特点就一个字：乱。常年的战争，让当地百姓苦不堪言，与东吴接壤的地区几乎打成了无人区，老百姓大量逃亡，土地大片荒芜。可这还不算最麻烦的，最麻烦的是当地持续很久的弃婴风。由于长期战乱，巴郡老百姓的负担非常重，尤其是要承受频繁的兵役，家家户户都有人战死沙场。为了逃避兵役，大多数家庭都不愿意生男孩。那时候没有先进的避孕、流产技术，所以生了男孩的家庭，孩子生下后都不敢声张，偷偷扔掉。甚至到了后来，在巴郡通往外界的要道上，每走一段，都能看到路边被抛弃的男婴，这样的局面，可谓人心思乱。

巴郡外面的麻烦也不少。当时的重庆地区还处于汉夷杂居的时期，巴郡的周边有许多少数民族部落，因为经济穷困，他们经常骚扰巴郡百姓。镇守在当地的西晋军队，也时常仗势欺人，劫掠周围的少数民族部落。从曹魏灭掉蜀国开始，几十年来，当地军队与少数民族之间的械斗就从未间断过。政府穷，老百姓苦，战乱多，这就是初任地方官的王濬面临的乱如麻的局面。

但王濬不怕，在河东做官的时候，皇亲国戚他都不放在眼里，巴郡的麻烦又算什么？不过他一反当初打击腐败时候的苛刻做法，在巴郡当地为政以宽，甚至还出台了奖励生育的政策，规定凡是家里有男孩的，国家都给予奖励，生男孩的家庭，国家还承担部分生活费用，并且减免赋税。对于之前当地百姓需要负担的各种赋税，他也大量减免。如此一来，当地的秩序很快安定下来。

对待老百姓宽容的王濬，对待贪污腐败依然不手软，在巴郡担任太守的时候，他多次惩治腐败官员。那时候，当地的军将经常抢占老百姓的土地，王濬到来后，对巴郡周围的土地重新进行清查，凡属侵占的一律还给原主。就这样短短几年，饱受战乱之苦的逃亡难民纷纷回归，人口、土地大为增加。他在任的几年里，仅国家可以收取赋税的自耕农土地就增加了整整四倍，人口也增加了三倍。不但巴郡老百姓安居乐业，就连对面敌国东吴的百姓，也纷纷归附到巴郡。在他担任巴郡太守的最后一年，东吴归附巴郡的百姓数量竟有三万多人，对志在一统天下的西晋王朝来说，此举自然起到了统战的作用。

因为治理巴郡政绩卓著，王濬很快就在西晋政坛里冒头，之后他又担任了广汉太守。广汉，就是今天的四川遂宁，在广汉太守任上，王濬干了一件差点儿给他带来杀身之祸的事。公元272年，益州军官张弘造反，杀掉了益州刺史司马晏，并派兵大规模进攻广汉。当时王濬虽然手握重兵，但西晋军制规定，调动军队需要有朝廷的命令，否则一兵一卒也不能调动。十万火急的叛乱局势下，王濬当机立断，不等朝廷下令，就擅自调动了广汉驻军进行平叛。这时的广汉驻军，在王濬长期严格的训练下，战斗能力很强，张弘虽然在兵力上有绝对优势，却被摧枯拉朽式地平定。事后，有官员指责王濬的做法，但是在老领导羊祜的维护下，王濬还是得到了封赏，被封为关内侯，并顺水推舟，又被封为益州刺史。益州刺史是当时中国大西南最位高权重的地方官，它的辖区包括今天四川大部以及云南、广西、西藏的部分地区，可谓西南王。

在这个职务上，王濬依然延续自己的狠毒之风，不过对象变了，主要不是贪官污吏，而是当地的各种邪教。当时的益州地区虽然是西晋一部分，但一开始并未受到西晋政府的重视，居住在当地的人大部分是迁徙过来的北方农民。由于统治松散，在蜀汉政权灭亡后，各种散布怪力乱神的邪教组织纷纷活动，他们在当地欺骗乡民、成立教派、奸淫妇女，甚至互相攻打策动叛乱，先前的张弘反叛，也是由当地的教派操纵的。对于这种问题，之前的政府部门大多睁一只眼闭一只眼，乐得无事。王濬是个眼里不揉沙子的人，他到任后立刻取缔各种邪教，对邪教徒们的犯罪行为进行打击。不过他并不只是采取高压政策，为了彻底铲除邪教，他还对邪教头子们进行了公开审判，宣布其罪恶，揭穿各类邪教的骗人把戏。他甚至组织了宣传队，在各个村庄中来回走访，帮助群众破除封建迷信思想。同时他大搞精神文明建设，由官府出钱在当地设立学堂，从中原礼聘教师前来讲学，即重教化。此举对于整个四川的历史都有重要影响。从东汉末年战乱开始，四川地区人口增多，鱼龙混杂，当地动乱不止，文化极其落后，王濬此举，让儒家文化重新在四川大地传播开来，无论是对四川的人心稳定，还是文化发展，都有着重要意义。

多年以来的出色政绩，让王濬成了当时西晋的优秀地方官，王濬也因此被调任大司农。他离开前，因为在益州威望颇高，当地百姓苦苦挽留，沿着四川的群山峻岭一路相送，有的百姓居然从成都一路跟到了重庆。这次他被提拔，同样是因为得到了老领导羊祜的举荐，因为此时的羊祜，正在为晋武帝司马炎筹划一件大事——统一中国。

此时的西晋政权和东吴政权南北对峙，西晋拥有整个中国北方以及四川盆地，东吴的统治只局限在江南一隅。一统华夏貌似只剩下最后一步，但是这最后一步却不好走。长年以来，东吴的水军是当时中国最强的，西晋虽有当时最强大的陆军，放在水里却没招儿。尤其是东吴的主力战船，比西晋的要大很多。多年以来，从曹魏到西晋，也发动过对东吴的进攻，无论陆地上打得多顺利，只要一下长江，就会被东吴打得很惨。渡江，成了西晋统一全国的无解难题，王濬就是要来解决这个难题的。

王濬调任大司农时，洛阳城就有民谣："阿童复阿童，衔刀浮渡江，不畏岸上兽，但畏水中龙。"意思是，最终将由一个叫阿童的人完成统一大业，巧的是，王濬的小名就叫阿童。王濬做大司农的时候，一直赏识他的羊祜也被调回了京城，司马炎经常召羊祜密谈，商议灭吴的战略。羊祜认为，灭掉东吴，关键在于要拥有一支强大的水师，而要想拥有强大的水师，首先就要有强大的战船，因此他提出了一个规模巨大的造舰计划，并提议让王濬担任主要负责人。这个计划要造大批新式战船，由于体积巨大，在当时号称楼船，既要花费国家大量资财，又要调动大量人力，稍有不慎就可能激起民变。所以计划提出来之后，晋武帝本人也很犹豫。羊祜告诉晋武帝，能完成这个计划的人只有王濬。几经考虑之后，晋武帝终于命令王濬回任益州刺史，执行这个关系统一大业的造舰计划。

拿到这个计划之后，王濬才知道有多难。这个计划要求建造上百艘楼船，在当时的科技条件下，这就好比一个现代国家需要在短期内建造几百艘航空母舰，难度可想而知。造船的主要地点是王濬为官多年的四川地区，这项工程耗费的人力和物资非常巨大，很可能会成为当地百姓的负担。在四川生活多年的王濬也知道，当时的四川一直就是多乱之地，因为和中央距离遥远，当地经常发生暴乱，南面的少数民族还经常骚扰此地，此时实行这个计划，是一件牵一发动全身的大事。

二

王濬迎难而上了，公元273年，这个庞大的计划在四川启动。工程一开始就困难重重，首先是缺人。这种新型战舰，每一艘的长度是一百二十步，可装载士兵两千人，战船上还有高大的堡垒，堪称当时的航空母舰。造这样的庞然大物，没人是玩不转的，但这时候四川真没人。早年王濬镇守四川的时候，主要精力就是开垦农田、恢复生产，当地闲散劳动力极少。而今要造船，势必就要征用大量农夫，农业荒废不说，一旦征用过度，很可能会引起农民的反抗。王濬很聪明地解决了这个难题，他尽可能缩减征用民夫的数量，调动了大量镇守四川的卫戍部队参加工程。但人手还是不够，他又调动了四川各衙门的衙役甚至官吏。在这个问题上，王濬主动起了干部带头作用，他自己就吃住在工地现场，参与劳动，如此一来，就没人敢开小差了。

工程进度安排上，王濬很有办法，比如他用当地库存的绸缎与四川本地人交换木材，这就节省了发动民夫进山伐木的工序，整个工程一半以上的木材都是同当地各民族的贸易中得来的，造船效率大大提高。同时他设立了轮班制度，各地的驻军按时间轮流参加建造，尽可能节约劳动力。王濬也知道，要战胜东吴，仅有战船是不够的，更要拥有一支战斗经验丰富的水师。按照一般将领的安排，肯定是先有战船，再训练水师，但王濬很讲统筹方法，在造船进行的过程中，他就把大量水师部队调进了造船现场，一边建造，一边进行水师训练，并通过造船的过程，让士兵们熟悉战船。

这项规模浩大的工程，在西晋政府先前的预算里，是需要五年时间才能完工的，而放到王濬手里，只用了一年时间就完成了。不过王濬千算万算，还是漏算了一件事：造船工程如此巨大，期间势必会有大量的木屑顺流东下，如此一来，东边的东吴政权就会察觉，饶是你严守秘密，事情终究是要露馅儿的。

东吴人确实知道了，在当时东吴人占据的四川巫山，就有大量的木屑漂来。驻守在当地的边将是东吴末期的著名将领吴彦，此人立刻明白了王濬想干什么，火速向东吴国主孙皓禀报了此事，但孙皓不以为然。虽然如此，吴彦并不敢掉以轻心，他立刻在东吴水域的江面上建造了大量的木桩，并且用铁链连成一片，用来防备西晋水师东进。

西晋的造船计划圆满完成，东吴加强边境防御的消息也很快传到了西晋。这时的西晋，在是否南下灭吴的问题上，依然分歧颇大。当时支持南下灭吴的大多是一些功勋卓著的地方实权派，比如一直赏识王濬的名将羊祜，以及杜预、张华等人，这些人都是当时的实干派，希望凭借灭东吴来成就千古奇功。竭力反对的是早年帮助晋武帝司马炎夺权的贾充等人，他们大多是拿之前西晋乃至北魏多次征讨东吴无功来说事。

其实，反对派反对南征的真正原因并没这么简单。这帮人是靠着帮助司马炎夺权来确立自己地位的，他们中大多数人在军事上并无建树，一旦战争爆发，那些地方军将的地位势必要提高，他们自己的地位也势必遭到威胁。这里面反对最积极的就是司马炎的宠臣贾充，他不但多次阻挠进军行动，还秘密授意手下人搜集羊祜的黑材料，诬陷羊祜勾结东吴，图谋不轨。这场明争暗斗在造舰计划完成后就一直不断，到了公元 278 年，一直主张灭掉东吴的羊祜去世了，他的去世既让主战派少了一个实力人物，也让王濬失去了一个赏识自己的知音。如果没有人挺身而出的话，此时的反对派必然会占取上风并竭力阻挠南征计划，中国的统一大业恐怕又要推后了。

这个时候王濬挺身而出了，在他之前，张华、杜预等人都曾上奏章要求南征，司马炎却迟迟下不了决心，真正让他拿定主意的正是公元 279 年王濬的奏章。在这封奏章里，王濬并没有像其他人那样拿双方的军力对比说事，因为这样的论调别人都说滥了，他只说了一件事：如今东吴的国主孙皓昏庸残暴，已经闹得众叛亲离，即使西晋不去进攻他，他也很可能会被东吴军民推翻，到那个时候，如果东吴方面重新拥立一个贤明的君主，那么灭掉东吴就是难上加难了。这本奏章让司马炎明白了这个事实：现在灭东吴是千载难逢的最好机会，过了这个村就没这个店了。

司马炎自然不想错过机会，王濬的奏章送上去不久，司马炎就颁诏灭吴，三国历史上最后一场大规模战争开始了。西晋的南征大军兵分六路：琅琊王司马伷负责攻打苏北和安徽，建威将军王戎负责攻打武昌，平南将军胡奋负责攻打夏口，镇南大将军杜预负责攻打江陵，安东将军王浑负责攻打淮西，身为益州刺史的王濬负责率领他亲手打造的无敌舰队顺江东下。

从东到西的千里战线上，沉寂多年的晋军全线出动。这次南征的总指挥是反战派贾充，他被司马炎委任为大都督。即使在这个时候，贾充仍然拼命反战，先是拒绝从命，受命之后又多次拖延，擅自修改进兵日期，他很清楚自己几斤几两——搞阴谋是个好手，打仗他是白痴。

任命贾充为南征大都督，是司马炎的政治平衡之策。开战之后，西晋的进军并不顺利，在贾充的瞎指挥下，华东、华中的几条战线都遭遇挫折。好在最关键一路的指挥者是王濬，他从四川出发东下，碰到了灭吴战役中最硬的钉子——当年吴彦在巫山设立的阻遏西晋水师的防线。这条防线可谓煞费苦心，吴彦在江面险要的地方打了不少大木桩，钉上大铁链，把大江拦腰截住，又把一丈多高的铁锥安在水面下。王濬的无敌舰队就像一群面临冰山的泰坦尼克号，但他早有办法。王濬很懂水力学，针对那些等着扎战船的铁锥子，他准备了大批竹筏，进攻的时候，先放竹筏子，竹筏子被铁锥扎到后，会卡在铁锥上，这样，强大的水流就可以把竹筏以及卡住的铁锥一起冲走。这一招立竿见影，上千个锋利的铁锥连带着竹筏，一下子就被冲得无影无踪。至于铁锁链就更好办了，王濬在木筏上架起一个个很大的火炬，这些火炬都灌足了麻油，一点就着。他让这些装着大火炬的木筏驶在战船前面，遇到铁链就燃起熊熊大火，时间一长，那些铁链、铁锁都被烧断了。东吴煞费苦心构筑的防线就这么化为乌有，王濬的东进之路，至此已经一马平川。

一马平川后就是势如破竹。公元 280 年正月，王濬攻克了东吴的重镇宜昌，俘虏了东吴的镇南将军留宪。这场战斗的过程让人啼笑皆非，当大群西晋战舰抵达宜昌的时候，从来没有见过这种庞然大物的东吴军队居然一下子都吓傻了，半点儿反应都没做出来，就眼睁睁地看着西晋军队拿下了城池。二月，王濬又占领了湖北松滋，俘虏了东吴监军陆晏。他打胜仗的时候，其他五路大军的进程都不顺利，遭到了东吴军队的节节抵抗，双方正是相持的阶段。王濬的胜利恰好成了西晋大军的最后一根救命稻草，整个东吴的防线一下子全崩溃了。随后王濬与另一路大军胡奋部会师，连续拿下了夏口和武昌。士气尽丧的东吴军队已经失去了抵抗的勇气，只要看到“王”字战旗，不是投降就是逃跑。

王濬的节节胜利，对于西晋南下的整个战局是有决定意义的，其原因就在于“长江天险”四个字。在中国古代历史上，盘踞江南的政权可以得到保存，主要凭借的就是长江的地理优势。这个地理优势有个前提，就是江南地区要有相邻的荆襄地区的庇护，两者互为唇齿，一旦一方有失，另一方的地理天险也就形同虚设。所以也就不难理解，当年曹操南伐东吴前，为什么先要讨伐荆州地区的刘表，这也是为什么在荆州沦陷后，当时东吴投降派的声浪会这么高。但那个时候东吴有周瑜，而王濬时候的东吴，已经是王朝的末期了。在扫平了整个荆州地区之后，王濬的部队早已疲惫不堪，其他各路大军也已经逼近建康，这个时候王濬有两个选择：一是继续东进，抢占建康；二是原地休整，等待增援。当时王濬的部队都倾向于第二种，毕竟部队占领荆州，已经完成了先前的作战任务，休息理所应当。王濬深知战争没有结束，就像他对部下说的，这时候东吴在建康还有不少兵力，如果我们停顿不前，他们一旦立住阵脚，攻克建康就难了。

在他的坚持下，部队继续东进，向建康进发。估计连王濬自己也没想到，这次进军竟有意外收获。因为他突进得太快，他的军队比其他几路大军更快逼近了建康。此时孙皓的手里还有几万兵马，如果用来守建康，说不定还能多支撑一段时间，但孙皓闻听王濬杀来，急红了眼，不由分说就立刻派大将张象主动出击，迎战王濬。张象出兵后，目睹王濬的水师，面对高大到恐怖的楼船，立刻吓破了胆，当场决定投降，结果孙皓的最后一点儿家底就这么没了，走投无路的孙皓只能向各路晋军送上降表。消息传来，原本进军缓慢的各路部队纷纷加速向建康开进，谁都想要平定东吴这个大功。最后，是王濬占了这个“便宜”，因为他是坐船去的，速度比其他几路人马都快。公元280年，王濬开进建康城，东吴国主孙皓带领太子以及百官，在王濬的军营门口被反绑双手，并让人抬着一口棺材向王濬投降。这是中国古代国君们约定俗成的投降仪式。格局分裂的三国时代，从此就结束了。

东吴投降之后，王濬以灭吴第一人的大功，成为西晋统一战争的第一功臣。但是他并不飘飘然，进入建康城之前，王濬就严明纪律，令部队与百姓秋毫无犯。进入建康城后，王濬做的第一件事就是迅速盘查了吴国皇宫里的图册典籍，封存好东吴的府库，等待朝廷派官员来接管。西晋的灭吴战争，一共得到了东吴的4个州，共计43个郡，312个县，52.3万户百姓。除了早期零星的战争外，江南地区的经济、民生并没有因此遭到破坏。这看似很平常，但在当时却有重要意义——西晋用最小的代价完成了国家的统一，并将战争对经济的破坏减到了最小。

在西晋之前，中原政权用武力统一江南这种情况一共发生了两次：一次是战国末期秦国灭掉楚国，另一次是西汉初期刘邦平定江东。这两次都遭到江南当地激烈的反抗，对江南经济造成了很大破坏。王濬兵不血刃取下江南，开创了一个历史奇迹，在之后大多数中原政权统一南方的战争里，这样的奇迹也被一次次重演了下去。

立下奇功的王濬，在战后得到了司马炎的表彰，司马炎赞他为灭吴第一功臣。但是在其他将领看来，王濬的所谓战功更像是捡便宜，毕竟别人打得头破血流的时候，他已经轻轻松松地开进建康城了。许多人也因此心里不平衡，其中最不平衡的就是在荆州和王濬并肩战斗过的王浑。这个王浑做事和他的名字一样，非常浑，本来他的军队距离建康比王濬近得多，但由于他在击败东吴主力军孙震部时伤亡惨重，因此私心大起，很想保存实力，于是就在当地止步不前，并且纵兵抢掠，发了不少战争财，没想到被王濬抓住机会抢先进入了建康城。事后大呼上当的王浑，就对王濬妒火中烧。在王濬初入建康城的时候，王浑竟然想发动兵变吞并王濬部，不过他不傻，见识了王濬强大的军事力量后，只好硬生生地把这口气憋了回去。而且，在这之前二人关系就已有裂隙。

按照司马炎战前的布置，王濬是要受王浑节制的，王濬却不买账。东进初期，王浑曾经以领导的名义让王濬来自己的军中议事，王濬以“风大，船不容易停泊”为由拒绝从命。王濬是个硬派性格，王浑这种浑人自然是指挥不了的。如此一来，私怨加妒忌，让王浑开始上蹿下跳了。他先是诬告王濬纵兵抢掠，祸害地方（其实大部分罪状都是王浑经常干的），王濬也不是个吃亏的人，立刻写了奏章驳斥。在晋武帝面前，两人当场对质，王濬不但能打，更能骂，一串连珠炮把王浑骂得体无完肤。晋武帝深知王濬大功，赶快和了稀泥，加封王濬为辅国大将军，还专门为王濬设了一个新官职——步兵校尉，这就相当于西晋王朝的陆军总长，可谓荣宠到了极点。虽然如此，王濬并不满足，因为一直诬告他的王浑也被封官了，而且先前一直是南征反对派的贾充，在战争中的表现惨不忍睹，事后竟然也因为平南大功被封赏。如果是别人，也就不计较了，换成王濬，想让他不计较是不可能的。

于是，灭吴后的王濬经常在各种宴会上口出怨言，抱怨司马炎赏罚不公。如果碰上刘邦、朱元璋这类的帝王，王濬恐怕要搭上性命了，但司马炎为人宽厚，并没有和王濬计较太多。王濬的亲信范通很有远见，多次劝说王濬要谦虚待人，不要恃宠自傲，起初王濬不以为然，范通一句“公以为自比韩信，如何”，总算让王濬一下子醒悟了。虽然这之后的王浑一直没有停止对王濬的中伤，但王濬大多是小心提防，不再睚眦必报。

王濬的遭遇在当时也得到了许多世家大族的同情，比如博士秦秀、太子洗马傅康等人，都曾上奏抱怨司马炎赏罚不公。而王濬这时候已经悟到兔死狗烹的道理，开始夹着尾巴做人，所以他的官职也节节攀升，平吴后没几年，就已经成为西晋的抚军大将军，可谓西晋军中的第一人。不过这时的王濬已经不再有青年时期的勃勃进取之心，反而重拾二世祖本色，晚年将主要精力放在经营家族产业以及游宴玩乐上，还经常参与当时世家大族之间的斗富。公元285年，八十岁的王濬与世长辞。五百多年后，唐朝诗人刘禹锡在其名作《西塞山怀古》中歌颂王濬的功劳，其中“金陵王气黯然收”一句，从此成为描述历代中原王朝统一南方的最佳言辞。

第二章

为刘备做嫁裳的刘表

中国古典名著之一的《三国演义》，几乎包含了这一时代所有的知名人物。哪怕是一个出场时间不长的小角色，在读者心中也会有不小的知名度，更不要说那些纵横捭阖的大人物了。知名度高，名声却不一样，说到智慧，后人往往会想到诸葛亮；说到奸诈，后人往往说起曹操；说到厚道，后人首提鲁肃。虽然这些人的名声深入人心，但与真实的历史往往出入甚大。有这样一个枭雄，在真实的历史上，他纵横捭阖，强盛一时，到了小说里，出镜率甚低不说，形象也大打折扣，活活给他的同族兄弟做了绿叶，这个枭雄就是刘表。

其实，刘表还是有点儿名气的，不过这样的名气却拜他那个不争气的儿子所赐。他那个葬送了江山的儿子，让曹操发出了“生子当如孙仲谋，若刘景升儿子，豚犬耳”的感慨。儿子给孙权当了绿叶，而他自己，则给刘备做了嫁衣裳。

那么，在真实的历史中，这个“豚犬”的父亲刘表，究竟是怎样的一个人呢？

一

刘表字景升，山东高平人。这位西汉景帝的后人，比起刘备中山靖王之后的身份，可谓根正苗红，其经济条件也好得很，至少不用像刘备那样去卖草鞋。身为正统世家大族，刘表从年轻时候开始，就是政治运动里的一个高光人物。他从小受到良好教育，学问师承方面也不简单，师父是东汉时期大儒王畅。王畅是东汉后期儒学的重要人物，积极倡导中庸之道，对后世影响深远。刘表师从王畅，这一番求学经历让他成为彼时东汉知识界的才俊，也改变了他以后的命运。

虽然学的是中庸，但年轻时候的刘表，一点儿也不中庸，反而是个棱角分明的愤青。刘表的青年时代，正是汉桓帝、汉灵帝等昏君在位的时期，这一时期东汉政治最大的毒瘤，就是愈演愈烈的宦官专权。年轻的刘表对宦官非常痛恨，他在东汉的最高学府——太学求学时，曾经带领太学生们发动请愿，要求把持政权的宦官们“下课”，还多方奔走，声援那些遭宦官迫害的士大夫们。在宦官们准备发动清洗、迫害士大夫，派人到太学清查谁曾与朝中士大夫往来密切的时候，别人都不敢说话，刘表第一个挺身而出，在名册上写下了自己的名字。在当时，他是著名的“八俊”之一，除他之外，还有张隐、薛郁、王方、宣靖、公绪恭、刘迪、田林七人。这八个人是当时东汉知识界公认的既有学识又敢于铁肩担道义的青年才俊，“八俊”自身条件极高，既要出身名门，又要有惊天动地的壮举，能位列其中，足见此时刘表声名显赫。

出名是要付出代价的，“八俊”没做几天，清算就来了。公元166年，一直被士大夫揭发的宦官赵津、侯览等人，秘密整理了大量黑材料，诬陷士大夫们图谋不轨。偏听偏信的汉桓帝随即逮捕了李雍等士大夫，并将这些人称为“党人”，在全国撒网搜捕其同伙，这就是东汉历史上著名的“党锢之祸”。这场对士大夫们的迫害前后绵延数十年，遭逮捕的知识分子有上千人。在士大夫中的重要人物落网后，宦官们随即罗织罪名，公布了涉嫌谋反的“党人”名单，刘表的名字赫然在列，于是堂堂皇族摇身一变，成了钦犯。好在当时刘表人缘比较好，不但在士大夫中有威望，就连朝中的宦官里也有他的朋友，又因他是皇族，躲了一段时间后，最后被赦免。虽然捡回了一条命，但也过了几年担惊受怕的日子。

这场震撼东汉帝国的大案影响了刘表的处世观念：激愤救不了国，轰轰烈烈反抗，结果却是灭亡，那这样的反抗又有什么意义？如果说之前的刘表只是学过中庸，那从此以后他就开始理解中庸，到他后来纵横捭阖的时候，也一直在奉行中庸之道。

党锢之祸后，刘表东躲西藏，侥幸在这场大清洗中生存了下来。他重见天日，是汉灵帝在位解除党禁之后。这已经是公元 2 世纪的晚期，刘表的青春时代早已过去，常年的浮沉，让他棱角不再，更加老于世故。党锢之祸解除后，刘表先在中央任闲职，他很会打理关系，无论是外戚还是宦官，都和他相处得不错。到了公元 190 年，刘表终于得到了他一生中最重要的一次任命——出任荆州牧。这时的东汉帝国，已经不复当年的中央集权，正处于四分五裂的前夜。刘表就任的荆州，在当时是一个战乱不断的地方。之前的黄巾起义，荆州是主战场之一，在战乱中遭到严重破坏。董卓之乱以前的两个荆州牧，一个被当地乱民打跑了，一个被南方前来骚扰的部落杀了。东汉政府此时的局面也很麻烦，权臣董卓从河西进入京城，掌控了朝廷的大权，皇帝成了他的傀儡。不甘心董卓专权的北方诸侯们打着匡扶汉室的旗号，发动了讨伐董卓的战争，位于洛阳南面的荆州也就成了董卓要稳定的后方。刘表之前的荆州牧是王睿，孙坚征讨董卓的时候，他因为拒绝和孙坚合作，竟被孙坚逼得自杀，荆州也因此陷入乱局。为了稳定荆州，董卓想到了刘表。

这时的刘表，已经在东汉朝廷里中庸了好多年。党锢之祸结束后，他先做了大将军何进的幕僚。何进因为和宦官不和，企图邀请边将进京诛杀宦官，却被宦官们抢先一步杀害。接着董卓进京，把持大权。刘表侥幸在这场大乱里保住了性命，这期间宦官得势的时候，他不得罪，后来董卓来了，他照样服服帖帖，已经成了典型的墙头草人物。王睿死后，董卓面临北方各路枭雄的讨伐，需要一个听话的老实人来镇守荆州，素来老实巴交的刘表就成了最好的人选。

二

公元 190 年，刘表来到荆州。这时的荆州，已经盗贼四起、乱兵丛生，荆州北面的袁术，东面的孙坚、黄祖，都有吞并荆州之心。刘表到荆州后，独自骑马来到荆州重镇宜城，荆州兵乱时，当地有名望的世家大族都在这里避难。宜城的周围有大大小小数股流贼，城里的人根本不敢随便出门。刘表不顾危险只身前来，在当地面见世家大族，争取他们的支持。一身是胆的刘表，让士族们极为佩服，纷纷给他出钱出粮。刘表因此有了第一支效忠他的军队，以及两个堪称左膀右臂的将领——蒯越和蔡瑁。

有了兵将钱粮，换了别人，就该开打了，但刘表坚持不打，他此时只有一个想法：荆州不能再打仗，也不能再乱下去了。在和蒯越、蔡瑁商议过后，刘表采取了先仁义的路线，无论是当地的名门望族，还是草寇枭雄，他都以拉拢为主。他拉拢人的方法很诚恳，对荆州当地的叛乱军队，即使是投降后又反叛的，他也非常宽容，欢迎对方再投降。比如江夏著名的贼寇陈生，起初想和刘表争个高下，被刘表打败后，眼看就要被斩尽杀绝，刘表只身骑马来到陈生大营，最终说服他投降。如上种种，让荆州的战乱日少。同时他还劝课农桑，在荆州当地发展生产，安抚流民，原本一片乱象的荆州，很快就稳了下来。

内部稳定了，外部威胁却还在。物产丰富、人口众多的荆州，在当时是各方枭雄眼中的一块肥肉，而这块肥肉的守护者又是老实人刘表，这让他们有了吞并荆州的想法。当时北方实力分为朝廷和盟主两派。所谓朝廷，就是董卓把持朝政的东汉中央政府；所谓盟主，就是袁术做老大，北方各路诸侯的反董卓联盟。这两边都有强大的军事力量，对刘表来说，都是不能得罪的。刘表也确实做到了两头不得罪：他主动向董卓上表效忠，并且拒绝参加反董卓联盟的讨伐大军；对反董卓联盟的掌门人袁绍，也是极力巴结，经常搜罗大量财宝相送。他的苦心得到了回报，本来荆州北面的袁术一直想吞并荆州，但是得到刘表好处的袁绍及时劝阻了袁术。而北方的董卓，也对刘表很放心，在反董卓联盟势力日大时，更一心拉拢他，荆州也就暂时获得了和平的环境。在这个和平环境下，除了发展生产，刘表做的最重要的一件事就是兴文教。他是儒生出身，对文化教育非常重视，他在荆州各地兴建学校，甚至自己在学校做老师讲课。当时北方战乱，大批士子南逃荆州，刘表对这些人以礼相待，不但给他们财产和土地，更资助他们进行研究工作。这时期荆州精神文明建设很突出，中国文化史上著名的荆州学正是在此时形成，后来南北朝文化的交流，也是以此为起点。

刘表的物质文明建设更突出。在恭顺的外表下，刘表的地盘一直在扩张。他虽然不与北方的各路枭雄为敌，但是对南方的各族政权却毫不客气，用了三年时间，相继吞并了湖南等大片地区。他用人很有特点，除了礼聘北方文士外，他麾下各色人物众多，包括当地的土匪、少数民族领袖等。面对鱼龙混杂的局面，刘表坚持用人用其长，凡是有能力的，一律不问出身，唯才是用，这在门第决定地位的三国时代是非常难得的。此间，他还广施德政，爱民养士，尤其这时候荆州外来人口达到高潮，大批北方汉民进入荆州，和当地人相处杂居，刘表将北方移民大部安置在无人居住的山川丘陵地带，荆州经济的发展也正是从此开始。到了公元 192 年董卓败亡时，刘表已经有了“地方数千里，带甲十余万”。在各路枭雄的眼皮子底下，刘表崛起了。

再造荆州的刘表，更有东汉末年大多数官员不具备的品质——清廉。他是一个生活简朴的官员，多年以来呕心沥血，家中竟然连存款都没有。与之对照鲜明的就是蒸蒸日上的荆州经济，因为刘表的中庸，荆州的军民过上了太平日子，鲁肃就曾很羡慕地对孙权说，荆州有千里沃野，这是帝王称霸的根本。刘表不想称霸，他只想中庸下去，过一段舒心日子。在赤壁之战中，他的生活着实很轻松。明末大儒王夫之在反思明亡教训的时候，也曾把刘表拿出来说事，他说“故天下纷纭，而荆州自若”，也就是说，刘表因为他的休养生息，给荆州带来了幸福的和平时光。

三

刘表在荆州的中庸给荆州带来了繁荣，但是他的失败，也是因中庸而起，原因很简单：这是个乱世。

刘表所处的东汉末期，是一个群雄并起、弱肉强食的时代，你不去吞并别人，结果就是被别人吞并。刘表以中庸为策保境安民，这样的政策，在北方实力均衡、相互攻杀不止的时代是非常有用的。但是，如果北方出现一个横扫天下的枭雄，这样的政策注定会失败。长期以来，荆州经济发达，没有北方的剽悍民风，所以刘表虽然有十几万军队，但战斗力实在不敢恭维。选择和平，哪怕是屈辱的和平，也就成了最好的选择。

但这并不意味着刘表只能坐以待毙，在当时，刘表还有另一条路：东征东吴。

虽然东吴后来成了三国之一，但在刘表生活的年代，东吴只是一个很弱小的国家，如果刘表能够占有江南，凭借江南和荆州两地的兵马，即使不能统一北方，也完全可以构筑坚固的正面防线，把长江沿岸连成一片。如果这一步成功的话，刘表至少有足够的能力和北方划江而治，就像后来的东晋一样。特别是在曹操与袁绍相持不下的时候，正是刘表扩张势力的最好机会，但他却放弃了，只想严守边境，结果强大起来的曹操在击败了老对手袁绍后，转头就给了刘表致命一击。

相较于之前的用人用其长，后来的刘表在用人上有很多失误，虽然他手下英雄云集，但许多都和他分道扬镳，还有一些虽和他合作，却面和心不和。我们前面说过，刘表从起家到发家，用人上不看出身，不拘一格降人才，但这时他却走入了另一个误区——看关系。他重用的大多数人才，无论出身怎样，都有一个共同点：和他有裙带关系。荆州的人才，要想得到刘表的赏识，要么要和他有亲戚关系，要么就要走他的亲戚们，尤其是他的外戚蔡家的路子，否则是很难得到任用的。刘表的性格里也有猜忌的一面，他的猜忌和曹操不同，曹操有时候好卸磨杀驴，刘表更甚，磨还没卸，就把驴给杀了。比如荆州名士刘望之，因为一次进谏时和刘表言语上的冲突，就被刘表当场杀害。到他统治荆州的后期，荆州的人才纷纷活动，要么投奔北方，要么转投西南，很少有为刘表所用的。这样的局面下，刘表又能支撑多久呢？

就像王夫之说的，刘表最大的悲剧就是他只是一个儒生。他可以是一个合格的演员、歌手，却不是一个合格的政治家。因为政治家都需要头脑，反观刘表，其笼络的贵族却大大缩水，可见其驭人之道。

公元207年，一生扑在工作上的刘表病逝在工作岗位上，他的死，对汉帝国是一个沉重打击。这时候，统一北方的曹操已经大举南下，刘表病重期间，曹操势如破竹收拾荆州的土地，刘表苦心维持近二十年的荆州就这么结束了。当年繁华的局面，在之后荆州的战乱中几乎全部被毁，唯一例外的就是他开创的荆州学，之后两千年中，它一直是中国文化史上的一朵奇葩。

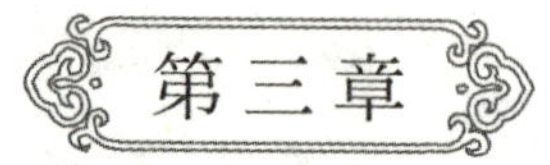

第三章

享誉欧洲的中国医生

所谓乱世出英雄，东汉末年至整个三国时期的这一段乱世，中国历史上英雄辈出，而且各个阶层都有。从横扫天下的帝王，到走街串巷的医生，名垂青史的人物一抓一大把，几乎每一个在这个时代有出镜率的人物，在后来的历史中都会被演义成一段传说。直到今天，说起这个时代的杰出人物，即使是对历史不熟悉的朋友，也可以如数家珍。

但是，如果要问西方人，特别是那些对西方中世纪的苦难有深切了解的人，谁是这一段时期让他们印象最深的人物，也许他们会不约而同地说出一个答案：张仲景。

说起医生，特别是东汉末年到三国的医生，在中国知名度最高的恐怕莫过于华佗先生了。正史中的记载，外加野史中的八卦，让这位老人家成了历代中国人公认的神医，甚至成了形容医生医术高明的代名词。但是，若纯粹以医学成就论，知名度不如华佗的张仲景丝毫不在华佗之下，甚至毫不夸张地说，他的医学成就已经超越了国界，拯救了西方的人类。在中国的历史书中，身为医生的他有一个前无古人的崇高称号——医圣。

之所以有此地位，原因只有一个：比起华佗药到病除、可治百病的神话，张仲景是一个事实，他是人类历史上最早攻克鼠疫的人。

张仲景，生于公元150年的东汉时代，在那个年代里，医生是个低贱的职业。张仲景出身不差，他的家族是世代官宦大族，到他这一代虽然中落了，可依然是书香门第。他的父亲张宗汉在东汉做过地方官，张仲景从小就受到了很好的教育。按照他父亲的设想，张仲景应当刻苦读书，将来谋个一官半职，光耀门庭。可张仲景的人生理想却“跑偏”了，他最感兴趣的书是医书，最大的愿望是做个好医生。

说起张仲景这个选择，现代人都说他很伟大，但封建社会的史家们却多认为他匪夷所思，一个上流社会的子弟，非要去做身份低微的医生，放在谁身上都是奇闻。按照很多史料的说法，张仲景之所以如此，是因为他在家中藏书中读到了扁鹊见蔡桓公的典故，对扁鹊非常佩服，做医生的愿望从此开始萌芽。另外一个原因，就是他小时候生过一场大病，甚至差点儿因此丧命，幸亏他生活的南阳郡有一个名医张伯祖，经他的诊治，才算把小张仲景从鬼门关上给拉了回来。痊愈之后的张仲景，从十一岁开始跟随张伯祖学医，历经数年终成大器。还有另一个重要原因，记录在张仲景后来的著作《伤寒杂病论》中，他在序言里说，自己家族中有十分之七的人都死于这种叫伤寒的病，而他所生活的南阳郡在东汉时期更是伤寒瘟疫的重灾区。从小到大，他耳闻目睹了这种疾病带来的灾难，也因此萌生了战胜这种灾难的愿望。

说到伤寒，后人既熟悉又陌生，也有人把这种病简单地说成感冒。但是在近两千年前的东汉，伤寒是一种意味着死亡的不治之症，在欧洲，它有一个更恐怖的名字——黑死病。伤寒并非起源于中原地区，而是来自北方蒙古草原，在西医里，它又被称为草原鼠疫病，简称鼠疫。说到这种疾病给人类带来的灾难，千年的历史中不胜枚举，比如在中世纪西方大规模的鼠疫灾难中，整个西欧死亡了四分之三的人口。

鼠疫传入中原起于西汉和匈奴帝国的战争，这种发于北方草原的疾病因为持续的战争被带入了中原汉地。早期的中医对这种疾病是束手无策的，所以从西汉武帝时代开始，这种疾病就周而复始地在中原地区爆发，每当有战争、饥荒、地震等灾害出现的时候，这种疾病更会大规模地爆发。根据现代许多地质学家的研究，公元 2 世纪左右的中国正处于地质活动活跃期，其结果就是从东汉中期开始，地震频发。而根据我们了解的地震知识，每次大规模的地震灾害后，随之而来的就是大规模的瘟疫，鼠疫就是其中的主角。如此一来，整个中华民族都遭受了巨大的厄运。仅仅以人口论，西汉中期，中国人口曾达到了创纪录的六千万人，但是在此之后的几个世纪里，中国人口一直没有恢复到这个数字，直到举世闻名的唐朝开元盛世，才真正打破了这个纪录。人类文明中毁于瘟疫的不在少数，而鼠疫的破坏力也一次次加剧。

基于以上原因，张仲景开始了自己的学医之路。张伯祖是个非常称职的老师，不但教他医术，更常年带他在外行医。张仲景本人也勤于学习，医术进步很快。当时张仲景的一个同乡就断定他身上没有官宦之气，外加他才思敏捷，思虑周密，只要静下心来研究医术，必定会成为一个伟大的医生。事实也正是如此，二十出头的时候，张仲景就青出于蓝而胜于蓝了。张伯祖让他独自行医，根据病人的评价，张仲景此时的医术水平已经追上了他的恩师。

但从没想过做官的张仲景，在学医的关键时期却不得不暂时放下医学去做官了。其压力主要来自张仲景的家庭。张家世代为官，张仲景的几个兄弟死于疾病，张仲景的父亲希望张仲景入朝为官。在父亲的反复训导下，张仲景为了孝道，最终屈从于家族的压力。东汉灵帝在位的时候，张仲景参加了孝廉考试。根据东汉的制度，被举孝廉的人都有官做，但需要参加考试来考核能力。张仲景的考试成绩不差，因此成了长沙太守。可张仲景却把太守做成了医生，他到长沙之后，除了忙碌公务之外，其他时间就是研究医术和看病。那时的长沙属于烟瘴之地，即疾病多发的地区，经济落后、瘟疫横行。张仲景到长沙后，当地接连发生瘟疫，张仲景主动配药，并在衙门门口熬好药汤，免费分发给老百姓。到了后来，他干脆在当地的衙门里坐堂，每月的初一和十五两天，当地的百姓都可以到衙门求医。这种行医方法，也让他有了个“坐堂医生”的绰号。

张仲景医术的精进正是在他任职长沙太守期间，他认识了许多当地的名医，对能够帮助自己的名医，他都虚心求教。比如当地著名的神医“王神仙”，在治疗毒疮上颇有建树，他就不顾路途遥远，跑到其居住的襄阳去求教。进入公元3世纪后，北方的内战越演越烈，张仲景的官当不成了，就开始撰写自己医学生涯里最重要的著作——《伤寒杂病论》。这是他通过几十年行医的经验总结出的治疗伤寒疾病的办法，在整个中医历史中，这是第一部真正找到攻克伤寒疾病方法的书。

这套书的写作地点是岭南地区，辞官以后的张仲景长期生活在这里。中原的战火当时并没有波及岭南，这也让他有了比较稳定的写作环境。后来，他又完成了《辨伤寒》十卷。他一生著作甚多，但对后世影响最大的还是他对伤寒疾病的研究，连后来挣扎在黑死病中的欧洲也受益匪浅。欧洲最早的治疗黑死病的方法，就是从到过中国的阿拉伯人翻译的《伤寒杂病论》一书中学到的。欧洲学者李约瑟曾赞叹说：“他是一个拯救了欧洲命运的人。”

张仲景在其撰著的《伤寒杂病论》中，首创辨证论治临床诊疗体系，这是中医学的一次伟大的划时代变革，对后世医学的发展起到了巨大的推动作用，毫不夸张地说，张仲景是传统中医学的奠基人。

当代医家以及史学家在论及张仲景对祖国医学这一重大贡献时，总是强调这是医学发展的必然，给人以水到渠成之感，有意无意地忽视了时代背景和张仲景的个人因素。但每个人都不能脱离时代而孤立存在，正所谓时代孕育伟人。张仲景所处的时代对其著作的创作既有有利的方面，又有不利的方面。

首先，春秋战国至秦汉时期，中医学发展很快，名家辈出，战国时的扁鹊，西汉时的淳于意，与张仲景同时代的华佗，都可谓妙手回春之士。众多的名医为中医学积累了大量的实践经验，《黄帝内经》的问世也标志着中医学理论体系粗具规模。与此同时，中医的诊断方法、治疗手段、药物种类都在不断地完善和发展。这一切都为张仲景创作《伤寒杂病论》打下了坚实的医学基础。

其次，东汉儒学的发展与士人的特征也对其影响较大。西汉儒学以今文经学为主，其治经的主旨是阐发经书中的微言大义。到了东汉，古文经学逐渐抬头，强调考据、训诂，讲究严格的推理过程。这种学术流派的变化为学术研究从随意向严谨过渡提供了条件，而这种严谨求实的治学态度是自然科学研究所必需的。与西汉的儒士相比，东汉的儒士发生了很大的变化。西汉儒士重学问、轻品德，追求功名利禄；东汉的儒士则崇尚节义，忠君爱民，这直接影响了士人的政治表现。张仲景在《伤寒论·自序》中所言“感往昔之沦丧，伤横夭之莫救”，正是这种社会责任感的集中体现。

再者，张仲景所处地区社会条件的相对优越，是其功成名就的必备条件。南阳郡是光武帝刘秀的龙兴之地，在东汉得到了极大的发展，其郡治宛城是东汉三都之一，又是工商业的五都之一。张衡的《南都赋》形象地表现出了宛城和南阳郡的繁华。

最后，东汉儒学分为两派：北学以郑玄为代表，以深芜著称；南学则以司马徽、宋忠以及其学生李仁、尹默、王肃为代表，是以约简见长。南学主张学以致用，与现实结合较紧密，不但有利于政治变革，还有利于士人投身其他学科，学习他技。如李仁除了儒学之外，“算术、卜数、医药、弓弩、机械之巧，皆致思焉”。荆州治学特点秉承南学，这也是影响张仲景的一个重要因素。

以上提到的都是有利于张仲景治学的条件，事物总是有两面性，当时的时代背景和社会因素的不利方面主要有以下四点：

其一，汉末战乱对社会的巨大破坏。南阳郡作为兵家必争之地，从初平元年（公元 190 年）就成为董卓、孙坚、袁术、刘表四大军阀争夺的对象，遭到战乱的极大破坏，“白骨露于野，千里无鸡鸣”是当时这一地区的真实写照，这样的环境必将大大影响张仲景对医学的研究工作。

其二，在社会思想领域，东汉时期神秘主义大为泛滥，春秋战国时发展的理性主义精神在此时备受冲击。汉末政治黑暗、社会经济崩溃，人们的思想空虚无助，此时各种神秘主义思想纷纷出现：儒学开始了宗教化的过程，道家思想结合阴阳家思想和民间巫术形成原始道教，西汉末传入的佛教也颇为盛行，求仙、拜佛、信巫、占卜，凡此种种，不一而足。这种社会思潮直接冲击了医学实践。首先，由于天命论的影响，对相术和占卜的迷信使人们得病后“钦望巫祝，告穷归天”，最终不治。其次，是原始道教的流行对医学的冲击，汉末太平道、五斗米道盛行，前者“施丹符、圣水”，后者“事鬼”“人道病，蛰三省”“有病自首其过”，这些治病方法直接影响医学的实践和发展。《三国志·方技传》仅华佗一人为医生，而其他多为术士，如朱建平相术、周宣解梦、管辂卜筮，陈寿在书中称这些人“诚皆玄妙之殊巧，非常之绝技矣”。这种社会思潮的逆转对张仲景以唯物主义为基础的医学理论创建有直接的不利影响。

其三，张仲景的医学研究还受制于当时较低的自然科学水平。秦汉时的科技比之后世还较为落后，在缺乏完善的科学手段、系统的人体解剖学知识、完整的生物学体系的条件下，张仲景必须用医学理论的完善来弥补诊断和治疗手段的不足，巧妙运用药物协同配伍弥补单味药物的原始性。这一切都必须在今人难以想象的困难条件下进行。

其四，受当时医家门户之见的约束，两汉学风最重师承、门派，如《五经》治学共分十四家，每家皆有家规、学风乃至严格的师承，向别家学习和创新往往被看作对师门的背叛。医家的分派虽不可考，但从张仲景“各承家技，终始顺旧”的感叹来看，医学的状况与儒学相差无几。因此，张仲景进行创新，以及“博采众方”都肯定会受到限制。

历代医家多以医见业，以医闻名，张仲景则不然，从流传下来的只言片语的历史记载中可以看出，他除了医术高明，还是一位以才闻名的士人。他有着完整的仕宦经历，担任的也不是太医令一类与医学有关的官员，而是侍中、太守一类的中央和地方高官。这种身份的特殊性在医学家中可谓绝无仅有。

张仲景不仅以医术享誉于当时，对医生的医德与医疗作风也有相当严格的要求。他批评那些医德小修、医风不正的医生，说“不念思求经旨，以演其所知，各承家技，终始顺旧。省病问疾，务在口给，相对斯须，便处汤药。按寸不及尺，握手不及足，人迎趺阳，三部不参，动数发息，不满五十。短期未知决诊，九侯曾无仿佛，明堂阙庭，尽不见察，所谓窥管而已”。这些论述上承秦汉，下启晋唐，成为祖国医德思想的重要组成部分。

张仲景的著作除《伤寒杂病论》外，见于文献著录的尚有《张仲景五脏论》《脉经》《张仲景疗妇人方》《五脏营卫论》《疗黄经》《口齿论》等。张仲景的弟子有杜度、卫汛，俱为当时名医。而他的理论，在后世被不断完善，虽然伤寒疾病在魏晋南北朝时仍然是中国的大害，但在张仲景的努力下，这种疾病的死亡率越来越低了。到了隋唐时期，中医已经有了完整的治疗办法，中国的人口直线上升，后来的大唐盛世也因此受益颇深。

张仲景过世的时间，后来的史家说法很多，有说是公元215年的，也有说是公元219年的。后人为了纪念张仲景，曾修祠以祀之。河南南阳的医圣祠始建于明代，还有清代石刻医圣祠（公元1727年），医圣张仲景故里（公元1900年）。据明代《汉长沙太守张仲景灵应碑》记载："南阳城东仁济桥西圣庙，十大名医中有仲景像。"清代《南阳县志》记载："宛郡（南阳）东高阜处，为张家巷，相传有仲景故宅，延曦门东迤北二里，仁济桥西，有仲景墓。"河南南阳的医圣祠明清以后屡次被修葺（其间也有毁坏），保存得比较完整。

第四章

三国时期中国人口锐减解密

著名的三国时代对中国历史产生了怎样的影响，相信不同的人都能总结出不同的内容来。积极的说法是，这是一段英雄辈出、改朝换代、军事思想革新的时期；消极的说法是，这是一段战乱、分裂、灾难深重的时期。然而就后世而言，公认的一大印象则是这是一段人口锐减的时期。

中国成为世界第一人口大国，应始于商周时代，但如果画一个图表的话，中国人口的演变趋势应该是一个起伏不平的折线图。中国历史上出现过许多次人口大规模减少的时期，东汉末年至三国时期更是其加强版。这段时期，中国人口数量下降之剧烈，人民非正常死亡之惨重，恐怕很难找出第二个时代与之相比。新中国成立初期，毛泽东在研读三国历史的时候也震惊于三国时期人口减少的惊人局面，发出了“原子弹不如刘关张大刀长矛”的感慨。

但是，三国时期人口减少难道仅仅是因为战争？这样的人口锐减对中国历史的演进又产生了怎样的影响呢？

一

在整个东汉王朝，人口数量最多的是东汉和帝、顺帝在位时期，那时的中国，人口已经接近六千万。也正是从这时候开始，中国的人口开始负增长，但是下降的幅度并不大。到了桓帝即位的时候，公元 157 年，东汉政府清查过全国的户口，在这次人口普查中，中国的人口是五千六百多万，略低于汉和帝时代，下降的幅度不是太大。但是经过随后的黄巾军起义、董卓之乱及中原群雄的相互内战，到了公元 221 年赤壁之战结束的时候，中国的人口数量已经下降到了触目惊心的地步。唐人杜佑《通典》记录，东汉桓、灵时期，黄巾之乱始，历经董卓之乱，到曹操挟天子以令诸侯的建安初期，就已经“人户所存，十无一二”。但这时的中国并没有和平，在“十无一二”的惨景下，又先后发生了曹操与袁绍的争霸战，曹操南下平荆州、战赤壁的统一战争，以及刘备收巴蜀、曹操收河西的兼并战。直到公元 221 年吴蜀夷陵之战后，中国才进入了一个相对和平期。这期间的战争，场场都是伤亡惨重的殊死之战，人口的减少量可想而知。在三国中的魏国建立初期，魏国大臣陈群就曾说，此时魏国的人口，“比汉文景时，不过一大郡”。按照杜佑《通典》里的说法，蜀国在公元 221 年刘禅登基时，人口是九十万，到了公元 263 年蜀国灭亡时，人口增长到九十四万。这一年平定蜀国的魏国将魏、蜀人口进行统计，中国北方加上四川，一共是五百三十七万人。而《晋书》里记载，在蜀国灭亡时，吴国的人口有二百三十万。这样加起来，中国的总人口也不超过八百万。这还是三国时代进入相对和平期，长期恢复人口生产后才达到的数字。现代，许多研究者提出了更为惊人的结论：史料上的人口数字依然还是注水的，三国时代中国人口的损失更大。在《历史不忍细看》一书中就有观点：三国赤壁之战后，中国人口只剩下了一百四十万。如果真是这样的话，真可谓百不存一了。

三国时期人口下降幅度之大，在整个中国历史上都是极为罕见的。三国之后，中国人口下降最快的时期应该是宋末元初。在蒙古帝国灭金朝与宋朝的战争中，中国人口大约减少了百分之四十，这算是近一千年来规模最大的一次灾难了。但是和三国时代的情景相比，依然是小巫见大巫。

东汉末至三国早期人口锐减的原因自然可以总结出很多，有一些是我们可以想到的，比如从黄巾军起义开始的全国性战乱。当时的黄巾军采取的是全国各地同时举事的策略，一爆发就是全面战争，并很快蔓延到全国。又比如东汉末期出现的各方势力，都漠视民力、滥杀无辜。权臣董卓在把持大权后，采取的是残暴压榨的统治政策，为了扩充军力不断抓壮丁，导致大量百姓逃亡。而且当时的北方军阀，喜欢拿老百姓做挡箭牌，在战争中经常抓无辜的百姓当肉盾阻挡敌人的进攻。常年战争造成大批城镇被毁，许多繁华一时的州县都变成了无人区。并且，东汉末年至三国时期的战乱可谓是全国循环的，让老百姓无处可逃。北方刚打完官渡之战，南方又爆发赤壁之战，随后西北、西南都爆发战争。汉帝国的疆土，除了边远的西域地区外，几乎都被卷入战火，没有受战争破坏的地方可以说少之又少。如上原因，在后来史家的记录中也不止一次被提起。

然而这时期人口减少的原因也有许多被现代人所忽略，最明显的一点就是大瘟疫。从西汉中期开始，瘟疫就成了历代政府面临的一个难题。因为与匈奴的战争以及后来南匈奴的归附，产生于北方草原地区的草原鼠疫病在之后的一百多年中不断地被带到了中原地区。中国的大规模瘟疫从西汉武帝开始就周而复始，西汉帝国灭亡的导火索就是山东地区因瘟疫而爆发的农民起义。以当时的中医水平来看，这种瘟疫基本属于绝症。即使西汉灭亡，东汉改朝换代，瘟疫依然没有收敛，基本是每隔一二十年就会在某个地方突然暴发。这种情况贯穿了整个东汉时代，直到张仲景写出了流芳百世的《伤寒杂病论》，瘟疫的强大破坏力才开始得到遏制。

而另一个原因，就是从东汉中前期开始持续不断的自然灾害。我们今天说到东汉的科技成就，自然少不了张衡的地动仪，这个伟大的发明就是拜东汉时期频繁的自然灾害所赐。东汉中后期地震发生的频繁程度在整个中国历史上都是罕见的。陇西地区在东汉和帝、桓帝、灵帝、献帝时期都曾爆发大规模地震，正是因为地震造成了巨大的破坏，才促使与地震有关的发明相继涌现。在东汉晚期，还出现了极其反常的大规模蝗灾与旱灾。桓帝到灵帝的几十年里，北方大规模的蝗灾出现过五次，其中最严重的一次几乎覆盖长江以北的整个中原地区，这么大范围的蝗灾堪称百年不遇。与此同时，在东汉最后的五十年里，黄河四度决口，长江流域的荆州与江东先后发生了五次水灾。同时期，北方游牧民族居住的草原地区也连续多年发生大规模旱灾，少数民族为了躲灾，纷纷南下到中原地区求内附，中国的人口迁移和流动在这时期渐成高峰。

二

持续不断的自然灾害势必造成大面积的饥荒，国家的经济储备会在饥荒中渐被掏空。这时的东汉帝国已经进入了门阀政治时期，所谓“州郡记，如霹雳”，世家大族的力量正日益超过中央。在许多地区，中央只保留了名义上的节制权，在正常年景，这样的情况还算和谐，一旦国家爆发战争和自然灾害，中央控制的减弱势必会加大灾害破坏力，毕竟世家大族们都会选择囤积居奇，关门自保。中央没有足够的经济能力赈济，走投无路的老百姓就只能选择造反了。事实上，后来蔓延整个东汉帝国的黄巾军起义就和持续多年的饥荒有很大关系。黄巾军就是通过布施恩惠、收买人心的措施，迅速聚拢了几十万信徒。而黄巾起义的结果，是北方的大规模战乱。这是一个痛苦的恶性循环，人口锐减就是其代价之一。

这时期人口锐减的最惨烈阶段应该从董卓进京开始，到赤壁之战结束。这段时期的中国可谓天灾人祸并存。人祸方面，众所周知，董卓本身就是个倒行逆施之徒，他进入洛阳，是整个中原的灾难。他滥用民力、大兴土木、横征暴敛，让中原一度赤地千里。他的临时政府不知建设，只知破坏。他的士兵每次在洛阳周边巡逻，回来的时候马背上都满载着抢掠来的妇女，所过之处，富庶村庄的人们尽数被屠杀干净，财物也都被抢掠殆尽。这时，中国的自然天气也进入了反常阶段，各地纷纷闹灾。如豫州的旱灾，按照正史的记载，一次就饿死了三百多万人，数字虽然有些夸张，但在当时，中央政府自身都难保，哪里还管得了老百姓？后来董卓在关东诸侯的打击下逃离洛阳，将整个洛阳的人口迁到了长安，结果活着到长安的不到十万人，大部分都倒毙在路上了。北方糜烂如此，南方也好不到哪里去，江东的孙家，荆州的刘家，都发生过大规模的战争，并不是《三国演义》小说里让人艳羡的世外桃源。后来曹操南下荆州，对长江沿岸的打击也非常巨大。

人口的持续锐减，对格局及各路诸侯的主要政策都产生了影响。凡是有眼光的政治家，在战乱后期都开始把人口当作主要的争取对象。曹操在灭掉袁绍后，在户册上发现冀州地区有三十万人，竟然喜不自胜。刘备在赤壁之战后，之所以不顾孙权有可能抄他后路的危险，一心西进四川，重要的原因就是荆州本地人口凋零，就像庞统在投奔刘备后劝他的那样，“荆州荒残，人物殆尽”，这样的地区自然不能作为争霸的本钱。在得到四川后，刘备一度势力大兴，也是因为当时的四川有盆地的阻隔，是整个中国受到战乱破坏最轻的地区。四川当地的人口，特别是汉族人，大多逃难到这里不久，而有力气逃难的绝大多数都是青壮年。除了争夺人口之外，许多政权也开始采取恢复人口的政策。按照南北朝及唐朝许多史料的说法，建立东吴的孙权从登基开始就下了强令婚配的政策，即男子在十二岁之前必须成婚，否则就要法办。曹操之所以采取屯田政策，也是由于人口锐减，特别是农民大量减少，军队根本没有足够的粮食。最重要的影响是，我们虽然把赤壁之战当成三国鼎立的开始，但赤壁之战后，中国的内战并没有停息。一直到公元222年蜀吴夷陵之战结束，才真正进入一个和平期。在《三国演义》里，夷陵之战双方动用的兵力，蜀国有七十万，吴国也有十多万，但实际上蜀国只有八万，吴国是十万，小说的数字严重注水。一场关系两个政权命运的大战，双方只拿出了这么点儿兵马，只能说人口下降得太厉害。人这么少，再自相残杀下去，大家都要完蛋。

三

三国人口的回升是从公元221年开始的。如果说这一年之前，各路枭雄之间的注意力主要在战争上，那么这之后相当长时间里就主要在人口上了。

在恢复人口的问题上，当时的魏、蜀、吴三国都有自己的政策。魏国的政策是屯田，大量士兵兵农合一，增加北方劳动力。吴国的政策，一是招抚北方流民，二是向南扩展，同化南方的原住民，即山越民族。孙权甚至还多次组织军队骚扰北方的苏北、淮南地区，主要任务也是抢掠人口。蜀国方面，无论是诸葛亮做相父时期，还是扶不起的阿斗刘禅亲政的时候，在人口问题上从来不含糊。在蜀国和魏国的边境地带，蜀国多次策动魏国境内的边民逃到蜀国，划分土地安置。除了抢对方的人口外，在生孩子方面，三国也唯恐落后于对方，三个政权都不约而同地出台了有关奖励生育以及强制婚配的政策。事实证明，中华民族的自我疗伤能力一直都很强，在这场有关人口的和平竞赛里，中国的人口总量开始缓慢地回升了。

曹操建立的曹魏政权，在人口恢复方面走在最前面。中原地区人口的基础本来就比其他地区雄厚，而且在人口增长方面，曹魏也很重视科技革命。曹魏统治时代，是中国农业生产的又一次革新期，如改良水车等新式农具的推广，加快了农业恢复的速度。曹丕登基初期，大臣杜恕曾说，现在曹魏的人口总数不及当年东汉的十分之一，这已经是一个比较乐观的数字了。曹魏灭亡蜀汉的时候，曾对两地的人口做了统计，除去蜀汉地区的人口，曹魏当时的人口大约有四百万了。蜀汉方面，在公元236年有过人口数量的记载，当时的人口刚刚突破九十万，在蜀汉灭亡后，已经有了九十五万人。东吴灭亡后，按照王濬清点的吴国政府统计数据，人口已经达到了两百万。也就是说，在蜀国和吴国的鼎盛时期，这两个国家的人口总数仍比不上北方的魏国，三国归一的最后胜利者从这一点上或许就可以决定。

中国人口增长速度最快的应该是蜀国灭亡后的三国晚期到西晋太康之治的这段时期。在西晋武帝时代，人口总数已经升到了一千六百万。之所以有此规模，一来经过长期的对峙，三国的经济有了很大发展。另一个原因，就是三国灭亡后，通过重新清查户口，查出许多被隐瞒的人口和土地（为了逃税）。西晋早期为了保证国家财政收入，采取了“重新入籍”的政策，即各地原本的户籍作废，重新由政府进行统计，同时减免赋税。许多逃亡的农民重新入册，这样一来，人口也就大大增长了。东汉末年战乱造成的创伤因此渐渐愈合。

东汉末年至三国时期人口的减少以及恢复，对后来的历史产生了微妙的影响。在人口锐减的形势下，三国都注意招揽北方游牧民族入汉地，以增加劳动力，游牧民族内迁在这时候到达了高峰。同时，北方人口的流动也改变了不同民族之间的力量对比，后来的动乱与之不无关系。虽然西晋时期中国人口处于回升中，但长期战乱造成的损失不是短短一二十年就能抹平的。西晋采取了错误的统治政策，最后灭亡也就不奇怪了。

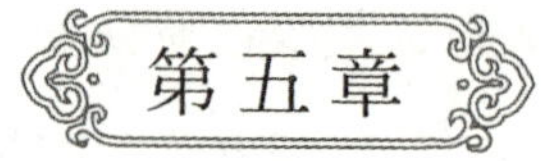

第五章

东吴特殊的坞堡部曲军制

孙吴政权与江东世家大族的关系演变，是历史研究中极为重要的一个课题，田余庆先生首先提出后，学者多有论及。依笔者之见，自孙吴立国至孙皓亡国的半个多世纪里，两者的关系并非一成不变，而是处于一种动态的相对平衡中。孙氏政权赖江东世家大族而立国扬威，江东世家大族也缘孙氏政权而势力日增。

一

孙策时期：试探与靠拢。

孙策进入江东后，对江东世家大族的认识有一个转变过程。草创江东六郡时，孙策并没有充分认识到江东大族的实力之厚，年少气锐的他以为，凭他手下众多的能征惯战之士，无须仰给当地大姓，就能在江东建功立业，成就一番事业。所以，孙策对不服从他号令的人一概诛之而后快，其中既包括由朝廷任命、视孙策为叛逆的州郡长吏，如许贡、刘繇、王朗等人，也包括割据一方、不服从孙策号令的地方豪强割据势力，如严白虎、邹他、钱铜等，以及吴地大族盛宪等。在专赖武力行事的过程中，孙策渐渐看清了江东大族潜在实力的深厚，并进而得出结论：要想在江东得到进一步的发展，必须改变以前一味用强的政策，实现与江东大族的合作。这是孙策战略的一大转变，尽管他生前并没有明确表露这一意图，但我们可以从他安抚、网罗吴地人才的做法中窥知一二。

其一，孙策入吴后，严格约束手下部队，禁止扰民，以博得吴地百姓包括吴地大姓的好感。入吴之前，孙策在吴地老百姓的传闻中形象不佳，“百姓闻孙郎至，皆失魂魄”。孙策大军入吴后，“军士奉令，不敢虏略，鸡犬菜茹，一无所犯，民乃大悦，竞以牛酒诣军”。一支战斗力强大而且纪律严明的军队，不但能得到吴地老百姓的衷心拥护，也令江东大族倍感宽慰。

其二，孙策对江东大族的结好，主要体现在他对吴地人士的搜罗与重用上。孙策转战江东六郡时，身边除孙氏宗族中人孙河、孙静、吴景等，淮泗精英如张昭、周瑜、黄盖、程普、周泰等跟随外，还有一批江东的文臣武将，其数量虽不可与孙权时期同日而语，但也是孙策倾心接纳的结果。而且，这批吴地人士大多身居显职，孙策也视之为股肱，倚之颇深。如朱治，丹阳人，孙策进军江东时，朱治以吴郡都尉的身份驱走原吴郡太守许贡，迎孙策顺利入吴。朱治资历既高，功劳又著，又与吴地大姓关系密切，在吴地有着相当的表率作用。虞翻，会稽余姚人，孙策攻王朗时依附，他不见容于孙权，却为孙策所重，孙策甚至有让虞翻出使中原，令北方士大夫一睹南士风采的打算。虞姓为会稽四姓之首，系文化士族。虞翻与朱治的依附，对吴地人士起了一文一武的模范作用。其他如董袭，会稽余姚人，“孙策入郡，袭迎于高迁亭”，是最早依附孙策的吴地人士之一；凌操，吴郡余杭人，“孙策初兴，每从征伐，常冠军履锋”；贺齐，会稽山阴人，“孙策临郡，察齐孝廉”，后戎马一生，为孙吴政权东征西讨；全柔，吴郡钱塘人，“孙策到吴，柔举兵先附，策表柔为丹杨都尉”，全柔出身名门，祖上曾为汉尚书郎右丞，算得上江东文化士族，影响力颇大；还有芮良，丹阳人，父芮祉跟随孙坚征战，自己跟从孙策平定江东，“策以为会稽东部都尉”。这批江东人士在孙策入吴前后就已融入孙氏集团，并对孙吴政权忠心耿耿，权势与地位也日见其上，除虞翻为孙权流放外，其余大多被孙权重用。

孙策的这一战略意图，在他选择继承人的时候得到了最终体现。孙策临去世时，张昭等人按常理推测，孙策极可能会选择和自己性格相近，即同样以骁悍果烈著称的三弟孙翊为继承人，却不料孙策选中了孙权。“张昭等谓策当以兵属俨，而策呼权，佩以印绶。”原因孙策交代得很清楚，“举江东之众，决机于两阵之间，与天下争衡，卿不如我；举贤任能，各尽其心，以保江东，我不如卿”。要立足江东，不能单凭武力行事，尤其在如何处理与江东大族的关系这一决定孙氏前途的关键问题上，光有武力的孙翊显然是难以胜任的，唯有“性度弘朗，仁而多断，好侠养士”的孙权才是最佳人选。

汉末天下大乱，江东地区虽有刘繇、王朗这些朝廷牧守，但他们能力有限，自保尚且不暇，江东大族当然不可能死力相效，如虞翻对王朗，不过是尽一种道义上的责任罢了。当势力强大的孙策拥众南下时，江东大族自然不会视而不见，只是，依附问题关系到江东大族的前途去向，意义相当重大，在不能断定孙策能保护其根本利益之前，江东大族是不会贸然投靠的。换言之，一旦孙策表现出足够的实力和能力，那么江东大族的倾心归靠就是意料中的事。实际情况也正是如此，随着孙氏集团势力的逐步稳固和扩大，尤其在孙策采取上述一系列措施之后，江东大族的猜疑之心渐次消弭。只是，大姓的猜疑之心虽去，与孙氏集团全面携手的时机却还未成熟，全面合作尚需等待些时日。

二

孙权时期：合作与打击。

孙权统治时期，大致可以陆逊为相的赤乌七年为界，分前后两个阶段。前一阶段孙吴政权逐步实现了和江东大族的全面合作，后一阶段则是孙权对江东大族刻意防范和打击的时期。江东大族势力发展到巅峰的时刻，也是孙权对这些大族打压的开始，陆逊之死的深层次原因就在于此。

孙权即位后，对江东大族以招抚为主。由于孙策掌权时已经对大族们表示出了友好态度，孙权与他们的合作就成为水到渠成的事。孙权初即位时，“然深险之地犹未尽从，而天下英豪布在州郡，宾旅寄寓之士以安危去就为意，未有君臣之固”。孙权在张昭等人的扶持下，除派亲信将领攻打吴郡、会稽、丹阳三郡的山越族，还做了一件重要事情——“招延俊秀，聘求名士”，以扩大统治基础。其中既包括南渡北士如鲁肃、诸葛谨、严峻、步骘等人，也包括江东大族中人，如顾徽、陆绩、张允、张温、驼统、陆逊、陆瑁、朱恒、吾粲等人，均在此时进入孙氏统治集团。

随着孙权对江东大族的倚重，孙氏集团和江东大族迎来了全面合作的高潮，其标志就是吴地士人大量进入孙吴政府并分享最高层权力。在基层州郡，孙吴和曹魏一样，早在嘉禾年间（公元 232 ～ 238 年）就已设立九品中正制，以选拔人才，州置大公平（后称大公正），郡设中正。这一制度的设立，得利最大的当然是江东大族，其次才是南渡北士。如《三国志·吴书·朱治传》称："公族子弟及吴四姓多出仕郡，郡吏常以千数。"在中央政府，顾雍从黄武四年（公元225年）到赤乌六年（公元243年）卒于任上，为相十九年；陆逊则自夷陵之战后，屡迁为上大将军，"吴于大将军之上复置上大将军"。这样，吴国的最高文职丞相、最高武职上大将军，均落入吴人之手，足以说明江东大族的势力至此已发展到极盛。

在江东大族势力迅猛发展之际，危险也同时出现。孙权对江东大族的猜忌和怀疑日渐加深，并采取了一系列的打击措施，具体体现在暨艳案、吕壹事件和二宫之争这三件事上。暨艳案发生于黄武三年（公元224年），张温、暨艳是吴郡人，与顾、陆大姓关系密切，张温之妹嫁给了顾雍之子顾承。二人以核选三署为名，行弹射百僚之实，矛头所指都是淮泗人物，如丞相孙邵、太守王靖，这自然引起淮泗集团的强烈不满。孙权坚决站在淮泗集团一边，不顾骆统、陆瑁等人上疏求情，杀暨艳、废张温，此后张温一族也从吴国政治中消失。

吕壹事件发生于赤乌元年（公元238年），这一次是孙权借校事吕壹之手对江东大族势力进行抑制，首先是丞相吴人顾雍，然后是左将军吴人吕据，他们均遭到不同程度的打击，引起江东大族的强烈不安。而骠骑将军步骘、太常潘濬等淮泗重臣也极力反对，最后孙权不得不以吕壹为替罪羊，一杀了事。

如果说前两事件对江东大族的打击还只在局部，那么二宫之争对他们的打击就可谓伤筋动骨了。二宫之争是太子孙和与鲁王孙霸间的夺位之争。大体而言，江东大族多支持太子孙和，淮泗集团则大都拥护鲁王孙霸，孙权对二宫之争貌似公允实则偏心处置，淋漓尽致地体现了他打击江东大族势力的决心。

他先将丞相陆逊逼得"愤恚致卒"后，继续遣使责问陆逊子陆抗二十事。

接着，原丞相顾雍子顾谭、顾承兄弟被流放交州，客死异乡，骠骑将军朱据被赐死，尚书选曹郎陆胤下狱，太子太傅吾粲被诛杀，张纯弃市，江东大族中的重要人物可以说摧折殆尽。相比之下，孙权对参与二宫之争的淮泗人物的处置却是轻描淡写的，仅全寄、杨竺、吴安、孙奇四个无关紧要的小人物遭诛，其他重要人物如步骘等反得升迁。

孙权对江东大族坚决打击的原因，绝不仅仅在于陈寿所说的“性多嫌忌，果于杀戮，暨臻末年，弥以滋甚”，其原因是深层次的。

从政治上看，孙吴国内除孙氏宗室外，另有两股政治势力，即南渡的淮泗集团和江东大族集团，这两股势力共同辅佐孙氏政权成就霸业，与曹魏、刘蜀相抗，但又互相约束、牵制，在政治上处于相对平衡的状态。孙吴开国，多是倚仗淮泗精英，但随着三国鼎立局面的形成，北方士人暂时不再南渡，南渡北士集团因为后备人才不足，日渐衰退。至建安二十四年（公元 219 年）名将周瑜、鲁肃、吕蒙等均已去世，此后南渡北士难以担当孙吴政权中的重要角色。

与此形成对比的是，盘踞江东多年的大族们势力深厚、影响深远，因此后备人才源源不断，又控制了吴国的官员仕进途径，他们的上升势头有超过前者的趋势，这自然会破坏已有的政治平衡。

这种情况自然不是孙权愿意见到的，相比而言，孙权更愿意任用南渡北士，因为南渡北士集团跟随孙坚、孙策、孙权多年征战，与孙氏政权的关系正如吕范所言，“犹同舟涉海，一事不牢，即俱受其败”。而大族们久居江东，与孙氏政权实质上仅是一种合作关系，孙氏政权借江东大族而建业图霸，江东大族也借孙氏政权而扩充势力。南渡北士与江东大族，孰近孰远，孙权心中当然很清楚。

再从经济上看，隐匿人口、侵吞土地，本是东汉末年以来豪强地主的拿手好戏，江东大族也不例外，“吴名宗大族，皆有部曲”，是吴国众所周知的事实。不同的是，在吴国，大族们不顾制度过量占有土地和劳动力的行为是得到孙吴政权默许的。《世说新语·政事三》载，会稽贺邵出任吴郡太守，遭吴中诸强轻视愤而以“检校诸顾、陆役使官兵及藏逋亡”以示报复一事，及余嘉锡在《〈世说新语〉笺注》中称：“人多离其本土，逃亡在外，辄为势家所藏匿，官不敢问。”皆说明孙吴政权实际上是以默许大族们私占人口、土地为条件，来获得他们的支持。

但是，豪强地主占的人口、土地越多，对孙吴国家越不利，因为本该入孙吴国库的租税转入大姓之门，本该为国家服徭役的编户转为大姓所役使，此多彼少，豪强受益则国家受损，这是必然的。从这个角度看，孙权打击势力日见扩大的江东大族实属必然。

陆逊之死就与此有关。马植杰先生曾指出，“孙权与陆逊两人的矛盾乃是君主专制与权势大族矛盾的体现”，此言诚然不差，但稍嫌笼统。事实上，夷陵之战后陆逊集丞相、上大将军两职于一身，其威望在孙吴已经无以复加，不仅充当了江东大族中领袖人物的角色，在吴国政坛中也是最具影响力的人物之一。

随着孙吴政权在江东的逐渐巩固，世家大族也如上所论在经济、政治上得到了相应好处，但出于孙吴皇权自身稳定的需要，孙权情愿依靠、重用在江东毫无根基的南渡北士集团，也不愿让世代植根江南的吴地大姓的势力过于膨胀，必要时也会加以种种限制甚至打击。因此，孙权逼死陆逊，其矛头所指实为陆逊身后的世家大族。

需要指出的是，孙权虽对江东大族进行了重大打击，但孙吴政权和大族之间却并未因此产生难以愈合的裂痕。这是因为孙权并未触及大族的根本利益。江东大族凭借世袭领兵制等特权制度，仍然在地方上占有大量劳动力和土地，再加上大族子弟步入吴国政坛的仕途通达依旧，假以时日，大族势力必定会在吴国再次崛起。

三

三嗣主时期：面和与心背。

孙亮、孙休、孙皓统治时期，孙吴政权与江东大族的关系有多次调整，以下分而述之。建兴元年（公元 252 年），会稽王孙亮即位。此时距二宫之争不久，江东大族刚遭重创，只能采取低调姿态，而宗室与南渡北士的势力则相对转盛。当时辅政的都是南渡北士和宗室人物，且以诸葛恪为首，“权疾困，召恪、弘及太常滕胤、将军吕据、侍中孙峻，属以后事”。其中，孙弘、孙峻为宗亲，诸葛恪、滕胤、吕据三人为南渡北士，后来双方展开了一场血腥争斗，诸葛恪杀孙弘，孙峻杀诸葛恪，孙峻死后由弟孙琳接掌大权，孙琳杀滕胤、吕据，孙氏兄弟把持吴国内政直到孙休即位初期。这一时期，江东大族由于尚未从打击中恢复，对孙氏宗室和南渡北士之间的争斗明智地采取了旁观的态度。

永安元年（公元 258 年），景帝孙休即位。次年，孙休处死孙琳。此后，孙休一边依赖南渡北士，一边重新启用江东人士，基本形成淮泗人物和江东大族分享政权的局面。丞相为陈留人濮阳兴，大将军为庐江人丁奉，左将军张布典禁军，而山阴丁密为左御史大夫，会稽贺邵为散骑常侍，秣陵纪亮为尚书令，子纪陟为中书令。同时，继陆逊之后，以陆抗、陆凯为代表的江东大族新生代领袖人物开始在军事上崭露头角，而这在很大程度上受益于吴国实行的世袭领兵制。陆逊卒后，陆抗为建武校尉，“领逊众五千人”。此后稳步上升，至孙休永安二年（公元 259 年），陆抗为镇军将军，督西陵（今湖北宜昌）地区。陆凯是陆逊的族子，孙休在位时，“拜征北将军，假节领豫州牧”，督长江中游。此外还有陆胤为安南将军，督长江下游的虎林地区。三人均手握重兵，是吴国军方的实权人物。这一时期的江东大族，不仅政治势力有所恢复，而且由于握有军权显得后劲十足。

元兴元年（公元 264 年），孙皓上台。由于孙休亡时，“蜀初亡，而交趾携叛，国内震惧，贪得长君”，吴人希望有一个强有力的君王，于是由丞相濮阳兴和左将军张布等迎立年龄稍大、名声较好的孙皓。孙皓虽由濮阳兴等人迎立，但可以肯定的是同样受到江东大族的拥护，因为孙皓是在二宫之争中遭受废黜命运的太子孙和的长子。孙和当年曾受江东大族的鼎力支持众所周知，所以立孙皓为帝，恐怕更符合江东大族的意愿。

孙皓即位不久就露出残虐的一面，有迎立之功的濮阳兴和张布都被他杀害，淮泗集团的后备人才本就缺乏杰出之辈，孙皓的所作所为更加剧了这种现象，江东大族的势力再次得到扩展。最具代表性的是孙皓即位后，陆抗迁镇军大将军，领益州牧、荆州地区，实际上整个吴国的边防重担全在陆抗一身，当时甚至有“陆抗存则吴存，抗亡则吴亡”之说。凤凰元年（公元 272 年），陆抗平定步阐之乱，迁大司马、荆州牧，手中权柄，已不亚于乃父陆逊当年。再有陆凯，孙皓初立时，任镇西大将军，后迁至左丞相。他在相期间，多次上疏直斥孙皓的诸种昏庸，言辞激烈。以孙皓的为人，如果不是因为陆凯身后有强大的陆氏家族，十个陆凯恐怕都不够他杀的，可见江东大族的势力已大到了何种程度。

和孙权一样，孙皓也面临着大族们势力过分膨胀的问题，但孙权在位时励精图治，吏治较为清明，国家通过屯田制，掌握着大量国有土地和劳动力，而且还有足以与大族抗衡的淮泗集团可供凭借，所以完全可以对大族们进行一定程度的打击和抑制。

孙皓在位时则全然不同，屯田制已经基本废除，国力大不如昔，孙皓本人又毫不顾惜民力，肆意妄为，“（皓）自登位以来，法禁转苛，赋调益繁；中宫内竖，分布州郡，横兴事役，竞造奸利；百姓罹杼轴之困，黎民疲无已之求，老幼饥寒，家户菜色”。在这种情况下，孙皓已没有实力像孙权那样向大族正面开刀了，只能从侧面进行削弱。例如，孙皓对陆抗的增兵建议置之不理，反而大封同姓王，“封陈留、章陵等九王，凡十一王，王给兵三千人”；又迁都武昌，试图远离与大族关系密切的建康城，还将宗族势力相对较弱的会稽贺邵处死；还有陆凯，其生前，孙皓不敢动他，在他死后，孙皓将他家属流放建安。

江东大族对孙皓的态度也经历了一个由支持到最后离心的转变过程。孙皓初立时，无疑得到过大族的支持，但随着孙皓昏庸残暴面目的露现，大族的代表人物如陆抗、陆凯、贺邵等人也不断地递上一份份措辞日趋激烈的上奏，陆凯更是直斥孙皓，这在蜀、晋两国都是无法想象的。当一切努力均告白费，反遭孙皓的猜疑时，江东大族终于失望地和孙吴政权分道扬镳。

纵观西晋的整个灭吴战争，晋军没有遇到过一次坚决的抵抗，王濬自蜀伐吴，一路上“兵不血刃，攻无坚城，夏口、武昌，无相支抗”，最后长驱直入金陵城。孙皓自己也说，“得陶浚表云武昌以西，并复不守。不守者，非粮不足，非城不用，兵将背战耳”。江东大姓支持孙氏兄弟，是战乱之际为自己切身利益寻求的一种保护，随着孙权去世，继承人无能，孙氏政权已无力给大姓以庇护，所以不仅是江东大姓，包括南渡大姓在内都要另择明主，孙氏政权对南下的晋军毫无抵抗力的原因也就在这里。

事实上，令江东大族最终心寒的不是孙吴政权对他们的打击和抑制，而是末帝孙皓的昏庸残暴。对给了他们财富、地位的孙吴政权和英明之主孙权，江东大族仍是念兹在兹、无时或忘的。陆机在《辨亡论》中回答吴国何以灭亡时，不同意吴蜀唇齿相依，“蜀灭则吴亡”的说法，指出吴国“四州之地”，所谓“用之者失也”，就是把亡国原因归于孙皓的委婉说法。在陆机看来，如果不是因为孙皓的昏庸残虐，孙氏政权和江东大族的合作是可以延续下去的。

孙吴国家当然可以赖以存焉，江东大族也可以继续享有荣华富贵，陆机的这种心态可谓吴人心态的典型。正因为如此，名传千古的《辨亡论》中才会蕴含着深切的故国之情、亡国之痛，对曾经抑制和打击过他们的孙权，拳拳缅怀之情也溢于词语之间。

综上所述，江东大族在孙吴基层社会中有着不可忽视的影响，是孙吴统治阶层的一个重要组成部分，其作用当然不能低估。但从孙吴独霸江东，并进而与魏、蜀争霸的角度来看，江东大族的日渐强大会对孙吴国家构成一种威胁。立国之初，为取得各种社会势力的扶持和平衡及尽量扩大社会基础，孙吴君王可以分出相当部分的权力与大姓分享，但随着基础的稳固，孙吴君王就逐渐无法容许大姓对自己皇权的分割了。由此可以认为，孙吴政权与江东大姓的关系实处于一种动态平衡之中。

第六章

“八王”其实可以很和谐

说到结束三国战乱时代，一统南北，且缔造了繁华的太康之治的西晋王朝，后人的反应，恐怕首先都是一声叹息。这么一个强大、繁荣的王朝，居然在统一中国仅仅三十七年后，说完蛋就完蛋了。

当然，西晋不是随随便便就完蛋的。西晋的统一虽然只有短短三十七年，但在这仅有的三十七年时间里，其中十六年都一直进行着一场旷日持久的内战——八王之乱。这场几乎卷入当时西晋所有拥有军队的诸侯王的战乱，使国家元气大伤，人口大量减少，内迁的匈奴、羯族、鲜卑等政权也纷纷起事，反对西晋的统治。结果就是短暂统一的西晋分崩离析、王朝灭亡，东晋王朝南迁江南地区，中国的经济重心也随之南移。原本经济发达的中国北方，则陷入了五胡十六国的战乱之中。《三国演义》中津津乐道的三国归一，就此成为泡影。说到这场旷日持久的大战乱，历史学界公认的看法，就是起于“八王之乱”。

所以，西晋灭亡的剧本也就很简单了。自己人打来打去，最后成全了外人，把国家都差点儿打没了。那么，为什么贵为西晋宗室的司马家贵族，会争相介入这场战乱之中呢？他们的目的是什么？在这场战乱的整个过程里，是否有避免其发生的可能呢？

八王之乱中的八王，并不是八个诸侯王，首先数量就不对，“八”只是个笼统的数字，卷入这场战乱的具体诸侯王，远比八要多得多。先说主要的八个王爷，包括汝南王司马亮、楚王司马玮、赵王司马伦、齐王司马冏、长沙王司马乂、成都王司马颖、河间王司马颙、东海王司马越，这是这场战乱中相继介入的主要的八个王爷，除了他们之外，还有梁王司马肜、淮南王司马允、范阳王司马虓、南阳王司马模、吴王司马晏、东安王司马繇、新野王司马歆等人。这场爆发于公元291年，一直延续到公元306年的战乱，几乎把西晋帝国直接打入了深渊。可以说，是司马家的子孙们，通过这样一场自相残杀，亲手把他们家族辛苦创立的西晋帝国，送上了分裂和灭亡的不归路。

那么身为司马家的子孙们，他们为什么要发动和介入这样一场内战呢？为什么这些手握重兵的王爷们都心甘情愿地成为一个破坏者，去毁灭祖先留给他们的江山呢？

一

八王之乱爆发的原因，后人的反思，多集中在晋武帝司马炎立储不当，导致诸王纷纷介入这场争斗，最终演变成了大规模的暴乱。但实际原因却远比这个复杂得多，可以说，早在司马炎以及他的父亲司马昭开始夺取曹魏政权，建立西晋的时候，祸根就已经种下了。

司马家族对曹家的夺权行动始于公元249年，那时候司马懿父子为了把持大权，发动政变杀死了曹爽。之后他们一步一个脚印，开始血腥屠杀忠诚于曹魏集团的各类政要们，到公元261年杀掉当时最著名的文学家嵇康为止，十三年里大批的精英阶层遭到屠杀。这段时期的中国北方，特别是上层官员们，其实是生活在恐怖的血雨腥风之中。作为老练的政治家，司马家族深知，仅仅依靠血腥屠杀是不可能继续他们的统治的。所以在大肆排斥异己的同时，司马家族也开始了对当时世家大族的拉拢，对于支持自己的世家大族更是极为优容，可谓要钱给钱，要官给官。在司马昭把持大权时期，为了取得世家大族的支持，设立了公侯伯子男五等爵位制度，用来封赏各类支持自己的世家大族。这些爵位的俸禄、赏赐，远远超过了曹魏集团当政时期。到了晋武帝司马炎在位时期，司马家族夺权已经完成，为了巩固自己的实力，对于世家大族更是极力笼络。

司马炎这个人，性格非常宽厚，对在司马夺权中立下大功的权臣们回报更多。如他身边的近臣谋士贾充，在司马炎登基的第一年，就被册封为车骑将军，加封鲁公，成为权倾朝野的重量级官员。而另一大将何曾，则被加封太尉，封郎陵公。这等于给所有的世家大族一个信号：只要支持我，就有很多好处。这些人，不但在地位上极尽荣宠，在法律上也被宽容以待。这些早期帮助司马炎夺权的重臣们，都是一些劣迹斑斑的人物。比如他最宠爱的谋士贾充，最大的爱好就是结党营私，而且善于制造党争。他和侍中任凯不和，各自拉帮结派明争暗斗，把西晋朝廷搞得乌烟瘴气，对此司马炎也很纵容。另外一件很雷人的事是立进县令刘友、尚书山涛以及中山王司马牧等被揭发圈占稻田，这三个人里，山涛是司马炎的亲信，司马牧是司马家族的宗亲，可以说都是司马炎的自己人，只有刘友和司马炎八竿子打不着。结果刘友遭到了严惩，司马牧和山涛则一点儿事都没有，如此偏袒，自然引得朝野一片哗然。可以这么说，从立国早期开始，西晋的腐败就非常厉害，全然没有中国历代封建王朝建国早期吏治清明的景象，这样一个政府，注定是短命的。

司马炎时代，国家在腐败问题上最主要的特点，就是各类世家大族竞相作恶。都说后来的魏晋南北朝是士族阶层垄断政权的门阀时代，其实门阀制度的迅速膨胀，就是从司马炎在位时期开始的。那些世家大族们，在司马炎之前，尚且能得到国家法律的约束，司马炎之后，就愈发肆无忌惮。甚至司马炎本人也带头贪污腐败，东汉末皇帝卖官，司马炎也有样学样，把国家各种官职明码标价，引来种种非议。有一次司马炎问大臣刘毅，自己和东汉昏君汉灵帝相比有什么区别吗？刘毅回答说，汉灵帝卖官的时候，所得的钱财都进入了国家的国库，而皇上你卖官，所得的钱都进了你自己的腰包了。对这种说法，司马炎是认账的，刘毅这么说，等于指着鼻子骂他，他却乐呵呵听了，不过也不接受刘毅的进谏。

司马炎的个人生活，也是非常荒淫的，他大概是中国历史上老婆最多的皇帝之一。在他建立西晋政权的早期，他的后宫里就有数千嫔妃，灭掉东吴末帝孙皓后，他把孙皓皇宫里的嫔妃宫女也一股脑儿地打包全收了。到了西晋统一中国之后，司马炎的后宫已经有了上万嫔妃宫女。为了能够兼顾每个老婆的感情，并避免夫妻生活出现的暗箱操作，他发明了羊车选妃法，即每天晚上，他坐着羊车游走在皇宫里，羊车停在哪个老婆门口，他就在那个老婆那里过夜。以至于那些嫔妃们为了得到他的宠幸，尝试在门前路上撒盐，以吸引羊车停留（羊爱吃盐）。有了皇帝的带头作用，当时的世家大族们也都骄奢淫逸，甚至竞相攀比。荆州刺史石崇，曾经和皇亲王恺斗富，两人各出奇宝，成了当时西晋王朝的一桩奇闻，司马炎也介入，把皇宫里珍藏的珊瑚借给王恺，让王恺拿去压倒石崇，结果石崇一股脑儿拿出了十几盆珊瑚来，把王恺羞得无地自容。那时候的珊瑚不像现在这么普遍，属于价值连城的稀罕货，以这两位在斗富中的花费，就算是比尔·盖茨也要靠边站。

西晋王朝在统一早期就开始的骄奢淫逸之风，表面看来似乎只是生活问题，其实却是一个相当严重的政治问题。如此奢侈，钱从哪里来？仅以西晋政府论，笼络世家大族、封赏权贵，样样都要花钱，这些钱只能从国家税收中来，税收不够就加征。当时战乱结束不久，整个国家最需要的不是斗富，而是休养生息，西晋王朝却反其道而行之。当然，要说西晋王朝在恢复国民经济方面啥都没做，那也确实冤枉。西晋王朝完成统一后采取的最主要的政策，就是大规模裁军，先后裁撤了三十多万军队，划分土地让他们耕种，这样一来，国家财政收入大大增加，著名的太康之治就是从此而来。但是比起后来国家奢靡腐化之风，这种繁荣只能算是表面繁荣。奢靡之风盛行，国家要承担巨大的开支，所以不断向老百姓加税，加税的结果就是自耕农纷纷破产，许多农民逃亡，统一没几年就出现了流民。那些为了逃避赋税而流亡的农民们，老实点儿的，大部分跑到了河西走廊及四川地区，在当地开荒种地，逃避官府的追捕，为了保护自己，他们还结成大营，组织武装。而不老实的流民们，就开始为匪为盗，四处作乱。不管是老实还是不老实，这种情况导致的直接后果，就是国家可以用来征收赋税的土地以及农户大大减少。为了弥补财政亏空，西晋政府只好不断地加征农业税，如此下来，自然是恶性循环。即使如此，对那些世家大族们来说，让他们维持奢侈的生活，只靠国家的赏赐还是远远不够的。比如那位曾经和王恺斗富的石崇，他发家的主要方式是打劫所管辖地区的商旅，甚至谋财害命。这样的例子在当时并不罕见。为了相互攀比斗富，借着西晋皇室赋予的特权，西晋的土地兼并在统一后没多久就越演越烈。世家大族们纷纷贪污腐败，挖国家的墙脚，在太康之治的繁荣外表下，强大的西晋帝国内里早已千疮百孔。这样一个国家，发生大规模动乱是必然的。

西晋之所以在建国早期采取这种统治方式，主要原因还是司马家族得国不正。为了得到支持，他们必须用优待世家大族的方式来维持他们的统治。这个时代，门阀政治已经成为封建统治阶级的主流，在司马家族眼里，只要笼络住门阀家族，保证门阀家族和皇室之间的和谐，天就塌不下来。可是，如果他们之间不和谐呢？司马炎也意识到这个问题，对策很简单：保证有强大的军队不就可以了？

二

在统一初期，司马炎曾经大规模裁军，削减军费开支，但是对于军队问题，他丝毫不敢放松，而且曹魏灭亡的教训也让司马炎刻骨铭心。在司马炎眼里，曹魏政权终结的最重要原因就是疏远自己的亲族，导致发生动乱后国家没有足够的力量来维护皇室的地位。自以为找到历史教训的司马炎，做出了矫枉过正的决定：大肆册封宗室为王，并且给予宗室掌握军队的权力。这样做的直接结果，就是把刚刚统一的中国又拆分得四分五裂，西晋的中央集权也被大大削弱。仅公元265年这一年，司马炎就册封了二十七个诸侯王，之后断断续续分封，这些诸侯王们以郡为国，大的诸侯王有兵马五千人，小的诸侯王有兵马三千人。诸侯王在自己的领地里有收取租税和掌握军队的权力。从表面看，司马炎此举防范了诸侯作乱的可能，他册封的诸侯王，军队人数最多的也就五千人，单独的一个诸侯王，实力根本无法同中央政府抗衡。但是这时候诸侯王的政治地位大大提高了，虽然不掌管领地的民事，却拥有自选国中官属的权力。在中国日益走向封建大一统的趋势下，这样的分封显然是历史的倒退，注定要受到历史的惩罚。

在当时的西晋政权里，仅仅册封诸侯王是不会产生太大风浪的，就算诸侯王们有反叛之心，他们的兵马也无法和朝廷抗衡。司马炎企图通过分散诸侯王力量的方式，既达到让诸侯拱卫中央的目的，又让诸侯们不至于成为中央的威胁。他册封的诸侯国多，力量特别分散，但仔细看下就能发现其中的问题了。虽然单个诸侯王掌握的军队少，但总数却已经占了西晋军队数量的一半，也就是说，国家军队中的近一半已经被司马炎给拆散了。这样做的严重后果就是一旦国家真的发生变乱，这些分散在各个诸侯国里的军队很难在关键时刻迅速集结起来，更不要说拱卫皇室了。事实上，在导致西晋灭亡的五胡十六国大乱中，这样的情景不止出现了一次。

司马炎在册封诸多诸侯王的同时，虽然注意到防止诸侯势力尾大不掉，但是他又不断给这些诸侯王更多的政治特权。比如他任用诸侯王出任掌握国家军政大权的各类官职，几个比较大的诸侯王里，赵王司马伦担任过关中都督，汝阴王司马俊担任过豫州都督。这对那些本身就位高权重的诸侯王来说可谓如虎添翼，他们既做享受特权的王爷，又做执掌国家军政大权的朝廷命官，集巨大的权力和崇高的地位于一身，西晋时代的中央集权很大程度上都被他们分掉了。

在司马炎的分封政策里，各个诸侯王有权力挑选自己王国的官属，那些获得都督要职的诸侯王们甚至有权力组建只对自己负责的幕僚。无论是幕僚还是属官，他们大多数都来自一个阶层——寒门。在当时西晋九品中正制以及优礼世家大族的政策下，一个人如果没有良好的出身，是很难在政府里一展宏图的。那些胸怀大志的草根们只好再次寻找晋升之路，而为诸侯王们做幕僚和属官，就成了另一条新出路。长期以来，这些寒门子弟都受世家大族的压制，自然对世家大族深恶痛绝，所以他们一旦得到诸侯王的信任，成为其身边的重要人物，就会利用一切机会对世家大族进行反攻倒算，而反攻的最好手段就是趁着天下大乱的时候，最大限度地削弱他们。如此一来，在唯恐天下不乱的问题上，这些诸侯王身边的寒门随从幕僚们比诸侯王本人还积极，在之后西晋的历次变乱中都有他们推波助澜。在这样的局面下，西晋的变乱也就越发不可避免。

西晋王朝的政权，在晋武帝在位的时候是非常稳固的，这还是因为晋武帝苦心营造的这个制度体系，短期之内确实能够实现一种高层权力的平衡。在国家权力分配和利益分配上，这个体系几乎兼顾了所有上层统治阶级的利益，司马炎用高官厚禄抬高世家大族的地位，再用册封诸侯的方式将国家政权牢牢地把持住。但是，这个体系的平衡需要一个重要的条件：国家的皇帝必须具备一定的能力，否则是压不住权力的天平的。

对司马炎来说，做到这点显然是很容易的。他本身就是一个老谋深算的人物，擅长玩弄权术，曹魏政权都被他玩死了，现在维持这个权力体系的平衡当然不在话下。但并不是每个皇帝都有他这样的能力，比如被他立为太子的儿子司马衷。

三

在中国历史的各种资料中，司马炎去世后，登基的晋惠帝司马衷有一个独一无二的称呼——白痴皇帝。比起中国历代皇帝来，这位司马衷算是一个另类，虽然在中国历史上的昏君一直不少，但是这些昏君大多都是性格或者行为上的错误，轮到司马衷，完全不是这么回事，他天生智商就有问题。

司马衷是晋武帝司马炎的二儿子，因大儿子司马轨不幸夭折，司马衷成为事实上的长子，也正是因为这个身份，在立长立嫡的西晋王朝，他轻松地成了司马炎的接班人。司马衷小时候，医术不发达，没法为他检测智商，随着年龄的增长，司马衷的白痴本性渐渐暴露，也开始为朝臣们所知道。但是又有谁敢跟司马炎说呢？毕竟这是皇帝的长子，未来的接班人，如果说他是白痴，这不是找死吗？不过也有胆大的，比如一直得到司马炎信任的大臣卫瓘，在一次宫廷饮宴里，他假装喝得醉醺醺的，故意摸着龙椅说，这个座位太可惜了。意思就是提醒司马炎，要留意自己儿子的智商。这个时候，司马炎也陆陆续续听到了一些关于自己儿子的说法，为了验证，他故意让宫廷里的老师出了一张考卷，让儿子作答，以司马衷的智商，字都不认识，又怎么答呢？还好司马衷的老婆——太子妃贾氏有主意，她安排身边一个粗通文墨的太监捉刀代笔，交了一个粗浅的答卷。这个答卷当然不能让司马炎满意，但是他也很欣慰，这说明自己的儿子智商是正常的，只不过是能力有限而已。这时的西晋，表面看已经达到政权的顶峰。对外方面，周边的少数民族政权相继被打服投降，许多部落还迁入了中原，可以说这时期是中国边境威胁最小的时期。对内方面，西晋经济仍然保持着高度的繁荣，虽然这种繁荣是表面上的。如此大好局面，让司马炎很放心，他认为，只要儿子智商正常，外加良臣辅佐，一定可以守住司马家的江山。有了这样的念头，司马炎打消了废太子的想法，但他不知道这时的西晋实际上危机四伏。阶级矛盾日益加剧，诸侯势力尾大不掉，大量少数民族政权内迁，势力迅速扩张。此时西晋经济的虚假繁荣，促进了内外矛盾的加剧。世家大族们骄奢淫逸，大兴土木，征用各族民夫做苦力。诸侯王手握重兵，许多诸侯还兼任都督等职务，一旦皇权衰落，野心家们必定趁机而起。公元 290 年司马炎过世，在临终前，为了帮助儿子司马衷执政，司马炎特意安排了司马衷的外祖父杨骏以及太子的叔父汝南王司马亮一起辅政。这个安排也是煞费苦心了，杨骏是司马炎皇后的父亲，当然是可以信任的，司马亮属于司马家的宗亲，也是可以托付的。外公和叔叔齐上阵，这样太子总可以做个好皇帝了吧，但是他不会想到，自己的儿子是个白痴，就算把司马家的老祖宗司马懿再请回来，也扶不起这个“阿斗”。

西晋政权的变乱，从司马炎过世之后就开始了。先是杨太后以及杨骏希望独揽大权，私自篡改了司马炎的遗诏，把汝南王司马亮排斥在辅政大臣之外，这就使西晋权力的天平第一次发生了失衡。这还不算完，帮助司马衷通过司马炎考核的贾皇后也参与到权势的争夺中。贾皇后本名贾南风，是西晋权臣贾充的女儿，有其父必有其女，贾皇后在心计手段上有过之而无不及。在篡改司马炎遗书的时候，贾南风同样担心司马亮的到来会削弱她的权力，因此和杨骏站在了一个战壕里。但是在杨骏以唯一辅政大臣的身份把持朝政后，贾南风却和他翻脸了。因为杨骏也是个权力欲很强的人，国家大权就这么多，自然要开始新一轮的争斗。这次贾南风碰上了对头，杨骏以及他背后的杨家是西晋的世家大族，树大根深，又有太后杨氏的支持，贾南风貌似没戏的。但贾南风很会请外援，她主动联络楚王司马玮，假说司马衷让他入京除奸，结果司马玮带兵打进京城，于公元 291 年将杨氏全家杀害，国家大权从此开始姓贾了。虽然如此，这时的贾南风势单力薄，还不敢出头独揽大权，为了能够成功把持朝政，她又请出了汝南王司马亮以及大臣卫瓘来主持大局。这个决定对当时的西晋朝局来说是正确的，这两个人是西晋当时难得的贤明人物，既有行政经验，又是一心为民，有他们两个辅佐，西晋政局至少还能保持平稳。贾南风的本意只是躲在幕后操纵，但她很快发现，司马亮与卫瓘共同的特点就是一心扑在工作上，而且这时的西晋，无论是经济还是政治，问题都很严重。世家大族奢侈浪费，国家开支增加，农民起义不断。卫瓘主张清查土地，减免赋税，司马亮则主张削减国家的赏赐，这些政策都是为了稳定政权，但贾南风不这么觉得，一是这两人根本不听自己招呼，二是两人的政策首先就伤害了自己的家族利益。这时候，她又想起了被自己利用过的司马玮。这个司马玮也是个傻大头，上次被利用了一把，这次又当出头鸟，主动告发司马亮以及卫瓘谋反，导致二人被害，杀两个人的事情也是司马玮带兵干的。这件事做完后，司马玮满以为自己能成为贾南风的功臣，没想到贾南风脸一变，反而说司马玮未经许可杀害了卫瓘以及司马亮两个栋梁，要将司马玮就地正法，司马玮这才知道上了当。临死前，他还痛哭流涕，祥林嫂一样地给人出示贾南风给他的诏书，反反复复说自己是奉命行事，是冤枉的。可是没有人能救他，司马玮也就成了贾南风专权道路上的第一个冤大头。

司马玮死后，贾南风彻底把持了大权，吸取上次司马亮和卫瓘不听话的教训，贾南风这次依靠的是她的兄长贾谟以及侄儿贾谧两人。这两个人都是奸诈小人，一心只知道给自己家族谋利益。与此同时，为了稳固政权，贾南风也提拔了一些人才，比如当时著名的能臣张华等人。这时的西晋朝局虽然日薄西山，大体却还能运转下去。皇室、诸侯以及世家大族之间，再一次实现了和谐。

贾南风之所以能在这几场政治斗争中成功夺权，也依赖她自己的政治手腕。这是一个很有心计的女人，虽然长得又黑又丑，但是很会表演。早年做太子妃的时候，她就很会讨好司马炎夫妇，司马炎和杨太后一直庆幸自己儿子找到了一个贤惠媳妇。后来引司马玮进京的时候，她主动写了一封悲伤的信，说杨太后一家怎么欺负自己和皇帝，激得头脑简单的司马玮立刻上当，白白地给贾南风当枪使。私生活方面，许多史料都说她很荒淫，经常让手下人在民间网罗美貌男子供她淫乐，事后又杀人灭口。这些说法的真实性虽然尚待考证，但此人六亲不认，心计狠毒，却是不争的事实。

这个女人把本来就危机四伏的西晋王朝彻底送上了灭亡的不归路。在晋惠帝的统治下，治国安邦自然无从谈起。比较有名的一个笑话是，有一次大臣奏报，说某地发生了灾荒，要求赈灾。晋惠帝不解，问什么是灾荒，大臣回答说就是老百姓没有粮食吃。晋惠帝听了大笑说:“真笨，没有粮食，不会让老百姓吃肉吗？”一句话，直接把满朝文武都雷倒了。这样的人自然难以把持政权，但他却生了个聪明儿子——司马遹。这个司马遹是司马衷和宫女谢玖所生，大概是受到母亲这边的影响，司马遹博闻强识，小时候曾被评价有司马懿的遗风。但随着年龄的增长，司马遹却越来越没有皇家风范。成年之后，身为太子的他最大的爱好竟然是在皇宫里做买卖游戏，经常变装成小贩在皇宫里摆摊切肉卖酒，他还练出了一个绝活：不用秤，只要用手掂量一下，就能知道肉是什么分量。这样的人放到今天，竞争个全国劳模肯定没有问题，但做太子就不好了。此人不但不务正业，还性格残暴。有一次，贾南风的侄子贾谧冲撞了他，竟然被他拿着刀剑追砍，差点儿就送了命。

贾谧是贾南风的亲信，怎么能吃这个亏，而且这个不务正业的太子也一直是贾南风的眼中钉，她怎么能允许国家的储君是一个和自己作对且非自己所生的儿子呢？于是贾南风调动禁军，于公元 300 年趁着司马遹正在卖肉，将他囚禁，不久之后将其杀害。这个人的死在当时引起了轩然大波，虽然贾南风早就一手遮天，但此时竟然到了私自杀害国家储君的地步，实在是嚣张到了极点。西晋的官员们，大多数都是士族出身，对这种有违伦理纲常的事情自然不能容忍，可不能容忍也没办法。这时的贾南风已经掌握了国家大权，尤其是京城的兵权，操纵在她的哥哥贾谟的手里，大臣们是无法抗衡的。这时期的赵王司马伦，手握重兵，做过西晋的都督，是宗室中的一个厉害人物，他身边有一个出身寒门的幕僚孙秀，在孙秀的撺掇下，司马伦最终起兵，带着军队打进了京城。本来贾南风不慌张，她自己掌握着禁军，司马伦也就五千人，能拿她怎样呢！可她没想到，她杀害太子的行为已经引起公愤，外加司马伦起兵前，孙秀就潜伏在京城，帮助司马伦把里里外外的关系都打点好了，这样一来，贾南风就彻底歇菜了。公元300年四月，司马伦进京，成功除掉了贾南风一伙，把持了国家大权。这个口子一开，对西晋整个政局的影响可谓天翻地覆，早年不管贾南风如何胡闹，还能控制住诸侯，比如楚王司马玮，即使做了替罪羊，也无法反抗贾南风。这时的局面却不同了，赵王司马伦以诸侯的身份进京，那么其他诸侯王心中肯定也有了想法：都是诸侯，凭什么只有你能这么做皇帝？

这个司马伦是个志大才疏的人物，杀掉贾南风以后，他在次年四月逼迫晋惠帝让位，自己做上了皇帝，如此一来更引起了轩然大波，这属于赤裸裸地篡位了。而且司马伦也没有治国的才干，国家的主要大权都托付给了那个撺掇他进京的谋士孙秀。孙秀本是奸恶之人，当权后，对京城百官大肆打击，特别是抄没许多官员的家产，引起了众怒。不甘心权力旁落的世家大族们纷纷活动，向要好的王爷们求助。对那些在地方上观望的王爷们来说，皇帝这个位置谁不眼红？正好可以借这个机会成就大业。结果司马伦登基仅两个月，镇守许昌的齐王司马冏就造反了，这次造反，他还拉来了成都王与河间王助阵，结成了反对司马伦的统一战线。因为司马伦一伙不得人心，这场战争打了两个月就结束了。司马伦兵败被杀，被废黜的晋惠帝得以复位。这时候，对诸侯王的利好消息是，晋惠帝已经没有儿子了，按照西晋的皇位传承制度，晋惠帝的继承人应该从他的亲弟弟中选一个，理论上说，司马冏和他的两个搭档都有机会。皇位面前，兄弟感情以及统一战线很不值钱，司马冏转过脸来就和他的两个搭档兵戎相见，双方在洛阳开打了，但结果却是司马冏在自己两个兄弟的夹击下兵败自杀。此时，西晋的政权越来越乱，长沙王司马乂也掺和了进来，趁着几个王爷打得激烈的时候，他带兵进京，一下子掌控了局势，成了坐收渔翁之利的大将军。但便宜哪有这么好占的，公元303年，司马乂与另一个进京抢权的诸侯王司马颖在洛阳发生了会战。双方一共动用了五十多万兵力，这也是八王之乱开始后，西晋爆发的最大规模的一次战斗，结果司马乂以少胜多，击败了司马颖。司马颖败退之后不服气，竟然丧心病狂地挖开了洛阳大坝，富庶的中原地区，尽成一片泽国。西晋天下一统后的和平局面，在这场动荡中已经荡然无存。

正当几个王爷打得筋疲力尽的时候，一直在山东观望的东海王司马越也介入了。公元303年七月，司马越借口得到晋惠帝密诏，带兵入京讨贼。司马越一直是东海的都督，整个山东地区的军队都归他掌控，实力在诸侯王中最强。他看到自己夺权的机会来了，遂参与了进来，但这次他出师不利，在汤阴被司马颖击败，伤亡惨重，恼火的司马越随即做出了一个非常愚蠢的决定：向北方的鲜卑、乌桓等少数民族借兵，帮助自己打仗。这个决定等于打开了一个潘多拉魔盒，从此开始，北方少数民族政权，开始越来越多地介入中原内战，并最终反客为主，占领了北方汉地。

这时候司马越是不管不顾的，他只想夺权，公元303年八月，司马越的盟友，幽州刺史王俊带着鲜卑兵打进了邺城，司马颖吓得挟持晋惠帝逃到洛阳。是年六月，司马越取得了最后胜利，迎回了晋惠帝，随后把他毒死，立了皇太弟司马炽为帝，这就是西晋历史上的晋怀帝。

四

参加八王之乱的这些王爷们，最后或许做梦都想不到，他们忙活一场，最后只是替别人做了嫁衣裳。

在持续十六年的八王之乱里，战争波及整个北方地区，北方经济遭到了严重的破坏，许多大城市被毁。在当时中原的各个城市里，到处都是尸体，仅公元303年的河南省，平民死亡就有十多万人。参战的士兵们也大肆抢掠。比如王俊攻克邺城之后，一次性就抢走了两万多妇女，大肆奸淫后嫌带着累赘，竟然把她们都扔进易水中淹死，滔滔易水之上，漂的全是浮尸。另一个大将张方，在征战中缺少粮食，竟然吃人肉，可谓残暴到极点。在八王之乱的晚期，北方爆发了大规模的蝗虫灾害，导致大片土地受灾。种种矛盾在漫长的战乱中终于爆发了，中原各地农民纷纷起义，内迁中原的各少数民族部落也趁机起事，尤其是受到过西晋册封的匈奴人和作为奴隶迁入中原的羯族人。西晋的政权，此时到了灭亡的边缘。公元304年，匈奴大单于刘渊在山西起兵，自称国号“汉”，随后大举攻略汉地。原本强大的西晋军队早就在漫长的内耗中被消耗殆尽，根本没有能力抗击。公元311年，匈奴汉政权攻克了西晋的首都洛阳，俘虏了晋怀帝。公元316年，又攻克长安，将晋怀帝被俘虏后即位的晋愍帝也抓走了。这一下子就是连锁反应，居住在中原地区的各少数民族政权纷纷起事，这就是历史上著名的“五胡乱华”。追根究底，这些都是西晋时代的阶级矛盾所导致的。

八王之乱到五胡乱华的这一时期，是中国北方一段痛苦的灾难期。北方人口大量死亡，原本骄奢淫逸的世家大族纷纷逃命，他们逃命的路线有两条：一条是向西进入河西走廊地区，在当地西凉政权的庇护下安居，河西走廊的经济因此发展起来；另一条就是跟随东晋皇室南迁，定都建康。东晋政权的建立，标志着五胡十六国时代南北对峙的开始，也是中国经济逐渐南移的开始。这对整个中国历史都产生了深远的影响。只是，对当时的南北百姓来说，这是一场彻头彻尾的灾难，而且是由西晋政权自食其果的灾难。

第七章

东晋早期的“北伐双璧”

西晋的灭亡，是中国封建史上一件堪称奇耻大辱的事，但也无意中开创了中国封建社会的许多第一次：西晋是中国封建王朝历史上第一个灭亡在异族之手的大一统国家政权；西晋末代的晋怀帝是中国封建王朝历史上第一个被异族政权俘虏的中国皇帝。这样的第一次，对晋王朝的每一个人来说都是一种奇耻大辱。

西晋灭亡后的中国北方，内迁的各个少数民族纷纷建立政权，虽然他们打出了各种国号，但客观上说，这时的少数民族政权还处于从游牧奴隶制经济向封建制经济转化的阶段，对以农耕为主的中原汉地来说，他们主要的角色还是破坏者。事实也确实如此，五胡十六国时代开始后，北方经济遭受了沉重打击，长江以北原本繁华无比的中原地区，赤地千里，饿殍遍野。对当时的中国来说，这是一场由西晋政权内耗引发，却由整个北方百姓来承受的灾难。

在这样的灾难面前，东晋政权迁移到了南方，无论是身为皇帝的司马睿，还是那些如丧家犬的世家大族们，回想着这奇耻大辱，自然是悲从心头起。一次，在一个叫新亭的地方，东晋的君臣眼望北方，想起西晋灭亡前北方和平的时光和当年的繁华，一个个不禁潸然泪下，这就是历史上著名的“新亭对泣”。然而哭是解决不了问题的，晋朝的危机并没有因为他们的南迁而缓解。长江虽可以暂时保证晋朝的安全，但这个时期，北方的战乱在继续，大量百姓南逃在继续，没有人知道等待他们的会是什么样的命运。在遭受亡国之耻的晋人心中，也都有一个简单而共同的梦想：收复北方，光复河山。这不仅是东晋巩固政权统治、整合难民的口号，也是当时老百姓们的愿望。这是中国封建王朝第一次面临半壁江山沦陷的局面。

然而，这也激发了中华民族最珍贵的风骨：坚忍。拥有五千年文明的中华民族，在每一次灾难、威胁面前，都会有勇敢的人挺身而出，带领这个民族走出阴霾。公元316年前后，在江南苦苦支撑的东晋王朝政权确实到了最危险的时候。北方各政权持续南进，南方东晋王朝立足未稳，局面危急，北方的百姓正遭到战争的肆虐和野蛮的屠杀，呻吟在侵略者的铁蹄下，如果只知道在新亭边上哭，晋朝或许很快就会亡国。

东晋最终渡过了这个最危险的时期，主流的说法是因为江南地区王家的支持，他们帮助司马睿稳固了统治。但是，就在那些脑满肠肥的士族阶层还在相互观望，寻求这个非常时期最大利益时，却另有一些纯粹而勇敢的人，坚决地站了出来，召集起不愿意做亡国奴的军民们，向着战火连天的北方，向着肆虐中原的敌人们举起了复仇的马刀。当南逃避难成为这个时期的主流情景的时候，他们却逆流而上，虽然明知不敌，却以一颗慷慨忠义之心，以明知不可为而为之的勇气，战至流血凝肘而不退，只为所有挣扎在战争铁蹄下的人们的一个共同愿望：收复国土，光复山河。

事实上，正是因为有这样一群人存在，东晋政权才能最终顶住北方敌人的进犯，稳定自己的统治，成为万千沦陷区军民心中的希望。这些挺身而出抗击侵略的民族英雄们，虽然大多数都遭遇了失败，但是他们的奋斗与牺牲，即使经过千百年岁月的跌宕，也足够在今人心中激荡起壮阔的波澜。

这其中最杰出的两个人，是祖逖与刘琨。

一

在东晋立国的早期，祖逖是一个极其重要的人，重要的程度超乎想象，他没有极高的官位，却是整个东晋政权得以稳定发展的关键人物。当经历无数次战火的人们纷纷奔往南方的时候，他却掉头向北，望着沦陷的山河青锋出鞘，发出了一声呐喊：北伐。

祖逖，生于西晋时代的公元265年，河北涞水县人，他的出身也不差，家族世代都是两千石的高官。他的父亲祖武做过上谷的太守，这种家庭出身的人，身上自然带有汉族武人慷慨好义的性格，年轻时候的祖逖就是如此。他年轻时最喜欢做的事情就是练武，并且经常拿着钱财周济乡里，人也豁然大度，属于当地非常有名望的世家子弟。而且，和类似家庭里的富二代不同，祖逖从小就极其刻苦，不但精心研究兵法，更勤练武艺，有关他年轻时期最著名的典故就是“闻鸡起舞”。公元289年，二十四岁的祖逖结识了同样是世家军人家庭出身，游历到此的刘琨，两个性格直爽的铁汉一见如故，很快成了无话不说的好友，之后的许多时日里，他们同榻而眠，纵谈时事。这时还是西晋的繁荣期，但是危机已经到来，当时的河北地区已经豪杰并起。所谓的“豪杰”，大部分都是山贼草寇，也包括许多进入当地的少数民族，西晋王朝繁荣的外表下已经隐隐汹涌着暴乱的暗流。这种情况自然让两个年轻人忧心忡忡，终于有一天，祖逖提议，以后每天早晨，只要鸡叫了，就要起床练武，从此，两个年轻人结伴练武，度过了人生中最快乐、最充实的一段时光。也有说法是，当时两个人同在当地司州处做主簿，是同事。但无论哪种说法，这两位最杰出的民族英雄都是因为对国家前途的忧心走到了一起，并一道度过了年轻时代的成长与磨炼。

祖逖命运的改变，发生在漫长的八王之乱中。这场持续的战乱消耗掉了强大的西晋帝国大部分的兵力，西晋政权对全国的控制力大幅度下降，外加常年战争导致阶级矛盾激化，就像两个年轻人担忧的那样，动乱很快发生了。祖逖的家乡河北，主要活动着羯族人石勒的羌族武装，以及当地鲜卑等部落势力。很快，河北地区就陷入了大规模战争。在这场战争里，西晋首都洛阳于公元311年沦陷，后来建立的首都长安于公元316年沦陷，匈奴人建立的汉政权将西晋彻底灭亡。与此同时，大批北方汉人南逃，按史书记载，当时的涞水地区大约有十分之七的百姓向南方逃亡，他们之中的大部分人都死在了逃难的路上。祖逖也在这群难民之中，他率领亲族乡党几百人一路南下，历尽千辛万苦。这一段逃亡路让祖逖锤炼多年的军事才能有了展现的机会。从河北到江南的沿途，经常会遇到少数民族的游牧骑兵，但凡见到逃难的汉人，不但格杀勿论，财物也被席卷一空。在这次逃亡旅途上，祖逖带着三百多个青年，多次保护家族中的老幼妇孺，与敌人浴血奋战。等他们这一支难民队伍抵达南方时，祖逖率领的青年们只剩下三十多人。当时的汉人南迁就是这样悲壮。

逃到江南之后，祖逖因为一路上的英勇表现而得到了难民们的拥戴，因为他不只保护了自己的家人，还多次挺身而出，解救了许多逃难的百姓。他也经常开动脑筋，缴获敌人的物资。比如在路过山东的时候，面对追击的敌人骑兵，他故意将对手引进山中，用弓弩射杀，截获了他们的马匹为自己所用。因为这些，他被当地的难民推举为行主，一番辗转，他们最后到达了江苏镇江，并在当地定居。

祖逖到达镇江是在公元317年，当时司马睿已经称帝开国。祖逖的英雄事迹在当时被人们广为传颂，这样的人才正是东晋最需要的。在拜见了司马睿之后，祖逖被封为徐州刺史。受到任命的祖逖给司马睿提出的第一个建议，就是北伐。但这是司马睿不能接受的：第一，当时东南地区的统治并不稳固，许多当地士族对东晋政权持观望态度；第二，司马睿本人也不是一个有进取心的人。有一次，司马睿问他的儿子，是北方远还是太阳远，儿子回答北方远。司马睿问为什么，儿子说，因为我们看得见太阳，却看不见北方。司马睿听了很高兴，夸奖儿子聪明。也就是说，司马睿本人的愿望只是偏安东晋，至于光复河山，他不会想太多。

祖逖虽然看不到北方，却无时无刻不在想着北方的山河，当时居住在京口地区的主要是南下的北方难民，中国人从古到今的一大特点就是恋家，离乡背井永远是不得已的选择，所以，收复河山，重回家园，是每一个难民心中的愿望。而对祖逖来说，他出身军人家庭，从小就有匡扶社稷的愿望，北方山河的沦陷对一个军人来说自然是奇耻大辱，所以北伐是不用动员的。

北伐不用动员，但东晋政府却不太有热情，不只是作为皇帝的司马睿，那些扶持司马睿的江南士族们也是如此。这些江南士族之前在晋朝的地位就一直不如北方士族，现在因为晋朝定都江南，他们的地位一下子上来了，所以东晋保持现状，对他们来说是最有利的。这些政治家们想的都是最复杂的利益问题，而像祖逖这样的热血男儿考虑的却是最简单的军事问题。为了这个愿望，祖逖一次次进谏司马睿，这时的司马睿立足未稳，既不能开罪当地士族，也不能得罪祖逖这些南迁的北方人。所以最后司马睿和了个稀泥，给了祖逖一个奋威将军的名号和豫州刺史的头衔。这看似对北伐很支持，却只给了祖逖一千人吃的军粮和三千人穿的盔甲。至于兵马，则让祖逖自己想办法。

当时北方有不少强大的少数民族政权，每个政权都拥有数万精锐骑兵，这种情况下要北伐，几千人根本不够人家塞牙缝。司马睿的本意，也只是和祖逖客气客气，给你个空头支票，别整天拿北伐的事情来烦我，如果祖逖因此知难而退，那就更中了他的下怀。

可祖逖是不会退缩的，他已经从河北退到了江苏镇江，唯一的选择只有前进。

二

公元 313 年，祖逖从跟随他来到镇江的难民中精选了一百人，在镇江誓师后，随即宣布北伐。他的这种行为在当时人看来简直是痴人说梦，几乎每个人都认定他这是送死去了。

祖逖并不这么想，他不但要去，而且要胜利。公元 313 年八月，他渡江北上，船只行到长江中流的时候，祖逖突然悲愤异常，拼命敲打着划船的桨，仰天长啸：我祖逖如果不能收复河山，就让我葬身在这滔滔江水中吧！身边的部将目睹此情此景，无不感奋。这一幕令人难忘的场景，就是后来无数英雄心向往之的“击楫中流”。

事实证明，这一幕不是祖逖在作秀，而是他心中真真切切的理想。

祖逖渡江之后，驻军淮阴一带。这时的淮阴是当时的三不管地区，北方各政权还没有扩张到这里，东晋也没有建立统治，正好可以让祖逖整顿军队。祖逖采取屯田战略，让士兵在这里设立工事、打造兵器。这时的他可谓一穷二白，司马睿给的那点儿钱粮很快用完了，所有的事情都需要自力更生。之后的三年里，祖逖在当地站住了脚，不但有了大片良田，军队也扩展到两千多人。此时，北方的少数民族经常来这里骚扰，在无数次小规模的交战里，祖逖率领部下打败了敌人，也一点一滴地积累着彻底战胜他们的信心。

北方此时的形势格外复杂。匈奴人刘聪、刘卓盘踞河东、关中地区，羯族人石勒占有太行山以东的河北、山西、山东地区，北方汉族地主还建立了“坞堡”。所谓坞堡，就是当时留在北方的地主豪强们自己修筑的堡垒，他们编练军队，招募流民，用以自保。坞堡里的人要想生存，仅凭军事力量是不行的，有时候也需要游走在各个政权之间，甚至向少数民族政权纳贡称臣。坞堡的成分非常复杂，有向东晋王朝效忠的，也有投奔少数民族政权的。有的坞堡甚至为虎作伥，甘当敌人骚扰的急先锋。即使国破，这些坞堡也经常窝里斗，时常为了一点儿地盘发生战争。这时的北方可以说你中有我，我中有你，乱成了一锅粥。

富有军事经验的祖逖很快从这一片乱象中找到了制胜之道——如果要完成收复北方国土的大业，坞堡是必须争取的对象。

祖逖开始动手了，他很注意具体问题具体分析。对待堡主，他以怀柔为主，劝说那些坞堡的主人向东晋效忠，对卖身投靠敌人的就坚决打击。起初，北方坞堡的主人们大多对祖逖持怀疑态度，祖逖推心置腹，不顾个人危险深入坞堡，策反原本效忠于羯族石勒政权的坞堡堡主们。他成功争取了开封的坞堡堡主陈川，并且联合陈川消灭了一直帮助石勒欺压各坞堡的安徽永城堡主张平。这件事对整个北方的坞堡来说极具震撼，这些坞堡主人们也明白了祖逖的态度：愿意抗敌的，我们就是战友；卖身投靠的，就是我祖逖的死仇。从那以后，越来越多的坞堡堡主投奔祖逖。这种情况，雄踞北方的石勒当然不能坐视，他先派自己的大将石虎攻打祖逖。公元 319 年，双方在豫州交手，当时的石虎有五万多人，祖逖只有几千人，力量悬殊，加之原本一直是祖逖盟友的陈川竟然临阵倒戈，投降了石虎，寡不敌众的祖逖因此败退寿春。这之后，石虎多次攻打寿春，都被祖逖击退。无法回去交差的石虎掉过头来向刚刚当了叛徒的陈川发动了进攻，把陈川的五千多人掳掠到北方去，冒充俘虏来表功。不明真相的石勒因此对石虎大加褒奖。石虎的这次糊弄很快就得到了报应。第二年，祖逖发动反击，打败了石虎的部将桃豹，收复河南封丘、雍丘等地区。因为这场战争的胜利，祖逖缴获了桃豹军队的大批战马，从此，他也拥有了一支精锐的骑兵。

祖逖的卷土重来，让石勒叫苦连天，他只好再次派兵征讨，但这时的祖逖已经不是昔日吴下阿蒙了。雍丘之战里，祖逖以少胜多，仅用一千多骑兵就打败了石勒的数万精骑。他不靠硬拼，而是趁石勒全军突击的时候，突然派轻骑兵从他的背后发动了进攻。石勒这才发现，当自己忙于在北方扩张时，这个起先拿着东晋王朝空头支票的祖逖已经一步一个脚印扩张到自己眼皮子底下来了。雍州之战失败后，祖逖和石勒又打成了相持，因为有了陈川的前车之鉴，当地的坞堡纷纷和祖逖合作，祖逖也利用他们来搜集有关石勒的情报，因此每一次战斗，他都能做到知己知彼。这时，他的骑兵部队已经成熟，经常进入石勒的辖区骚扰他的部队，双方就这样在河南展开了拉锯战。值得一提的是，虽然石勒是敌人，但对待石勒的部将，尤其是俘虏，祖逖采取了开明的政策。那时，石勒辖区内的军队经常发生集体投奔祖逖的事情，甚至有的俘虏被祖逖放回后，立刻带着自己麾下的士兵来投奔。在千难万难的条件下，收复中原的坚定信念让祖逖像一块红红的烙铁，把他身边所有的人都烧热了。

经过两年艰苦作战，到了公元 321 年，祖逖终于扫清了北方地区，作为北方政治经济重镇的河南省此时也已经被祖逖收复，东晋与北方政权的分界线也由长江变成了黄河。在一无援助、二无军队的情况下，祖逖凭借着自己的力量和北方百姓的支持，一步一个脚印，实现着他收复北方的梦想。河南光复后，祖逖在当地发展生产，祭祀死难者，常年遭到战争破坏的河南省开始渐渐恢复往日的繁荣。因此，在河南百姓的心目中，祖逖有着极崇高的声望。

如果老天能够给祖逖更多的时间，相信他完全有机会完成他的理想。当时北方战乱不断，各少数民族政权新建，更因为其早期残暴的破坏引起了北方百姓的群起反抗。这正是北伐最好的机会。但东晋政权对祖逖并不支持，相反，在经过早期“王与马共天下”的局面后，东晋政权与江南士族王家的矛盾凸显。就在祖逖凭借自己的力量不断进取北方的时候，司马睿也在调兵遣将，名义上是为了支援祖逖，实际上却是为了讨伐功高震主的王敦。这场内战引发了祖逖的忧虑，他经常忧心忡忡地对部下说：国家内耗，很可能会让北伐功亏一篑。而祖逖也被司马睿猜忌，祖逖收复河南后，司马睿的第一反应就是任命亲信戴渊为征西将军，接管河南的部队，其实就是为了制约祖逖。这种事情放在别人身上也罢了，偏偏祖逖性格刚烈，受不了这个气，加上日夜操劳，他的身体状况急转直下，强撑到公元321年九月，这个志在光复山河的英雄闭上了疲劳的眼睛，结束了壮志未酬的一生。

三

祖逖在北伐期间还遭到一个沉重打击，就是好友刘琨英年早逝。作为祖逖一生的知音，同样投身光复大业的刘琨，经历了与祖逖同样艰难的一生。

作为志同道合的朋友，在五胡乱华爆发时，刘琨和祖逖选择了不同的道路。

刘琨同样出身北方世家大族，但是在性格上和祖逖却是截然不同的。祖逖出身军人世家，身上带着北方军人的豪气和刻苦耐劳。年轻时代的刘琨却更像一个花花公子，他是汉朝皇族的后裔，其家在魏晋时期历任高官，自小锦衣玉食。他的生活一度很奢侈，早年在洛阳为官的时候，经常出入娱乐场所，过着纸醉金迷的生活，和西晋的富豪石崇还是好朋友。他是个能文能武的人，除了早年和祖逖一起练剑的经历外，他还很擅长诗词创作。在与祖逖一道练剑后，刘琨被诸侯齐王司马冏征召，在洛阳生活了很长时间，那时候的他每天和一群狐朋狗友嬉戏玩乐，饮宴作诗。他和当时西晋著名文学家陆机、陆云、潘岳等人，并称为“二十四友”，一度是西晋皇后贾南风的心腹。如果没有那场颠覆西晋王朝的动乱，刘琨很可能就只是个花花公子了。

但刘琨有一点和祖逖一样，他也是个有血性的男儿。后来刘琨得到司马冏征召，入伍从军，在和祖逖告别的时候，刘琨极为兴奋，对祖逖说：我每天枕戈待旦，就等待着这一天，我很担心落在你后面。两个好朋友从此有了一个约定，看看谁在沙场上建树多。

在后来的八王之乱中，司马冏兵败自杀，刘琨作为司马冏部下，被编入了范阳王司马晓的麾下。在司马晓的身边，他得以飞黄腾达，公元307年，二十八岁的刘琨被任命为并州刺史。这一次任命改变了他一生的命运。中国也从此少了一个虚度光阴的富二代，多了一个精忠报国的将军。

当时的山西并州是西晋的北方边境，也是各民族的杂居区，民族关系非常复杂。许多部落趁中原战乱的机会趁火打劫，经常举兵作乱。这时的刘琨面临后来祖逖北伐时同样的困难，空有一个刺史的头衔，却连一兵一卒都没有。到达并州的时候，当地已经在常年战乱中残破不堪，而且经常有游牧民族骚扰。此时刘琨的麾下，只有一千多残兵败将。

在这样的局面下，刘琨迎难而上。他在当地修缮城墙、加强防备，但是人手不足却是难题，祖逖尚有坞堡可以争取，刘琨却连争取谁都不知道。不过很快，刘琨就发现并州活跃着拓跋鲜卑部。这个部落很特殊，他们从西晋早期开始就和中原互通有无，一直仰慕中原文化。如果能够得到他们的帮助，并州的局面就可以打开了。刘琨再次迎难而上，主动邀请拓跋鲜卑部的首领拓跋猗卢深谈。拓跋鲜卑人很实在，提出要和刘琨比武，结果刘琨用其武艺折服了拓跋猗卢，成了鲜卑人眼中的勇士。后面的事情就好办了，在拓跋鲜卑的帮助下，刘琨得到了战马以及军队，开始壮大自己的力量。正当他雄心勃勃，意图统一北方的时候，公元 311 年，匈奴人建立的汉政权占领了洛阳，俘虏了晋怀帝，闻听噩耗的刘琨不顾自己力量弱小，毅然发动了对汉政权老窝的打击。事实证明，这时的他还不是匈奴人的对手，几年辛苦训练的骑兵被匈奴人打得几乎全军覆没，刘琨的父母也死在了这场战斗中。刘琨本人差点儿被俘，其军队只剩下了几十人，如果不是拓跋鲜卑关键时刻赶来营救，刘琨恐怕性命难保。拓跋鲜卑也很够朋友，再次为他提供了精良战马和一部分兵力，刘琨就借此守住了并州。在五胡乱华的早期，虽然晋朝已经南渡，刘琨却依旧坚守在北方。偌大的中原，他是唯一留守作战的晋朝将军。

留守敌后的刘琨，可以用屡败屡战来形容。他本身力量就弱小，比起石勒、刘聪等枭雄来，军事力量差得太远，能够坚守住并州就很不容易了，但刘琨本人性格豪放，一心想着尽快消灭敌人，所以经常主动出击。从公元 311 年到 317 年，刘琨先后对石勒和刘聪发动了五次进攻，虽然这五次进攻都以失败告终，但是两大政权的军队也因此被牢牢牵制在山西地区，刘琨的好友祖逖也得以从容地在河南扩张，一步步北进。在东晋政权的早期，祖逖和刘琨一南一北，持续地发动着对敌人的打击。

和祖逖比起来，刘琨的处境显然更艰难，他深入敌后，没有大后方，没有支援，只有唯一的盟友拓跋猗卢。为了团结鲜卑族，刘琨主动牵线，奏请东晋朝廷册封拓跋猗卢。拓跋猗卢得到的封号是“代”，他们也因此在北方建立了代国。拓跋猗卢的子孙以此为基地，迅速发展起来，这就是南北朝赫赫有名的北魏。

在北方坚持抗战的同时，刘琨做了一件让他懊悔终生的事。公元313年，当时还是刘聪部下的石勒假装投靠晋朝，而后发兵攻打同样留守在北方的晋朝将军王俊。王俊此时驻扎在河北冀州地区，和刘琨遥相呼应，但他俩不和，刘琨作壁上观，坐看王俊被石勒消灭。王俊可谓西晋灭亡的罪人，就是他首先提出了引胡人入中原参加八王之乱，才导致了后来北方的动乱。但他和刘琨一样，一直坚守北方，虽然与刘琨不和，但是抗敌的态度却同样坚决。王俊后来兵败被俘，临死前大骂石勒，最后被石勒处死。

王俊的死，让刘琨失去一支臂膀，随着石勒实力日强，刘琨也支持不下去了。公元317年，平定王俊的石勒转而进攻刘琨，这次刘琨被打得全军覆没，连并州都丢了，他只能去投奔老友拓跋猗卢。然而，这时的拓跋鲜卑正好发生了内斗，刘琨被诬陷参与了拓跋猗卢弟弟的谋反，遭拓跋猗卢拘押。虽然最后刘琨的谋反查无实据，但多疑的拓跋猗卢迟迟不肯释放他。就在这时，东晋的王敦送来书信，命令拓跋猗卢杀掉刘琨。骑虎难下的拓跋猗卢最终做出了杀掉刘琨的决定。是年，刘琨及他的侄子被拓跋猗卢杀害，晋王朝在北方最后一个据点就此沦陷了。

第八章

东晋桓温，“奸臣”的英雄人生

在许多电视剧里，那些擅长搞阴谋诡计，气得观众恨不得冲上去咬上几口的角色，往往会有这样一句台词：“大丈夫，要么流芳百世，要么遗臭万年。”第一个说这句话的人，就是东晋时代著名的权臣桓温。

如果不够了解历史，人们很容易认为桓温是个坏人。后代史家对桓温的评价说法各异，有说他匡扶社稷的，也有说他是民族英雄的，但大部分历史学家，特别是持忠君观念的大儒们，对他只有一个评价：奸臣。不过，中国历史上著名的文化人中，许多人都对他推崇有加，特别是以研究史学著称的王夫之和黄宗羲，都给了他至高的评价。王夫之说他“英略过人”，黄宗羲则说他是“匡扶华夏第一人”，能够得到两位杰出思想家的激赏，桓温无疑是东晋时代的第一流杰出人物。

如果真的研究了历史，我们对他的称呼恐怕还要改一改。他忠也好，奸也好，他都应该是东晋时代中国南方政权的第一杰出人物，在刘宋开国皇帝刘裕出现之前，基本无人可以和他比肩。

他一生忠奸难辨，后世评价各异，说到底，还是因为他的优秀。

一

桓温，公元312年出生，祖籍安徽怀远。魏晋南北朝时期许多杰出人物都出身寒门，相比之下，桓温的家族相当不简单。早在东晋建立前，桓家就是江南四大家族之一。这四大家族是江南名声最显赫、地位最崇高的名门望族，在整个三国两晋时期，都是当地的绝对翘楚。出生在这样一个优秀的家族里，桓温人生的起点自然非常高。

桓温不但出身好，才能也同样超群。他最早出名，是在刚满周岁的时候，方式也格外特殊——哭出来的。那一年，当时的名士温峤到桓家做客，听到小桓温正在号啕大哭，当场大惊，二话不说，央求桓温的父亲桓彝，非要摸一摸小桓温。摸完了之后赞叹说，你的儿子哭声嘹亮，一听就有英雄气，骨相更奇特，将来一定是成就大业的人。桓家上下听到这个评价，自然高兴异常，为了让这段预言应验，就给他取名桓温。

虽然温先生当时说得信誓旦旦，但观桓温父母的成就，小桓温要想超越他的家族，尤其是超越他的父亲，难度还是相当大的。桓温的父亲桓彝是当时的名将，做过宣城太守，是守卫一方重地的封疆大吏，而且他的官位和声望，不仅靠显赫的家世，更是自己一刀一剑拼出来的。他击退过北方政权的进攻，也镇压过东晋内部的叛乱，战功赫赫。桓温十六岁的时候，发生了历史上著名的“苏俊之乱”，受命镇压叛乱的桓彝死在了和大将韩滉的战斗中。这场战斗打得相当激烈，桓彝只有不到敌人三分之一的兵力，却拼杀到最后，最终悲壮殉国，其慷慨忠烈，让当时的东晋名士皆为动容。少年丧父，对桓温来说是一个悲剧，不过他也因此登上了人生的第一个台阶，事后，为了安抚丧父的桓温，东晋皇室将女儿安康公主嫁给了他，桓温就这样摇身一变成了驸马爷。忠臣之子和驸马爷的特殊地位，使年少的桓温迎来一条平步青云的康庄大道。当然，桓彝的这段忠烈往事在后来也成为许多人批评桓温的口实，一是因为他后来成为“奸臣”的所作所为，二是因为他做将军后，在战场上总是缺少一股他父亲那样拼死一搏的胆气。

桓温的发家之路，在我们今天看来匪夷所思，当时却是很正常的。东晋选拔官员的主要考评条件就是门第，位高权重的职务都是留给那些位高权重的家族的，桓温所在的桓家就是其中之一。这种制度是魏晋南北朝时中国特有的政治现象，也因此造成大量草包成为国家的掌舵人，对后来南北朝政权的衰弱产生了重要影响。桓温所在的时期还是士族世袭制度的早期，这时的士族阶层还属于精英辈出的阶段，桓温就是其中最闪亮的一个。他政治才能的展现始于二十三岁那年，他受命担任琅琊内史，这是一个地方官，主要任务就是安置那些从北方逃难到南方的流民们。一般年轻人想要证明自己，主要方法就是埋头工作，低调做人。桓温却反其道而行之，他一不低调，二不干活，反而耍大牌，明确地对东晋政府说不，拒绝前往就任，可谓牛到了极点。如此不知天高地厚的小子，放在现代，肯定会遭口诛笔伐，但谁让人家是士族呢？结果，同样是士族出身，且与桓温家世代交好的虞家名士虞翼替桓温说了好话，他向晋成帝推荐说：“桓温是一个有才能的人，不能用看待平常人的眼光看待他，何况他是你的女婿，你应该重用他，如果国家有难，他一定能成为拯救灾难、匡扶社稷的人。”晋成帝同意了，因此，桓温得以担任徐州刺史。当时的徐州正面临北方敌人的进攻，军事压力特别大，桓温到来之前，当地防守边将的主要办法就是紧闭城门，消极防御，结果连农田也荒芜了。桓温到了以后，认为这样做只能越守越穷，采用了以暴制暴的方法。他招募大批饱受敌人劫掠的当地农民，组织精锐军队，每当发生敌人袭扰事件后，就组织军队深入敌后，对敌人进行打击报复，日久天长，原本战火频繁的徐州地区，竟然无人敢扰。

那位推荐了桓温的虞翼是桓温的好朋友，少年时代，桓温有大志，交友甚广，与当时的许多知名人物都是好友。他们在一起谈论时，经常讨论到北方的国土，每到这个时候，桓温都会格外激动。一次，说起西晋灭亡的耻辱，桓温竟然痛哭流涕，悲不能禁。年轻时代的桓温是个十足的爱国愤青兼性情中人。在徐州刺史任上的表现则证明，桓温不但是“愤青”，而且是一个“奋青”。

对桓温的早期人生来说，虞翼是一个重要人物，早年桓温与安康公主成婚，就是虞翼做的媒。虞翼对桓温的推荐，一面来自他和桓温的私交，另一个原因是当时的士族政治还处于相对清明的上升期。今天一提到世袭大权的士族，往往会把它与“腐朽”“没落”等字眼儿联系起来，但是在当时，东晋士族还保持着勃勃上升的朝气。那一代的士族贵族多是以天下为己任的贤士，且道德修养和气度涵养都非常高，后人心向往之的魏晋风度在这时达到了一个高峰期。在国家大计方面，士族们更以举荐人才、尊重贤良为荣，这种相对清明的士族政治环境让桓温迅速冒头。但是，桓温在徐州大展拳脚的时候，虞翼过世了。按说，一个欣赏自己的人去世，对被欣赏者来说不是什么好事，但这个人的死再次给了桓温机会。虞翼生前担任的职务是荆州刺史，这个职务在当时位高权重，既占有物产丰富的荆州地区，又要担负抗击北方政权入侵、保卫国家的责任，可谓当时的最牛刺史。最牛的官，自然要找最牛的人来担任，按照东晋时代士族的规矩，上一代官员去世了，下一个继承人直接从他家族里选择直系亲属，主要是儿子来继承。当时晋安帝想让虞翼的儿子虞爱之接任，然而众多士族大臣却极力反对。当时担任中书监的何充，就连续七次向晋安帝上奏，认为如果仅仅为了遵循家族继承的法则，让一个毛头小伙子担任这样重大的职责，不仅是对他本人不负责，更是拿国家的前途命运开玩笑。最后，在众多士族贵族的坚持下，在徐州任上颇有建树的桓温被正式任命为荆州刺史，这个官职全称是“安西将军，都督荆雍六州军事，领护南蛮校尉，荆州刺史”。也就是说，这时的桓温已经不再是个简单的地方官，而是总领了东晋最重要边镇荆州的民事、司法、军务等所有大权的人物了。

二

桓温担任荆州刺史的时间是公元 346 年，这一年他三十四岁，正是风华正茂的时候。在他到任之前，荆州地方官的主要政略是加强荆州的防务，桓温到任后，立刻提出了一个疯狂的想法——主动进攻。桓温认为，当时东晋的北面是羯族枭雄石勒建立的后赵政权，这是最强的北方政权。西面是氐族人李氏建立的成汉政权。东晋政权强敌环伺，一旦对方联合攻击，东晋就会变得非常危险，无论怎样加强防御都不是良策。对比后来的南宋政权就知道了，南宋晚期对于防御蒙古军入侵不可谓不努力，铁壁坚城的钓鱼城甚至立下了击毙蒙古可汗的战功，而血肉铸就的荆襄防线更让天下无敌的蒙古大军付出了沉重代价。但是，当南宋西面的大理被攻克后，腹背受敌的南宋立刻全线崩溃。东晋当时的边防形势和南宋差不多，甚至更糟糕，因为东晋在人口、兵源，还有最关键的经济实力上，都远远不如后来的南宋。这个危险的战略漏洞，桓温一眼就发现了。

桓温不但发现了问题，还要解决问题。北面的石勒和西面的成汉，东晋至少要解决掉其中一个。桓温的主张是先易后难，也就是对石勒政权以防御为主，集中力量消灭盘踞在四川的成汉政权。他的奏议一出，立刻使东晋满朝哗然。自古以来，“蜀道之难，难于上青天”是中国人的共识。石勒统治区域为平原，从地理角度来看更容易攻打；成汉政权有四川盆地的天险庇护，就是三国时候的刘备，也是费尽心机才得进。桓温这个主张表面看是不合常理的。对此，桓温解释到，石勒这时期仍然处于政权的上升阶段，军事力量强大，也很有政治手腕，很会招揽民心，不是一时可以战胜的。而成汉则不同，这时的成汉政权已经日益腐朽，和四川百姓离心离德，正是消灭它的最好机会。

桓温很懂人心向背的道理，但东晋大多数士族是不懂的，因此桓温的奏议遭到了许多大臣的反对，包括当年举荐桓温的何充。关键时刻，桓温的另一个朋友，当时的名臣刘惔，坚决地站在了桓温的一边。此时刘惔正得晋安帝的宠信，说话很有分量，他认为桓温的主张是可行的，并说“以蒲博验之，其不必得，则不为也”。他这句话真可谓说到了桓温心里，桓温打仗最主要的特点就是谋而后动，没有百分百的把握，他绝对不会打。

公元 347 年三月，桓温率领荆州大军，开始了西平成汉政权的战役。进入四川之后，桓温采取了一种更疯狂的打法，他把军队中所有的老弱兵马都留在四川外围的彭山县看守辎重，自己亲自挑选了精壮士兵组成突击队，每个人只带了三天的干粮，以示有进无退之心。在作战之前，他亲自发表演说，并且给士兵们展示，他和士兵们一样，只有三天的干粮，如果打不赢，就死在一起。这一招果然激得士兵们士气高涨。战斗打响后，东晋军队大胆突击，从彭山县直接抄小路插入成都，在成都西南与成汉皇帝李势展开决战，给成汉政权来了个“黑虎掏心”。在之后的成都之战中，成汉军队更被桓温“掏”惨了，这一战打得格外艰苦，成汉军队背水一战，个个奋勇冲锋，急行三天且粮食已尽的晋军渐渐不支。最危险的时刻，桓温的参军龚护战死，桓温的战马也被敌人的弩箭射中。桓温换马再战，昂首站在敌人弓弩最密集的地方。他的身先士卒激起了全军的死战之心，三军奋勇冲杀，成汉军队最终倒在了更坚韧的桓温面前。此战成汉军被斩首两万多人，几乎全军覆没。东晋军队也伤亡惨重，桓温本人五处受伤，最严重的是肩膀被敌人的弓箭射穿，血流不止。但桓温却若无其事，慰问完士兵后才接受治疗，相当有风度。战后，李势投降，桓温对李势的妹妹一见倾心，娶她做小妾。自此，沦陷近半个世纪的四川地区基本全境收复。

四川的收复对东晋政权的巩固有着重要意义，四川物产丰富，经济上的意义不用说，军事上的意义同样重大。整个南中国汉地基本被东晋连成一片，四川成了东晋抗击北方政权侵略的坚定大后方。东晋用行动告诉天下，特别是告诉沦陷区的百姓们，东晋不是一个偏安的政权，他们会利用一切机会，完成光复河山的梦想。

收复四川之后，桓温一战成名，俨然是东晋朝廷的第一战神，但猜忌也随之到来。收复四川只是桓温战略计划中的第一步，他一生最大的梦想是光复北方的山河。比起战前内外局面的顺风顺水，之后东晋的政治形势越发对桓温不利。这时的东晋政权是士族当道，虽然此时士族还保持着对国家的责任心，但是在收复北方的问题上，东晋内部的意见并不统一。四川之战前的各派争论其实只是表象，关键是东晋政权是依靠江南名门望族才得以扎根的，如果东晋成功光复北方国土，势必会将都城迁回经济人口更为发达的北方地区，那么江南的世家大族对东晋王朝的价值也就不大了，这就会导致整个江南士族的失势。所以在保卫国土的问题上，江南的士族们可以团结一致，桓温早年镇守徐州的战功也可以得到士族上下的赞赏，因为这时的桓温是他们的保护者。西征四川虽然意见不一，但也不是原则问题，毕竟获得四川可以增强东晋的防御，也是符合东晋江南士族利益的。唯独北伐不行，因为北伐会破坏整个江南士族的利益，得益的人或许只有趁着军功确立地位的桓温。

所以，桓温在收复四川后，虽然数次要求北伐，但是都泥牛入海。这时的桓温已经是民族英雄，威望甚高，连晋安帝个人的地位也离不开桓温家族的支持。当时东晋主要的军队是由南逃的北方汉人组成的，他们之所以作战勇敢，主要原因就是为了有一天可以打回家乡，如果不摆出一点儿北伐的姿态，军队的情绪是很难安抚的。所以桓温的面子还是要给的，最后晋安帝折中了一下，同意了桓温要求北伐的主张，但是在人选上，却选择了外戚殷浩。他的如意算盘打得很好，如果打赢了，那是殷浩的功劳，正好可以用来压制桓温；如果打输了，只要能把大部分主力部队带回来，也能对上下有个交代。这个殷浩，半点儿能力没有，不但打了败仗，还差点儿全军覆没。战败的消息传来后，全国上下群情激奋，特别是士族中的北伐派，纷纷强烈要求启用桓温北伐。就这样，晋安帝原本不想用的桓温成了必须要用的了。

公元 354 年，桓温发动了他人生里第一次北伐，这次的打击目标是当时盘踞关中平原的氐族人苻坚建立的前秦政权。当时，原本强大的后赵政权已经灭亡，此时的前秦正在开疆拓土，意图统一北方，成为中原各政权里最强的一个。桓温从江陵出发，水陆齐攻。这次他深知自己的对手很强大，所以采取了持重的办法，分两路进兵，徐徐推进。此外，他还命令梁州刺史司马勋北出子午小道。从战略上说，他这个战术很稳妥，可以说把所有的困难都考虑到了，既有陆路进攻，也有水上包抄，更有奇兵袭击。而北伐的进程也出乎意料地顺利，当时的北方百姓对晋朝政权是有感情的，闻听东晋大军到来，百姓纷纷主动迎接，桓温兵不血刃地从河南进入关中，前秦军队望风而逃，一路竟然连像样的抵抗都没有。不过麻烦也从此开始，这不是桓温仅带三天干粮就能收复四川的时候了，要想收复广阔的中原，仅有士气和群众基础是不够的，更需要稳定的物资补给。这个时候东晋主政的大臣是王衍，此人最擅长夸夸其谈，没有一点儿行政能力，眼看桓温节节胜利，一直反对北伐的他暗中使坏，对桓温所需要的物资百般拖延，结果桓温进入关中后没多久就断粮了。他对面的苻坚也是一个很有经验的名将，桓温本来打算一旦没有粮食，就抢割关中平原的麦子，谁知到了才发现关中平原的麦子早被苻坚在撤退前收割光了。桓温没有办法，但还是不甘心，驻扎在灞水休整。这时候他有两个选择，一是回军，二是背水一战，全力攻打长安。但这次把握比上次小得多，前秦的军事实力远比成汉要强，而且当年的他只是个新人，可以豁出去，如今他已经声名鹊起，不能轻易豁出去了。但如果就此退兵，自然也不甘心，所以桓温采取了一种折中的办法，在灞水驻军，一面招募当地名士，收买人心，一面等待机会。他这种做法，连当时来访的华阴名士王猛都误会了。王猛的到来让桓温很高兴，他向王猛求教，王猛却嘲笑他说，你驻扎在灞水，不进也不退，谁知道你想干什么？后人常常拿此事指责桓温，说桓温是私心作祟，故意退缩不前，但此时桓温的物资供应已经断了，在那样凶险的情况下，只要有一线的生机，谁都不会贸然赌博，毕竟要为几万北伐军负责。最后，面对前秦的坚壁清野，桓温只好无奈地回军。这次北伐算是劳而无功。

但对桓温来说，这次北伐还是为他挣来了荣耀，毕竟东晋军队在战斗中把敌人打得溃败，可以说大涨了志气，也给了所有一心收复山河的仁人志士以信心。因为战功，桓温的地位也进一步提升了。

在北伐前秦失败两年后，桓温再次青锋出鞘，这次他打了一个大胜仗，利用北方战乱的机会击败羌族姚祥的军队，一举收复东晋的故都洛阳。这场胜利对东晋政权来说是一针强心剂。东晋国都的沦陷一直是奇耻大辱，虽然这次是借了敌人内耗的机会偷袭成功，但是东晋的国都毕竟光复了。

此战获胜之后，桓温提出一个建议，得罪了整个东晋士族集团——他要求东晋迁都洛阳。这个建议一石激起千层浪，就东晋皇帝本身来说，自然不愿意迁都，因为建康的政局已经稳定，他早就满足于偏安的局面了。北伐只不过是一个政治口号，谁知桓温要来真的，这还了得？东晋的世家大族们更不愿意迁移，他们对东晋的价值就在于成为后盾，如果迁都的话，他们的利用价值也就不存在了。于是，反对的声音纷至沓来，众口一词地指责桓温。打了大胜仗的桓温一下子从民族英雄变成了士族的罪人。这一次，呕心沥血的桓温沉默了。

后人在说起这段事情的时候，很少有同情桓温的，即使明白他这么做是为了国家，还是指责他邀功贪战。这主要是因为桓温得罪的不是一个皇帝，也不是哪个奸臣，而是整个在东晋南迁后获得好处的既得利益集团，也包括他自己的家族。后人总在指责桓温利用北伐提高自己的地位，但是观桓温在整个过程中的所为，两次北伐后，他把大多数功劳让给了士族们，并且待人非常谦虚，从来不居功自傲，可以说低调到了极点。特别是第一次北伐的时候，明明是后方的世家大族们耽误事，他却不敢有太多抱怨。第二次北伐，桓温收复洛阳，对着洛阳的废墟想起当年八王之乱葬送了西晋的大好河山，不禁悲从心来，说“有大牛重千斤，啖刍豆十倍于常牛，负重致远，曾不若一羸牸”，把当时把持政权的王衍等世家大族比作千斤大牛，也用来形容草包。

这段时期也是东晋士族阶层的逆淘汰期，当时的士族早期虽然与桓温意见相左，但毕竟还有许多一心为国的名士。随着时间的推移，东晋士族阶层日益草包化，因为士族的官位是世袭的，锦衣玉食里成长起来的士族自然少了前辈的进取精神。而且这时东晋清谈流行，士族们崇尚坐而论道，夸夸其谈，很少重视实际学问，整个士族阶层素质的退化，让桓温的北伐梦想越来越难。

在第二次北伐遭到举国反对后，桓温整整沉寂了十三年，到了公元369年，桓温再次发动了北伐战争，这时他已经年近花甲。这次出兵的规模是桓温历次出征里最大的，一共动用了五万大军，他从安徽当涂出兵，意图攻打盘踞中原的鲜卑族前燕政权。这次行军的路上，桓温路过了金城，这是三十年前他担任琅琊内史的地方，早年，他曾经在当地栽种柳树，安抚难民，而今他种下的小树苗已经成为参天大树。亲历时光无情的桓温，面对此景潸然泪下，喃喃说道："树犹如此，人何以堪。"

桓温是不会任北伐的梦想随时光蹉跎的，他发动进攻，东晋军渡过淮河，进入中原境内。这时老天爷也和他作对，桓温本来想用水师运载粮食，用来解决先前几次出现的粮草供应不足的问题，但此时北方连续数月干旱，运粮船队根本到达不了前线。艰难困苦下，桓温横下一条心，发动了对前燕的猛攻。东晋军队如猛虎下山，一举击溃前燕的边防部队，杀到了山东金乡。前燕的都城邺城已经在桓温的眼皮子底下了，和早期进军关中一样，此时节节胜利却弹尽粮绝的桓温同样有两个选择，一是见好就收，班师回朝，这样可以作为一次北伐胜利，巩固他在东晋的地位。如果桓温仅仅为了个人利益的话，深知战场形势的他一定会这么做的。他的部下郗超也确实劝说他这么做，但是他拒绝了，他已经过了沽名钓誉的年龄，他要的是收复中原。这样他就只剩下另一个选择，用最快的速度进攻邺城。这时候前燕新败，正是摇摇欲坠的时候，如果拼死一搏，很可能会取胜。但是就像当年进军关中一样，桓温又犹豫了，毕竟这又是一次风险很大的抉择。最后，桓温选择了持重。他在金乡原地屯兵，观望局势，等待后援粮草到来。就在这个时候，前燕集结了五万大军，由名将慕容垂统率，向他猛攻过来。慕容垂是出了名的狡猾人物，他不和桓温交锋，反而绕道河南，断掉了桓温的退路，然后在桓温撤退的路上发动进攻，将师老兵疲的桓温打得大败。这是桓温在历次战争中遭到的第一次惨败，也比他每一次北伐都惨。前几次桓温还把部队带了回来，这一次却全军覆没，他一生的荣耀、战功，因为这次失败，全赔光了。

三

第三次北伐的失败给年近花甲的桓温带来了沉重的打击。早在第二次北伐的时候，他就有了“千斤大牛”的感慨，这一次，他的心态更不一样了。又因为东晋士族的“草包化”，原先的好朋友也相继离开，他在整个士族阶层里越发孤独。早先，他是一个“奋青”，后来，他成为一个为北伐抛头颅洒热血的将军，但当所有的梦想都成空之后，他对自己的人生产生了迷茫，奋斗一生，到如今却两手空空，究竟是什么原因呢？

关于桓温的转变，史料上普遍的说法是他长期把持大权，因此生出了不臣之心。但从桓温本人的行为看，最主要的原因恐怕还是他在回顾一生的时候发现自己竟然两手空空。就像史料里记录的一样，他经常自语“男人要么流芳百世，要么遗臭万年”。流芳百世一直是桓温的追求，可是三次北伐均劳而无功，最后一场失败更是断送了他往日的战功。这样的情况下，流芳百世自然无从谈起。至于遗臭万年，自然是想篡位了。

桓温这么做了，促使他下决心的是当年在山东金乡劝说他进兵的亲信郗超。桓温先是废掉了当时的东晋皇帝，立了晋简安帝。这时候他虽然威名大减，但手里有当时东晋最强大的军队，做这件事情也很容易。但是后面的事情就没那么容易了，此时东晋世家大族当道，这是他夺权的障碍。桓温先是把反对最激烈的殷、虞两族杀掉，然后驻兵在姑苏，用来遥控京城。

就像他之前做的所有事情一样，这一次他又犹豫了，既没有直接废掉东晋皇室，也没有悬崖勒马。究其原因，还是他自己的观念在作祟。他既想成就大业，同时也顾忌自己的名声，不想背上叛贼的骂名，所以就算改朝换代，也要取得世家大族的支持。公元 372 年，桓温拥立的晋简安帝病逝，这又给了桓温篡权的好机会，次年春天，桓温带兵来到京城建康。当时坊间纷纷传言，说桓温要把整个士族全都杀光，其实桓温没有这么残暴，他要的只是世家大族对自己的认可，他可以杀掉殷、虞两个家族，但是对东晋士族中影响力最大的谢家和王家，还是让其三分，毕竟这两个家族人脉太广，一旦轻举妄动，很可能招来整个东晋世家大族的打击。所以桓温到了建康后，找到了王家的名士王坦之以及谢家的名士谢安，意图取得两大家族的支持。谢安是个聪明人，王坦之面对桓温的军队吓得脸都白了，谢安却镇定自若，他不卑不亢的态度得到了桓温的敬重，在桓温登基的问题上，谢安假装支持，却故意拖延，迟迟不为桓温主持登基仪式。因为谢安得到消息，这时的桓温已经病入膏肓了。公元 373 年八月，一代枭雄桓温病故，到死，他都没有完成最后一步，流芳百世没有做到，遗臭万年也没有实现。

虽然历史上对桓温争论很多，但关于他的贡献，不管是批评他的人还是称赞他的人，都是认账的。他当政时期，是东晋军事力量的迅速上升期，他在荆州打造出来的军队，后来和北府军一样，成了在淝水之战抗击苻坚南下的主力。而他个人的能力、功勋，在当时已经日益腐化的士族阶层中更属难得。他卓越的战略眼光、持重的用兵特色，也是东晋的翘楚。桓温去世之后，他的弟弟桓冲接替了他的职务，和谢安同心协力，东晋政权因此出现了团结的局面。这一切，都对之后那场著名的淝水之战产生了非常重要的影响。

不过，最后想遗臭万年的桓温做梦也没想到，他的理想被他的儿子实现了。桓温去世三十二年后，桓温的儿子桓玄发动叛乱，废了东晋皇室，建立了楚政权。当年篡权不成的桓温，被追认为宣武皇帝，桓温也算是过了把皇帝瘾。但是过瘾之后，却是他们整个家族的灾难，桓玄后来败给了东晋晚期的新军阀刘裕，全家遭到屠戮，曾经在江南大地举足轻重的桓家就这么完蛋了。而桓玄的这场变乱，也为他的对手刘裕做了嫁衣裳。寒门出身的刘裕没有桓温脑袋里这么多条条框框，最后借着战功干净利落地结束了东晋，开始了南北朝时期。

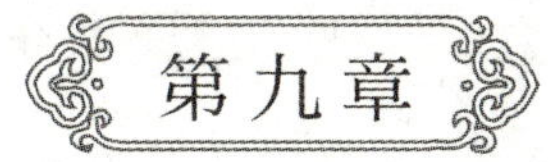

第九章

刘裕，贵族中国的叛逆者

在魏晋南北朝几个世纪的历史上，虽然同样是南北对峙、国家分裂，但是这几百年的历史往往被史家分成两段：一段是魏晋，包括从三国时代到东晋灭亡这段历史；另一段是南北朝，即南朝宋齐梁陈政权与北方的北魏、东魏、西魏、北齐、北周的对峙阶段。之所以这么分，一个原因就是在魏晋阶段，从魏到晋，即使国家分裂，终究还有正统政权存在，虽然这样的正统只是表面上的。而在后来的南北朝时期，无论是统一北方的鲜卑北魏，还是轮流坐庄的南朝、宋齐、梁、陈，都只能算地方割据政权，代表不了大一统封建王朝。这是封建社会的划分观念，而从国家统一的角度来说，从魏晋到南北朝，最大的区别就是国家从混战变成了南北对峙，无论这期间政治风云怎样变化，南北之间的关系是战是和，南北双方的老百姓们至少已经开始享受长时期的和平生活了。中国南北大一统时代的到来，也是从南北朝的对峙开始成为现实的，从这个角度来看，促成这个时代到来的人都可谓历史的功臣。

如果从社会阶层的变化看，魏晋与南北朝之间有一个巨大的差别。从东汉末年开始，中国的封建社会就进入了门阀封建社会，即由出身显贵的世家大族把持国家政权，垄断国家的政治，中国社会的门第观念从此形成。干得好不如生得好，是这个时代的人的主要观点。但这样一个森严的门阀体系，从南北朝时期开始破产了。在北方，常年的战乱和鲜卑北魏早期的大清洗沉重打击了北方士族，孝文帝的改革表面上提高了北方士族的地位，实际上却促使大量寒门出身的官员走到了政治的前台。北魏分裂后的东魏、西魏，后来演化成了北齐、北周，虽然这些政权也大量拉拢北方士大夫，尤其是士族阶层，可是寒门势力的崛起及士族阶层最终瓦解的大趋势已经不可避免，越来越多的草根开始崭露头角。在南朝，这样的情景演进更快，南朝、宋齐、梁、陈四个朝代的开国皇帝都是寒门出身，仅就这一点来说，魏晋时代是贵族中国的顶峰，南北朝时期是草根中国的开始。

在这场开始中，起到举足轻重作用的人当属刘宋的开国皇帝刘裕，他的贡献绝不仅仅在于做上了皇帝。

一

刘裕，本名德舆，小名寄奴，以他称帝后的说法，他是汉朝开国皇帝刘邦的后人。这个说法貌似也有些靠谱，因为他的祖籍就是刘邦的老家徐州沛县。但是后来的学者中也有许多人反对这个说法，称刘裕这么做是“称宗祔庙”。对早期的刘裕来说，祖宗是不是刘邦并不重要，因为到他这一代，家族已经没落了。刘裕出生在江苏镇江，他祖上刘混随晋朝南迁，定居在了这里。那时候他们家还算一个名门望族，早期的时候也曾世代为官，但是很快就中衰了。刘裕的父亲刘翘只是一个郡里的功曹，也就是个小公务员，到了刘裕这一代更惨，连政府的大门都进不去。《南史》里说，青年时代的刘裕，因为不务正业，曾经被父亲赶出了家门，让他自谋生路。他后来种过地，卖过肉，打过鱼，很早就开始混社会了，而且也确实有“成就”——混成了混混。走上社会的刘裕，很快成了当地有名的无赖，经常出入赌场，不管多穷，有一点儿钱都要拿去赌博。混了一段时间以后，刘裕得到了一个改变人生的机会——镇江当地要征兵，刘裕应征了。

说到镇江的征兵，就不得不提一下东晋时代一支非常强悍的军队——北府军。北府军的强大，在中国历史上向来被人称道，它由南逃的北方汉人组成，因为一个个身怀国恨家仇，所以打仗不用动员，一个个玩命向前冲。在著名的淝水之战里，八万北府军以摧枯拉朽之势一举击败了北方前秦政权的八十七万南征军，北府军的战斗力从此名扬天下。刘裕的出生地镇江就是北府军的主要兵源所在，当地的居民大多都是南迁的北方人，当兵也就成了当地年轻人的主要选择。当兵之前，刘裕的主要工作是混社会，当兵之后，刘裕才真正开始经营自己的人生。

刘裕最早的职务是北府旧将孙无终的司马，这是个类似勤务兵之类的工作，对想混日子的士兵来说自然是一个美差，但刘裕是不打算混日子的，很快他就反感了这种无所事事的生活。到了公元399年，也就是刘裕三十七岁的时候，一个选择摆在他的面前。是年东晋发生了著名的孙恩起义，东晋王朝调动北府军进行镇压，但是战事非常不顺利，前线士兵伤亡惨重，在这种情况下，东晋政府下令，允许各地士兵们主动投军参加战斗。这个命令下达之后，许多人都嗤之以鼻，主动投军也就意味着主动送死，谁会这么傻呢？偏偏刘裕就这么“傻”，他主动要求上前线，并且很快如愿了。这里还有一个小插曲，作为刘裕的领导，孙无终还是很会看人的，早在刘裕给他做司马的时候，他就对刘裕说过，你这个人面相上带着杀气，将来必定是一方枭雄，我这里肯定留不住你。等刘裕决定上前线的时候，孙无终又一次帮了刘裕，他把刘裕推荐给了自己的好友——身为前线主帅的刘牢之。刘牢之顺水推舟，给老朋友一个面子，安排刘裕在自己麾下做了一个小军官。刘裕从此开始崭露头角。孙恩起义之所以强大，一个重要原因就是孙恩手里有当时东晋最精锐的水军，最大的战船有五十多米，远胜于东晋政府军的战船。北府军虽然在陆战中足够和北方最精锐的骑兵抗衡，但是到了水里就大大逊色了。这时只是个小军官的刘裕发现了孙恩部队战船的毛病——船大了，就不灵活。在他参加的第一场战斗里，他就带领一小队士兵乘坐小船突击，竟然一举凿沉了孙恩的大船，此举一下子撼动了前线。之后的数次战斗中，他更是身先士卒，冲杀敌阵，屡屡立下战功。他还很有计谋，比如在海盐之战里，他用疑兵之计，在兵力严重不足的情况下，成功吓跑了企图偷袭的孙恩。东晋稳定了战线，刘裕的官职也节节高升，东征孙恩之战结束的时候，他已经是北府军中重要的将领。值得一提的是，比起淝水之战时期那支纪律严明、作战勇敢的虎狼之师，这时的北府军无论是战斗力还是作战素质都大大退化了。不但没有当年与北方骑兵交手时一往无前的气概，军队里的将领还经常纵容士兵抢掠，甚至杀良冒功。只有刘裕的军队例外，他的军队纪律依旧严明，与民秋毫无犯，是当时北府军中的一大另类。

另类的刘裕很快迎来了人生里的另一个考验，在平定孙恩之乱接近尾声的时候，摇摇欲坠的东晋政权又发生了内讧。公元402年，荆州刺史桓玄突然发难，率军一路东进，攻克了东晋的都城建康，废掉了晋朝皇帝，改国号为楚。这个桓玄，就是赫赫有名的权臣桓温的儿子。比起他一辈子都没胆量篡位的老爹来，桓玄胆大包天，不但篡位成功，更开始了对东晋重臣们的清算，首先就是战功卓著的北府军统帅刘牢之。刘牢之可谓当时东晋的第一战神，在淝水之战中，正是他率军奋勇冲锋，把苻坚的八十万大军冲得大溃，成就了以少胜多的经典战斗。他沙场上勇猛，官场上却窝囊，桓玄篡位之后的第一件事就是夺了他的兵权，然后又逼他自尽，一代名将，最后含冤上吊。杀刘牢之，桓玄算是把整个北府军都得罪了，在北府军中，刘牢之好比再生父母，他蒙冤身死，让整个北府军从此视桓玄为死敌。对刘裕而言，刘牢之对他有知遇之恩，平定孙恩的时候，刘牢之很赏识刘裕，正是因为他的大力提拔，刘裕才成了高级将领。如今恩人被害，换作谁都会怒火万丈，但刘裕此时却表现出难得的冷静，他知道以自己此时的实力根本无法和桓玄抗衡，所以人在屋檐下，也就只好低头了，桓玄篡权之后，刘裕主动投靠了桓玄。他的投靠在桓玄看来有很重要的意义，强大的北府军一直让桓玄如鲠在喉，而今得到了北府军中的重要人物，也就等于瓦解了这支军队。所以桓玄非常高兴，对待刘裕很优厚，不但经常邀请他饮宴，刘裕要装备要钱粮，桓玄也很大方地一一满足。当时桓玄身边的许多人都劝他趁机除掉刘裕，如果桓玄是一个守成之主，他也许会这样做，可桓玄是一个有理想的人，他对属下说，我要成就大事，就必须重用刘裕，特别是他日横扫北方，刘裕肯定是一把杀敌的利器。也就是说，在桓玄的理想里，称帝只是第一步，他还要完成自己父亲的夙愿——收复北方，统一华夏。

但是桓玄没有想到，刘裕这把利器下手的第一个目标竟然就是他自己。在投靠桓玄的这段时间里，刘裕一直养精蓄锐。为了表达对桓玄的效忠，他主动把自己的许多部下遣散到了别处，比如他把自己的亲信何无忌派到了庆阳，同宗兄弟刘毅派到了广陵。广陵此时是桓弘的地盘，派刘毅过去，似乎是让自己的亲信处于桓玄势力的监控之下。表面上看，刘裕是在主动肢解自己的军队，表示自己毫无反对桓玄之心，事实上，他是给桓玄埋下了无数颗定时炸弹。到了公元405年二月，这几颗炸弹终于爆炸了，是年，刘毅在广陵起兵，杀掉了桓弘，桓玄政权的一大臂膀就这样给砍掉了。与此同时，刘裕也在京口发难，趁着桓玄打猎的机会发动政变，一举杀死了桓玄的堂兄桓修。如此一来，桓玄的羽翼顿时被斩掉了，势单力孤的桓玄仓皇之下逃到了荆州。之后刘裕乘胜追击，檄文各省，声讨桓玄的罪状，东晋的各派势力眼看桓玄倒台，纷纷表示支持刘裕，争着做墙头草。这场较量原本实力悬殊，但因为缜密筹划，刘裕至此已经掌握了主动权。随后刘裕带兵进入了建康城，被推举为反对桓玄篡位的盟主。到了公元 405 年四月，凭借着拥戴东晋的名义以及迅速扩充的军队，刘裕彻底消灭了桓玄的势力，并且掌控了建康的局势。次年三月，刘裕扶持晋安帝复位，这时的刘裕已经官升侍中、车骑将军、都督中外诸军事，俨然是国家柱石，确切地说，是国家的权臣。

对当时的东晋王朝来说，无论是刘裕还是桓玄，都是没有区别的，因为不管谁赢，东晋的皇帝都一样是傀儡。但是对中国历史的发展来说，刘裕和桓玄这一场较量的意义却远远超过了改朝换代。桓玄是东晋权臣桓温的儿子，世代名门望族，在三国至西晋的漫长历史中，世家大族一直垄断着国家高位，出身不好只能靠边站。然而在这场争夺大权的内战里，最后靠边站的却是身为世家大族的桓玄，得到胜利的是出身寒微的刘裕，这对整个南朝乃至整个中国的政治结构都产生了非常重要的影响。从这以后，寒门不再是世家大族的附庸，他们本身已经成为一支强大的力量，甚至能够获得国家的最高权力。这场政变对整个国家的冲击，无论是政治观念方面还是国家政权构成方面，都是非常深远的。

刘裕这段时期的所作所为确立了他在东晋朝廷里的忠臣形象，在世家大族眼里，刘裕是东晋王朝的拯救者，甚至在司马光眼里，刘裕也是再造东晋的绝对功臣。然而刘裕的真实目标绝不是再造东晋，而是造一个属于自己的国家政权。

刘裕能够在世家大族当道的东晋，用短短五年的时间从一个普通的小军官成为把持国家大权的权臣，这本来就属于奇迹，放在当时更可谓神话。但就刘裕本身而言，做到这个是不奇怪的。首先，刘裕不是一个人在战斗，他依托的是一个强大的北府军集团。东晋南迁后，为了稳定统治，对江南的世家大族大力笼络。而南迁到北方的汉人，尤其是军人阶层，虽然担负着保家卫国的重任，但他们的身份一直被边缘化，始终不能进入国家权力层的核心。所以出身不同的军人也希望国家政权中能够出现一个替他们说话的人。刘裕是他们能接受的，他自己就是北府军的成员，更是南迁北方汉人的后代，这两条就足够让他获得北府军官兵的认同。而且，刘裕为人最大的特点就是谋而后动，年轻时他就属于那种心眼非常多的人，一件事没有把握，他绝对不去做，他决定要做的事情，必然是经过了长期的筹划，哪怕为此需要暂时忍受失败。在对付桓玄的过程里，刘裕一是能算计，最后把桓玄算计死了；二是能忍，卖身投靠，曲意逢迎，到最后背后捅刀子，全套动作一气呵成，丝毫不留破绽。这样的人，做一个把持大权的权臣都有些屈才，做皇帝完全可以。

二

但有能力做皇帝的刘裕，在公元405年“再造社稷”，并且成功把持大权之后，想当皇帝还是非常不容易的。

首先就是他的出身问题，刘裕出身寒门，在那个门第社会之中，寒门出身的人能做官就是祖坟上冒青烟了，想做皇帝，简直是痴心妄想。虽然说枪杆子里面出政权，但是刘裕也不能把所有的世家大族都杀干净。更重要的一点就是此时的东晋王朝还有他的正统地位，他一直以光复河山来收拢人心，现在北方失地没有收复，你却要把正统朝廷干掉，这让全国人民怎么看你？所以要想夺取政权，刘裕必须要做两件事：第一件就是要提高自己的威望，第二件就是要拉拢世家大族。后一件相对好办点儿，这时期的世家大族都已经腐朽不堪，只要封官许愿给好处，完全可以找到合作者。第一件事比较难办，要有声望，只有两种可能：第一种是出身名门，这个说过了，出身问题刘裕是扭转不了的；第二种也很难，就是必须要成为民族英雄。当时南北分裂，北方政权林立，但凡是有血性的东晋人，哪怕是一个普通老百姓，也都有光复河山的愿望，做到这一点的，就是大家心中的英雄。可这又谈何容易，当年的桓温何等雄才大略，贸然北伐的结果又是如何？不照样被人家打回来吗？他都不行，你刘裕行吗？

刘裕的态度是：我行！

在成为把持大权的权臣之后，刘裕就把北伐提上了日程。在刘裕之前，东晋王朝也曾进行了多次北伐，从最早的祖逖到后来的桓温，每一次都是口号震天响，却功败垂成。这一次刘裕决定试试，他的第一个对手就是盘踞山东河北地区的南燕。

南燕是五胡十六国时期北方鲜卑族建立的一个政权，这个政权的统治者是鲜卑族中的慕容鲜卑。所谓慕容鲜卑，就是金庸《天龙八部》里吹得神乎其神的慕容家族。在武侠小说里，他们很神，而在真正的历史中，他们也非常剽悍。慕容鲜卑最大的特点就是拥有当时北方最精锐的骑兵。他们的骑兵都是由身经百战的鲜卑战士组成，战斗力极高。他们还独创了连环马战术，古典名著《水浒传》里的连环马，还有后来金朝灭南宋时期的拐子马，都是从慕容鲜卑的连环马战术演化来的。在冷兵器时代的南北朝，平原作战，骑兵是最强悍的兵种，有最好的骑兵也就意味着有了最好的军队。手握当时最精锐骑兵的南燕，一直是东晋政府的大敌，在东晋眼里，这不但是个敌人，更是个白眼狼。慕容家族起家初期，因为实力弱小，曾经接受东晋的册封，东晋为了能够收复北方，一度曲线救国，给予慕容鲜卑极大的支持。但慕容鲜卑实力强大后，翻脸不认人，屡次侵略东晋，尤其是在桓玄篡位期间，慕容鲜卑趁火打劫。公元409年，慕容鲜卑曾侵入东晋管辖的淮北地区，大肆掳掠人口，军民伤亡极其惨重。但对刘裕来说，慕容鲜卑的这次入侵是天上掉馅儿饼。东晋王朝对北伐的兴趣一直不大，特别是有了桓温专权的教训后，在东晋世家大族的眼里，北伐只能给权臣增加政治资本，而对自己毫无意义，所以在慕容鲜卑入侵前，虽然刘裕多次提出北伐，却总遭到世家大族的阻挠。这次慕容鲜卑主动挑衅，开战的口实终于来了，世家大族们虽然反对北伐，但是如此大仇下，谁也不敢挑头反对，刘裕也就等来了证明自己军事实力的机会——我不只窝里横，更能横扫北方。

公元409年四月，刘裕开始了这次北伐行动。客观上说，以他这次北伐动用的部队看，同时代的人有理由对这次北伐的结果表现出最大的悲观。当时东晋最紧缺的就是马匹，江南原本就不是产马的地方，而部队作战主要以步兵为主，因此到了刘裕的军队里，不但骑兵稀少，连运送物资的马匹都少，有些军队运输辎重的时候甚至不得不用牛车来替代马车。但在刘裕看来，这些都不意味着自己会败，用牛车怎么了？牛车照样可以打牛仗。

有信心固然好，但支撑信心的还是实力。刘裕敢打，关键在于他相信自己的实力：论统兵打仗的谋略，在当时没有人比他狡猾；论军队的战斗力，他打造出来的新一代北府军在严明的纪律和严苛的训练下，战斗力早就直线恢复到顶峰时期的水平。至于差距悬殊的骑兵水平和战马储量，刘裕也找到了对付的武器。出师之后，刘裕首先赢了慕容鲜卑一招，当时普遍的观点是北伐需要步步为营，一步一步攻占城池，稳打稳扎。但刘裕却发现，对付别人可以稳打稳扎，对付慕容鲜卑却不行。因为他们有精锐的骑兵，在部队的机动性上远远强于自己，所谓稳打稳扎，最后只能让自己投进敌人的包围圈里送死。所以刘裕采用了一个慕容鲜卑想不到的战术：不理会周边敌人的纠缠，不去攻占沿途的小城市，集中兵力直扑慕容鲜卑的军事重镇——临朐。这个战术果然出乎慕容鲜卑的预料，南燕皇帝慕容超本想节节抵抗，趁刘裕兵败疲惫的时候再发挥骑兵的优势反攻，一举击败刘裕。没想到刘裕却反其道而行之，火速推进到临朐一带，就像一把刀子，直接插到了慕容超的胸脯上。慕容超是个心气颇高的人，自然不会甘心，他立刻做出了应对，就在临朐和刘裕决战。

是年五月，刘裕的大军快速突击到了临朐，慕容超率领的鲜卑骑兵也已经在临朐摆好了阵势。事实证明，虽然在预判上输了一招，但是慕容超以及他治下的南燕鲜卑骑兵却是非常强悍的，仅用了很短的时间就完成了主力部队的集结，扎好了口袋等着刘裕来钻。刘裕劳师袭远，物资也不充裕，而且他的骑兵有限，在山东平原上和慕容超的精锐骑兵抗衡，这事从来没有过先例。步兵打骑兵，在冷兵器时代的平原战斗中，胜负是少有悬念的，虽然演义小说里有砍马腿、钩镰枪之类的说法，但放在实际战斗中是行不通的。

但是战斗的结果却出乎预料。战斗打响后，慕容超故伎重演，拿出了鲜卑骑兵的看家法宝——连环马，即用铁链子把三五个骑兵拴在一起，然后向刘裕发起冲锋。这一招在之前南燕的战斗中可谓屡试不爽，重甲骑兵拴在一起组成冲锋团队，冲击力好比重装坦克，足够把一切挡路的士兵碾成肉泥，刘裕手下的步兵还不够给这些钢铁怪兽塞牙缝的。慕容超的这种骑兵的甲胄都非常重，曾经有军事爱好者按照史料的记录复制了当时的盔甲，发现如果让一个普通的现代人穿上这种盔甲，别说打仗，走路都是困难的。这就意味着慕容超的这些士兵几乎都是力大如牛的勇士，重装盔甲把他们保护得非常好，弓箭以及普通的步兵武器是根本无法对他们造成伤害的。因此，开战之前，雄心勃勃的慕容超非常有信心。

可是开战之后，慕容超的信心就变成了绝望。鲜卑骑兵隆隆开进时，让慕容超瞠目结舌的事情发生了，刘裕的军队并没有像他想象的那样结成步兵方阵来抵抗，反而推出了一种新式武器战车。这种战车是用坚固的硬木做成，非常重，既能够阻遏骑兵冲锋，又能成为士兵的掩体。而且在慕容超发动进攻前，刘裕的军队已经在军阵前面设置了足够多的拒马桩，就好比在敌人眼皮子底下布置好了雷区。结果慕容超的军队被“雷”了，还没有见到刘裕军队的面，就被撞得人仰马翻，好不容易突破了这些障碍物，又被依托战车防御的步兵们迎头痛击。更让慕容超抓狂的是，他原本对鲜卑骑兵盔甲的保护能力非常自信，但真到了战场上，这种武装到牙齿的盔甲反而成了累赘：刘裕的军队不但用弓箭，更用了弩。当时中国的造弩技术已经非常发达了，刘裕的北府军不但有士兵用的单兵弩，更有十几种大型弩，最大的甚至能够发射长矛，一个长矛打过来，完全可以把一个全副武装的鲜卑重骑兵捅个透心凉。在刘裕的漫天箭雨下，武装到牙齿的鲜卑重骑兵一排排地倒了下去。

就这样，慕容超笃信的“一边倒”战斗打成了相持战。慕容超越打越急，其实他不必急，因为双方的胜利条件实在不一样：慕容超只要拖住刘裕，刘裕就会被拖死，而刘裕如果不能尽快解决慕容超，孤军深入的他就可能面临灭顶之灾。这一点刘裕是知道的，身经百战的慕容超也知道，可是他一着急就忘了，只是一个劲儿地招呼骑兵们冲锋，结果就是在刘裕的军阵面前堆起一排又一排的尸体。

焦急万分的慕容超似乎忘记了另一件事：刘裕的骑兵虽然有限，可到底是有的，怎么打了半天，一点儿影子都没看到呢？

很快他就明白了，就在他招呼骑兵冲锋的时候，刘裕有限的骑兵突然在他身后出现了。骑兵有限，杀伤力也不大，关键要看怎么用。这些骑兵绕到慕容超的背后发起攻击，正在拼命冲锋的慕容超突然挨了这么一刀，哪里受得了，强大的慕容鲜卑骑兵就这样崩溃了。随后刘裕全线反扑，慕容超部争相逃命，临朐重镇最终落到了刘裕手中，慕容超只好收罗残兵，退守都城广固。

临朐的沦陷是刘裕北伐战争的一个重要拐点，如果说之前刘裕还需要担心物资供应不济等问题，现在拿下临朐他就不怕了。作为南燕的重镇，临朐一直是慕容超储备粮食物资的地点，这一年收上来的麦子刚刚运进城，就因为临朐的沦陷被刘裕打包全收了。粮食问题解决了，下面就要解决慕容超本人了。刘裕把广固城团团围住，同时采取了正确的民族政策，平等对待北方各民族，不搞歧视，结果不光汉人，当地的少数民族也纷纷归附。到了后来，连慕容超的大将段宏等人也投降了，众叛亲离的慕容超最终于公元 409 年六月在广固城沦陷之后被俘，押到建康斩首。强大一时的鲜卑慕容南燕政权，仅用了两个月时间就被刘裕解决掉了。

南燕亡国，可以说给当时的东晋政权长出一口恶气。多年以来，南燕凭借着自己的骑兵优势，长期侵扰东晋边境，经常掳掠人口，东晋军队追是追不上，打又打不过，吃够了苦头，这一次终于报了仇。如刘裕所愿，在此之后，他声望大增，俨然是民族英雄，更得到东晋政府的褒奖，加封宋国公，后来刘宋的国号就是这么来的。

讨伐南燕的胜利也给刘裕打了一剂强心针。在这之前，北方政权虽然多战乱，但是军事上的绝对优势让他们对东晋一直采取攻势，东晋一直都是被动防御。由于缺少精良骑兵，东晋一般不敢跨过长江北伐，但这次的胜利，特别是作为北方骑兵最精锐的南燕骑兵的覆灭，让刘裕树立了信心。此时的北方正是五胡十六国以来最弱的时期，不要说打赢一场北伐战争，就是平定整个北方，在自己也是能够完成的。因为有这样的意识，经过数年精心准备，公元416年八月，刘裕又发动了旨在灭亡北方最强大政权——后秦的战争。这场战争其实也是在挑战东晋王朝的北伐底线。之前历次北伐，最远也不过打到山东地区，这次却要占领自西晋末年以来沦陷一百多年的关中平原地区，政治意义自然是非凡的。而且这次刘裕的运气也好得很，因为姚泓登基后兄弟争位，后秦政权这时期发生了骨肉相残的内耗，正是最虚弱的时候，刘裕兵不血刃，顺利突破了后秦的防线，进入了关中平原。但半路上杀出个程咬金——拓跋鲜卑建立的北魏政权插了进来。当时的北魏政权，国土不能说最大，可正处于国力蒸蒸日上时期，也存有一统北方的志向，自然不能坐视刘裕在北方扩张。接到后秦求救后，北魏立刻做出决定，调动三万精锐骑兵南下对付刘裕。慕容南燕灭亡后，拓跋鲜卑的北魏骑兵就成为北方最强大的骑兵。比起慕容南燕骑兵以重骑兵为主，拓跋鲜卑的骑兵主要都是机动性非常强的轻骑兵，不但速度飞快，在弓弩骑射上的能力也非常强悍，对机动性差的刘裕步兵部队来说，这样的军队无疑是非常难对付的。但刘裕还是有办法，他在渭水岸边摆开了阵势，引诱北魏军队来攻。这个阵叫却月阵，就是用牛车装大弩，摆成弯月形，向着北魏骑兵齐射。半月的形状形成交叉火力，让整个北魏骑兵都处在射程覆盖下。结果北魏大败，三万骑兵损失了八千多人，只能仓皇撤退。拓跋鲜卑与刘裕的首次交锋，以拓跋鲜卑的完败告终。这之后，刘裕顺利灭掉了后秦政权，皇帝姚泓被生擒，东晋的国土一下子扩展到了关中平原。

就在两次北伐的间隙，刘裕还大举用兵，平定了东晋政权内部的敌人们，包括自己的同族兄弟刘毅，以及最后一支掌握兵权的东晋皇室司马休之。这时，虽然东晋政权仍然存在，但真正的皇帝已经姓刘了。关中平原的胜利让刘裕的威望无以复加，尤其在中原地区，出现了老百姓自发组织慰问队迎接刘裕大军的情景。得到关中平原以后，刘裕最想做的不是乘胜追击、平定整个北方，而是皇位。按照一些史料的说法，平定关中后，他立刻停止进军，火速返回南方。期间他的大将沈林子曾经劝阻，但刘裕却说："我不想做曹操。"言下之意，就是自己不愿意像曹操那样，等着死了以后再被儿子追认为皇帝，而是一定要活着的时候就做皇帝。这时的刘裕已经年近六十，他确实等不及了。

但是等不及的刘裕犯了大错误。回南方前，他把防备北方的大权交给了两员大将王镇恶和沈林子。这两个人之前一直不和，刘裕为了防止他们内耗，安排了自己的儿子监管，但是内耗还是发生了。先是王镇恶被沈林子杀害，接着北方夏国趁机进攻，打败了刘裕留守在北方的军队，东晋军队溃不成军，仓皇退出了关中平原。好不容易收复的关中地区，仅仅几个月就得而复失了，说是内耗加指挥失误，不如说是刘裕的私心惹的祸。

但是在刘裕看来，他这个决定还是值得的。挟大胜的余威，刘裕返回建康后，不久就废除了东晋皇室，并把东晋末代皇帝杀害。公元420年，刘裕正式登基，成了南朝第一个皇帝——宋武帝。

三

虽然刘裕出身低微，行事也以狡猾狠毒著称，很难说是好人，但就做个好皇帝而言，刘裕必定名列前茅，能超过他的人屈指可数。

刘裕被后人最津津乐道的，恐怕就是他的不拘一格用人才，应该说他是魏晋以来中国用人制度的一个颠覆者。魏晋之后，随着九品中正制的确立，中国历代王朝，无论是北方少数民族建立的政权，还是南方的东晋，都是论门第来用人，这个局面从刘裕开始改变了。刘裕用人，后人说他是"网罗幽滞"，也就是说选拔了大量寒门出身的人才，有的甚至是贫困出身。比如长期在他身边出谋划策的谋士刘牧之，后来在他北伐战争里立下大功的王镇恶、沈林子、檀道济也清一色是平民。在他的统治团队里，寒门出身的人才占的比重越来越大。与此同时，刘裕也知道自己改朝换代注定会遭到世家大族的反对，所以在他即位初期，对南方的世家大族也进行了残酷的打压。他很讲政策，每惩治一个世家大族，都很讲证据，曾经繁荣一时的士族到这时已经完全腐化堕落了，罪名当然是不难找的。比如出身"江左衣冠"的豪门王家和谢家，都被他屠杀，京口贵族刁逵的家产，被他尽数分散给老百姓。他的这种打压自然有政治上的目的，但起到的效果却是"豪强肃然，远近知禁"，东晋时期世家大族的威风，在刘裕登基后，被狠狠地杀下去不少。

但是刘裕重用寒门、杀士族的威风，当然不只是作秀，更是为了巩固自己的统治。除了整人，还要整制度，特别是在东晋的晚期，由于军阀拥兵自重，国家一度陷入分裂之中，这种局面也是在刘裕登基后开始改变的。他的第一个政策，就是把当时东晋的州县大量合并，裁撤冗官，这样既节省了国家开支，又加强了中央的控制力，可谓一举两得。他对军事制度也做了调整，他登基之前是个军阀，基本是想打谁就打谁。登基之后，为了防止武将有样学样，他把军队的调动权收归中央，大将外出征讨，都需要配备朝廷的官员监督。这一条常常被后人诟病，认为此举制约了武将的权力，但就当时的局面来说，如果不这样做，很有可能会不断发生兵变。刘裕这些加强中央集权的措施提高了国家的行政效率，随着大量寒门阶层得以进入最高统治核心，以及中央行政威权的加强、士族制度的瓦解，刘宋的强大大势所趋。

当然，刘裕更知道，国家强大的根本是必须要在经济上有所建树。当时的东晋留给刘裕的是一个十足的烂摊子。因为东晋末年常年战乱，大量农民逃亡，田地荒芜，农业生产倒退严重。按照南北朝著名文学家沈约的记录，刘裕登基时农民都不知道跑到哪里去了。刘裕登基后，把重本务积作为一个重点，“本”就是农业生产，“积”就是农业储备。他登基后的第一件事就是重新整顿农村户籍人口，重新划分土地，扩大自耕农的数量，即历史上著名的“土断”政策。其中关键的一条，就是他把东晋时期拖欠的农民赋税都减免了，原本逃亡的农民这下可以放心回来耕种了，中国南方在经过长期战乱之后，又重新走上了正轨。

因为刘裕是穷苦家庭出身，所以他很是亲民，对于民间的疾苦，他不但非常了解，而且感同身受。他登基后开始整顿政府的专卖制度。专卖制度本来是东晋政府的一条财路，简单地说，就是国家低价采购物品，再高价贩卖。政府贩卖的物品，老百姓基本都是摊派购买，国家要购买的物品往往压低价格，老百姓也没有还价的权利。刘裕重新规定了专卖价格，而且不许强买强卖。这条政策和他减免农民的欠税一样，等于搬掉了当时南方老百姓身上的一块大石头。他还是个事必躬亲的人，为了防止司法官员害民，他经常偷偷去司法机关旁听审判，发现有偏袒害民的，就当场重办。江南的儒学教育也在他这一时期发扬光大，许多著名的学校都是他主持修建的。他的这些行为，对华夏文化的西传以及江南经济的繁荣有重要贡献。

然而刘裕最为重要的贡献是他为身后的南朝留下了独一无二的行政模式——寒人掌机要。在早期通过杀戮树立了自己在世家大族心中的权威之后，刘裕改为怀柔之策，对世家大族以优礼为主，给予很高的爵位，但是越来越多的实际权力却由寒门出身的官员掌握，这就是寒人掌机要。从这时候开始，士族有地位，寒门有权力，就成了南朝政权的一个常态，无论是后来的南齐、萧梁、陈朝，还是北方的北魏、北齐、北周，都把这一套政策延续了下来，寒门出身的皇帝以及高贵的士族也因此实现了关系上的和谐。这个暂时的平衡，其实启动了此后寒门阶层崛起、士族力量衰弱的大趋势，之后南北朝结束，隋唐相继而立，这个趋势被一直延续了下去。

公元 422 年六月，刘裕过世，时年五十九岁。他虽然仅在位两年，但是所创立的政治制度却奠定了整个南朝政治的雏形。他的身后是南北朝时期最繁荣的一段盛世——元嘉之治。南北朝早期的南方也因此拥有了最好的统一华夏的机会，虽然这个机会被无情错过了。

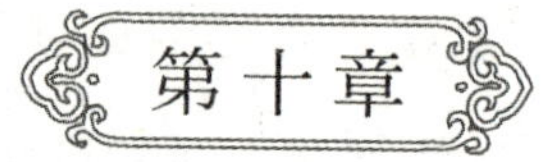

第十章

北魏是这样炼成的

有一句俗话叫“谁笑到最后，谁笑得最好”，历史也一样。

五胡十六国之后中国北方政局的变迁着实应了这句话，各个政权的变迁真可谓“长江后浪推前浪，前浪死在沙滩上”。从公元3世纪末北方动乱开始，一直到公元5世纪中期南北朝开始，北方最早一批政权基本都被拍在沙滩上了。就以五胡十六国的各个少数民族政权来论，所谓的五胡——匈奴、鲜卑、羯、氐、羌，不管一开始闹得多凶，战功多么显赫，到了公元5世纪中期，基本上都歇菜了。最早开始反抗西晋统治的匈奴政权，到了公元5世纪期间，其族人大部分融入了汉族与鲜卑族，而随着冉魏的兴起和衰落，羯族政权在后赵灭亡后也大多离散，到了南北朝时期，只剩下北方尔朱荣和南方侯景两支，最后也在南北方的叛乱中融入了汉族等其他民族。其他的各个民族，在其政权灭亡后，大部分都与中原汉族相处杂居，成为中华民族血脉中的一支，不再是历史的主角。留在历史舞台上的只剩下五胡中的鲜卑族。即使是鲜卑族，早期的白部鲜卑、慕容鲜卑等主要支系也大多离散，真正在南北朝中成为主角的鲜卑族是一个不起眼儿的部落——拓跋鲜卑。

在五胡十六国的早期，鲜卑族的力量本身就比较弱小，而拓跋鲜卑更是小得不能再小。然而正是拓跋鲜卑在争霸中韬光养晦，最终发展壮大，更完成了任何一个政权都不能完成的伟业：终结了北方的战乱，建立了一个长期稳固、和平的北方政权，为整个中国北方带来繁荣。事实上，拓跋鲜卑不但以最弱小的力量完成了北方的统一，更用主动汉化的方式最终融入了中华民族澎湃的血液中。在中国经过几个世纪战乱，最终走向南北统一的过程中，拓跋鲜卑以及他们所建立的北魏政权是其中承前启后的最关键环节。

比起其他鲜卑部族的历史，拓跋鲜卑的历史实在短得不能再短。要了解拓跋鲜卑，我们不妨先梳理一下鲜卑民族的历史。

一

说到鲜卑族，公认的说法是，它是中国历史上一个古老的民族。关于鲜卑族的起源，历来史家争论颇多。有的说他们本身是炎黄子孙，世居北方，如《魏书》里就说鲜卑族是黄帝少子昌意的后代；也有的说鲜卑民族是炎帝神农氏的后代。这些说法大部分都是鲜卑民族进入中原后，为了争得北方士族的支持而做的一些假托。在鲜卑入主之前，东汉的历史学家普遍认为鲜卑民族应该是早年和匈奴并立的东胡民族的一支，早在战国时期就与战国七雄之一的燕国发生了联系。写下《三国志》的著名历史学家陈寿就是这个观点的支持者。而按照鲜卑民族自己的说法，他们祖居在一个叫鲜卑山的地方，早年被匈奴灭亡之后，他们的部族随后分散迁移。鲜卑真正作为一个独立民族出现是在东汉后期，匈奴被东汉灭亡后，鲜卑人迅速南下，填补了匈奴人留下的空白，那时候的鲜卑还是东汉统治下的少数民族之一，对东汉采取臣服政策，而他们的部族也很杂，包括了白部鲜卑、慕容鲜卑等各个部族。

鲜卑的强大始于东汉和帝时期，窦宪击败北匈奴，随后又在金伟山一战中消灭掉北匈奴的残部，迫使北匈奴西迁。这场战争规模不大，却成了改变北方草原格局的一件大事。鲜卑人趁机向原来匈奴的属地扩展，实力迅速增强，到了三国时期，鲜卑族已经尽收匈奴故地。因为地盘广大，所以他们的支系非常分散，虽然同属一个民族，但是不同的鲜卑部落也有不同的游牧区域，其中拓跋鲜卑的活动地带就在今天的河套草原地区，后来又内迁到了山西平城一地。东汉末年到西晋早期的鲜卑，还只是一个松散的部落联盟，不是一个完整的草原汗国，无论是部落的严密程度还是团结程度，都无法与早期的匈奴汗国相比，所以在实力上也不足以对中原构成致命威胁。事实上，除了东汉末年以及曹魏时代几次有限的战争外，大部分时期，鲜卑民族对中原王朝都是臣服的。这种关系和匈奴以及其他民族都不一样，他们与中原王朝之间这种主流的和平，也使他们在进入汉地之后得到了更多中原士民的认同。

鲜卑民族和其他各个少数民族的另一个不同点是，虽然他们的发迹比其他的少数民族政权都要晚，但是起步却要高得多。当其他的少数民族政权依然停留在奴隶制度，甚至才刚刚进入奴隶制的时候，鲜卑民族就已经封建化了。特别是在北方战乱的东汉末年以及曹魏时代，大量的汉人北逃到草原地区，带去了先进的农业生产技术，鲜卑民族在这个过程中就已经由游牧转为定居了。也就是说，他们虽然在实力上不如其他少数民族，但是在文明上却走得比大多数少数民族都要快。五胡十六国的早期，许多鲜卑部族对身为中央政权的晋王朝依然采取了臣服甚至是尽忠的策略。比如著名的鲜卑民族英雄段匹磾，就曾经帮助刘琨在北方抗击少数民族，甚至为了保卫晋王朝而殉国。至于著名的慕容鲜卑政权，也一度是东晋王朝的臣子，尤其在和冉闵的战争中，正是因为慕容鲜卑主动向东晋称臣，才使东晋没有去援助同属汉人的冉闵政权，而是支持了与之争锋的慕容鲜卑政权。五胡十六国的中后期，随着其他各少数民族政权的相继衰弱，鲜卑人在中原越来越强大，他们建立的政权包括慕容政权的前燕、后燕、西燕，以及南燕、秃发政权的南凉、乞伏部的西秦，但是这些政权大多昙花一现，最终成就大业的是早期不起眼的拓跋鲜卑部以及他们建立的政权——北魏。

二

和其他鲜卑民族一样，拓跋鲜卑有文字记载的历史同样是从东汉开始，但是比其他部族要晚得多。拓跋鲜卑的祖先大体可以追溯到一个叫力微的人。在东汉打败北匈奴之后，力微抓住机会，率领部族们历经磨难，从辽河地区游牧到了原来属于匈奴人的河套草原地区，开始在这里定居发展，这一段早期的迁移历史，就是拓跋鲜卑建国后一直为之自豪的“九难八阻”。按照北魏名臣崔浩在修史中的记录，拓跋鲜卑的这次迁移主要是因为他们原来的家乡辽河流域发生了特大暴雪灾害，对当时的拓跋鲜卑来说，这次迁移是一条求生之路。在他们历经磨难，终于从辽河到达河套草原的时候，整个拓跋鲜卑部族的人口竟然减少了四分之三，拓跋鲜卑就是在这样艰难困苦的局面下发展起来的。

也正是这一次迁移，让拓跋鲜卑的发展起点和其他鲜卑民族有了本质的区别。当时的河套草原地区不是纯粹的游牧民族定居点，当地还生活着大量以农耕为生的汉民。也正因如此，拓跋鲜卑的封建化比其他的民族都要早一些，他们和汉人之间的相互联系也比其他民族更密切，这就决定了拓跋鲜卑后来统一北方的命运。

拓跋鲜卑命运的再次转变开始于公元261年，当时拓跋鲜卑的王子沙漠汗被派到中原政权做人质，这时的中原正好是曹魏统治时代，沙漠汗凭借着自己良好的口才赢得了曹魏政权的赏识，从此之后，拓跋鲜卑与中原之间的往来日益密切，史载双方“互通有无”。曹魏在军事上以骑兵起家，拓跋鲜卑能给曹魏提供充足的战马，与此同时，中原先进的农业生产技术也开始传入拓跋鲜卑地区。沙漠汗在洛阳做人质期间，还和当时洛阳的许多政要成为好友，最主要的一个就是后来取代曹魏的晋武帝司马炎。而他的公关也最终得到了回报，在司马炎废掉曹魏建立西晋后，沙漠汗终于得到允许，回到了河套家乡。这是公元275年的事情了，沙漠汗在洛阳整整生活了十五年，不但深受汉族文化影响，生活习俗也完全汉化了。回到家乡之后，身为王子的他极力主张学习汉民族先进的文化，改革落后的部落体制。但他的主张遭到了当时拓跋鲜卑内部贵族的反对，双方第一次发生了冲突，沙漠汗悲哀地发现，虽然回到了日思夜想的故乡，他的主张却不被家乡人所接受。在这种苦闷下，他在回去后不久便借口出使再次回到了洛阳，又在洛阳定居了两年。直到公元277年，沙漠汗的父亲病重，沙漠汗要回部落即位，意图大展拳脚的他才再次踏上了回乡之路。这一次他雄心勃勃，虽然在洛阳的好朋友们都担心他此行会遭到不测，但沙漠汗却不在乎，临走的时候，他用弹弓射下了天上的飞鸟，向朋友们表达了改革鲜卑旧俗、学习中原先进文化的决心。然而事情没有他想象得这么美好，在回去的路上，沙漠汗遭到了部落守旧派的伏击，在山西遇害身亡，遇害的地点就是后来拓跋鲜卑建立的北魏政权的国都——山西平城。拓跋鲜卑的汉化历程就是这样以鲜血开始的。

沙漠汗的死并没有改变拓跋鲜卑走向汉化的大势，沙漠汗去世后，最终登上拓跋鲜卑酋长宝座的是沙漠汗的儿子拓跋猗卢。这个拓跋猗卢是拓跋鲜卑历代领袖中又一个承前启后的人物。这时已经是西晋统治的后期，北方战乱不断，大批中原农民逃亡到拓跋鲜卑所在的河套地区，深有政治眼光的拓跋猗卢不但高兴地接纳了这些来自中原的流民，还给他们划拨了土地。当时北方农民向拓跋鲜卑的属地迁移，类似于清末的闯关东，这些外来的人口后来甚至超过了拓跋鲜卑本民族的人口。当时拓跋鲜卑的许多贵族都担心这种情况会威胁拓跋鲜卑在这里的统治，拓跋猗卢却回答说："如果要成就大事，就要有成就大事的胸怀。"不但如此，拓跋鲜卑还和北方的许多大商人都有贸易上的往来，不但互通有无，更利用他们搜集中原的情报，虽然此时他们实力弱小，但对中原却一直是有想法的。

公元308年，雄才大略的拓跋猗卢完成了对河套各部落的统一，虽然这时的拓跋鲜卑政权只是一个游牧民族联盟，但这个游牧民族的形态却和普通的游牧民族大不相同。这个政权里，既有作为统治者的鲜卑游牧部落，也有作为生产者的汉族农民，其中后者已经占到了七成左右。这种情况下，拓跋猗卢采取了兵民分离的政策，即汉族专事耕种，所有的耕地都划分出区域来，平均每一片耕地要供养一部分鲜卑族军队。这种汉人种地、鲜卑人打仗的分工，成了后来贯穿整个北魏王朝乃至东魏、北齐王朝的政治经济体制，中国历史上两个著名的耕战政策——府兵制和均田制，都是在此基础上演化来的。在南北朝中国封建经济的重新整合中，拓跋鲜卑其实是一个探路者。

虽然在政策上领风气之先，但是在早期的五胡十六国时代，拓跋鲜卑依然是一个弱者，不断地依附于各派势力。在这段时期里，拓跋猗卢的政策就是联合晋朝对付北方的少数民族政权。公元310年，拓跋猗卢接受了晋朝的册封，成为北方的代王，在很长时间里，他都是晋朝牵制北方五胡政权的重要力量。他与名将刘琨一起在北方开辟敌后根据地，趁机壮大自己的实力。与此同时，他也大量招募汉族士人，他的身边形成了一个汉人组成的智囊团，权力甚至压过了部落里的各个酋长。这种大胆的改革势必会引起反弹。这一次反对他的是他的儿子，结果，拓跋猗卢死在了儿子的谋杀中，随后拓跋鲜卑爆发了内战，守旧的鲜卑贵族与归附的汉人及支持汉族的鲜卑族贵族发生了激烈的冲突，引发了长达二十二年的内战。但是拓跋猗卢的政策却给整个拓跋鲜卑的形象带来了重要影响。在中原百姓心中，拓跋鲜卑并不是作乱的逆贼，反而是扶保东晋王朝的忠良，这样的形象为后来拓跋鲜卑争取汉族百姓的民心以及北方汉族世家大族的支持都起到了非常重要的作用。

拓跋猗卢去世后，拓跋鲜卑的内战一直持续了二十二年，这也是拓跋鲜卑的低潮期。一直到了公元338年，拓跋鲜卑再次出现了一个伟大的英雄——什翼犍，他是拓跋猗卢的侄孙，也是一个继承了先辈汉化理想的人。什翼犍十九岁的时候，曾被送到羯族人石勒建立的后赵政权做人质，他在后赵的国都邢台整整生活了十年，直到后赵陷入内乱才得以逃出。在这十年里，就如他的祖父沙漠汗一样，他亲眼看到了汉文明的强大，萌生了改革自己部族、实现汉化的理想。在逃离后赵后，什翼犍如愿继承了东晋所册封的代王爵位，之后开始了大刀阔斧的改革。他任用了汉人燕凤、许谦等人，开始对拓跋鲜卑进行全盘的封建化改革，按照汉人的官职设立职务，设定了俸禄的等级，参照东晋的法律制定了自己的法律。尽管这些改革非常粗糙，但拓跋鲜卑从此不再是游牧部落，而成了一个文明的封建国家。公元340年，拓跋鲜卑在盛乐建立了都城，这标志着拓跋鲜卑从此正式从游牧转为了农耕定居。什翼犍是一个非常重视农业的人，他奖励耕种，甚至拿出政权的库藏去其他地区购买种子，然后分发给百姓垦荒。为了促进农业发展，他还出台了奖励土地的政策，从其他政权的地盘上招募人口。结果他所在的地区，百姓一度归之如流水，拓跋鲜卑的农业经济就这么蓬勃发展起来了。

拓跋鲜卑转化成封建国家，从时间上来说，要比五胡中的其他政权晚得多，但是拓跋鲜卑的发展，更应了后发效应之说。五胡十六国的其他政权虽然大多都开始了封建化，但是他们的封建化大多是在得到土地建立政权后仓促地从游牧民族转型，结果就是转型不彻底，保留了大量野蛮奴隶制度，以至引起治下百姓反抗，政权也大多短命，石勒的后赵政权就是一个例子。相比之下，拓跋鲜卑的这个过程看似比其他政权要慢，却来得更平稳，从什翼犍的曾祖父开始到他本人，一直在有条不紊地进行着，而且始终得到了北方士大夫家族的支持。所以，也只有拓跋鲜卑能够通过汉化改革的方式成功建立一个强大持久的封建帝国。

同他的祖先一样，什翼犍的改革也不是一帆风顺的，他也面临着强大的敌人。什翼犍当政时期，对高车部发动了征服战争，并且平定了同样属于鲜卑一脉的敕勒部。后赵灭亡后，什翼犍曾经打算逐鹿中原，但是他部落的酋长们极力反对，甚至拒绝发兵支持，就只能作罢。其实当时对拓跋鲜卑来说，这是一次非常好的机会，后赵灭亡后，北方再次战乱，南朝东晋政权无力北上，北方的冉闵政权虽然为汉人所建，但因为内外政策的失当，反而引发了新的战乱。这时的拓跋鲜卑本身就有北方汉族百姓的支持，又有强大的军队，即使不能得到整个北方，也完全可以扩大自己的实力。后赵灭亡后，代之而起的就是著名的前秦政权，同样汉化极深的苻坚以其强大的军事实力开始横扫北方。公元 367 年，苻坚对拓跋鲜卑发动了进攻，什翼犍逃往漠北，又遭到了高车部的打击，拓跋鲜卑重蹈了早年九难八阻的覆辙。北方草原此时爆发旱灾，部落在漠北连水源都找不到，绝路之下又爆发了内乱，本身就反对什翼犍汉化改革的旧贵族们再次发难，杀掉什翼犍后投降了苻坚的前秦政权，拓跋鲜卑的汉化改革再次以失败而告终。然而不幸中的万幸是，他们已经完成了从部落到封建王朝的改变，而且守旧派贵族的叛乱虽然断送了锐意改革的什翼犍，却使拓跋鲜卑全族避免了灭亡的厄运，得以在苻坚治下生存下来。

三

拓跋鲜卑的再次发展壮大，是著名的淝水之战之后的事情。公元383年，北方前秦政权与南方东晋政权爆发了淝水之战，结果东晋政权以少胜多，以八万军队击败前秦八十万大军，上演了中国历史上著名的以少胜多的神话。原本统一的北方大地再次分崩离析，苻坚征服的各个国家纷纷复国成功，其中也包括拓跋鲜卑以及他们当年建立的代国。

领导拓跋鲜卑完成复国大业的，就是著名的拓跋珪，他是拓跋鲜卑走向辉煌的又一个重要人物。作为拓跋家族的直系后裔，拓跋珪在公元386年，由部下们拥立复国成功，重新恢复了代王的称号，为了表明自己的政权与东晋没有关系，他又改成了魏。其实这次改名，本身就是一个政治平衡，当时拥戴拓跋珪的鲜卑贵族多是守旧派，改个新名是照顾他们的要求。拓跋珪是什翼犍的孙子，最后也继承了什翼犍没有完成的汉化理想，在北魏的历史上，他被称为魏道武帝。

拓跋珪建国之后，很快打败了当年夹击什翼犍的铁弗部落，为他的祖父报了仇。这个铁弗部落是匈奴人的政权，后来在中原建立了赫赫有名的夏国，涌现出了一位著名的君主赫连勃勃。这时候被拓跋珪打败，也注定了他们最后要被拓跋家族灭亡的命运。

打败铁弗政权，拓跋珪重新控制了河套草原地区，这样一来，当时北方最大的产马基地就被牢牢地抓在了他的手中。在南北朝的战争，尤其是中原的战争中，骑兵会成为决定胜负的关键。这时候同样属于鲜卑民族政权的后燕向拓跋珪索取马匹。后燕是慕容家族所建，地盘包括今天的河北、山东、山西、河南，虽然他们没有战马，但是经济富庶，也是拓跋珪的一个强敌。公元 395 年，后燕皇帝慕容垂派太子慕容宝统率重兵进攻拓跋珪，双方在五原地区开战，这一场战斗中，实力明显不如后燕的拓跋珪采取了正确的战术，他故意节节败退，诱敌深入，把慕容宝引诱到了黄河的北岸。是年十一月，劳师袭远的慕容宝人困马乏，决定先撤军，拓跋珪抓住战机，用两万轻骑兵快速包抄，在敌人回去的路上将其包围，一场激战全歼了慕容宝八万大军。慕容宝仅以身免。这一战后燕五万多人被俘，大多数被拓跋珪活埋。第二年，拓跋珪乘胜追击，一举攻占后燕的河北领土，后燕的残余力量不得不逃到了辽东地区。公元 398 年，拓跋珪定都山西平城，这也是北魏王朝之后很长一段时间的都城。

与后燕的战争确立了拓跋珪北魏在北方各政权中的强者地位，尤其是军事上的强势。这时的拓跋珪，面临的另一个重要问题就是贫困，他所占有的河北、山西以及河套地区，都是北方经济相对落后的地区，尤其是经过多年战争的破坏，更是经济凋敝，在这种局面下，拓跋珪采取了屯田的政策。从公元 394 年开始，他就不断派遣军队在河套地区屯田，灭亡后燕之后，又把俘虏来的几十万汉人，统一安置在山西平城周围。这时他独创了一个政策，叫作计口分田，也就是按照人丁来分配土地和耕牛，这个决定看似简单，但对整个南北朝来说都有深远的意义，著名的均田制从此开始形成。在中原地区陷入战乱，南朝政权由于士族垄断，经济日益僵化的时候，拓跋珪却采取了一个超越所有政权的先进农业政策，这个政策不但影响了北魏的发展，更对后来的隋朝和大唐都有着深远的影响。在当时的直接意义是，原本是一片牧场的内蒙古以及河北北部地区，从此阡陌纵横，荒废的土地重新耕种，北方农业开始恢复发展起来。

拓跋珪在灭亡政权后，和他的祖父一样，开始拉拢汉族士大夫，当时后燕的汉族人纷纷结寨自保，抵抗拓跋珪。对此拓跋珪采取了拉拢政策，他主动拉拢河北最大的两个家族张家和崔家，在这两个家族的支持下，他很快稳定了在北方汉地的统治。但和他的祖父一样，这时候拓跋鲜卑内部反对汉化的暴动再次发生了，公元397年，拓跋珪的堂兄拓跋顺以拓跋珪破坏祖制为名，在云中发动了叛乱。最后，叛乱虽然被镇压，但鲜卑贵族的暴动依然此起彼伏。就连拓跋珪本人也没有避免祖父的悲剧，晚年的拓跋珪因为他的几个兄弟连续反对他，精神陷入苦闷，甚至一度不得不以寒食散来排解精神上的痛苦，以至于精神失常。而反对却不因他的苦闷而停止，公元409年，拓跋珪的儿子拓跋绍发动谋反，将拓跋珪杀死，北魏一下子走到了一个历史的拐点上。关键时刻，拓跋珪的太子拓跋嗣在汉化派的支持下打败了拓跋绍，最终重新夺回了政权。北魏也就避开了这个历史的暗礁。

四

北魏统一北方是后来魏太武帝拓跋焘完成的。这之前的拓跋嗣是个守成之主，他在位的时候做得最多的就是修筑北方长城，发展农业，优礼士大夫。为了避免前人的悲剧，拓跋嗣聘请汉族大儒为儿子上课，让拓跋焘从很小的时候开始就接受正宗的汉族教育，拓跋嗣真心希望自己能够教育出一个能够一统北方的英主。最终他做到了，不过结果却出乎他的意料，他培养出来的不是一个仁君，而是一个最恐怖的战争魔兽。

拓跋嗣过世于公元423年，他也是拓跋鲜卑历史上少有的善终的帝王，之后十三岁的拓跋焘继承帝位，本来他并不为父亲所喜，是因为以崔浩为首的一批汉臣力挺，才终保住了继承人资格。少年时代的拓跋焘聪明英武，文武双全，对北魏朝廷的汉族文臣也礼敬有加。因为拓跋焘的母亲是汉人，这也使汉臣们对他大为认同，认定其将来是做明君的好材料，从此悉心培养。至于希望其将来登基后大行汉化、尊儒尚孔、引导鲜卑民族融入汉族文明的愿望，那自是不言而喻的。

可后来发生的事情证明，他们培养出的不是文质彬彬的好青年，而是黄河以北最凶猛的战争怪兽。他们甚至连悔青肠子的时间都没有——后来全被拓跋焘干掉了。

五胡十六国“猛兽”不少，拓跋焘成就最高，原因不在于他勇猛，而是他智商最高，所以他完成了之前猛人、“猛兽”们都没做完的事情——终结五胡十六国时代。

第一步，就是拿北方柔然开刀。

柔然盘踞漠北，多年来骚扰北方边境，鲜卑匈奴多少代帝王，全拿这支草原天骄没法子。十四岁的拓跋焘却不信邪，铁了心要和柔然开战。消息传出来就炸了锅，除了大臣崔浩外，朝臣们都说不行。原因很简单，第一是让人家打怕了，第二是倾国之力北征，南方各国打进来咋办？

拓跋焘却下了决心，柔然不除，后方难平，统一北方就无从谈起。再说，鲜卑铁骑也是从草原上下来的，怕什么？

事实证明，他是对的。

鲜卑五路大军齐发，柔然也齐集举国精锐，两家在草原上杀得昏天黑地，最危险的时刻，拓跋焘中军陷入柔然人重围，拓跋焘毫无惧色，身先士卒冲上去猛砍，直杀得敌人血流成河，柔然可汗吓得纵马狂逃，几十万柔然精锐全线崩盘。经此一战，肆虐中国北方数十年的柔然民族实力大损，从此一蹶不振。十四岁的拓跋焘纵马草原，用血淋淋的马刀昭示天下：我才是北方的真正主人。

不知道柔然是什么？不要紧，东欧历史上有个部落叫阿瓦尔，在公元六七世纪，他们横行欧洲草原，战无不胜，几乎灭掉了西方最强大的东罗马帝国。他们就是柔然人的后代，与北魏战败后西迁到那里的。

十四岁的拓跋焘在四面环邻强敌的情形下，敢和这等对手先开战并打赢，真有胆！

柔然歇菜了，盘踞关西的匈奴赫连夏国也做了“下酒菜”。匈奴人很有自知之明，见拓跋焘来攻，赶快来了个坚壁清野，知道你强悍，不出来和你打还不行吗？拓跋焘先派老弱病残在夏国重镇统万城前示弱，匈奴人脑袋发热追了出来，鲜卑精兵从山谷里齐齐杀出，砍瓜切菜般把匈奴人收拾了个干净。这一战，拓跋焘继续发扬猛兽作风，带头上去砍人，被人家一箭射倒，差点儿为国捐躯。但拓跋焘不愧为“猛兽”，眼皮子不眨一下，忍着伤继续冲锋，匈奴人傻了……接下来事情就好办了，敌人崩溃，被破城、全歼，拓跋焘尽收关中地。

接着，拓跋焘连血都不擦一下，掉转刀锋再击柔然，经过两轮毁灭性打击，柔然终于把眼泪一抹，西逃！柔然部落陆陆续续向西方遥远的土地迁移，从此再难对中原形成威胁，当然，当时的罗马人就倒霉了，这是后话。

拓跋焘马不停蹄，接着又拿另两个北方大国——汉人冯弘的北燕与匈奴人沮渠牧健的北凉开刀。此时北方，几位猛人败的败，死的死，剩下的全是些小鱼小虾，谁能挡住鲜卑精兵呢？北燕完了，北凉崩溃了，然后是卢水胡人盖吴和西域焉耆。至公元450年，拓跋焘少年起兵，经过二十七年南征北讨，终建立起了一个一统北方，拥有今天辽东、中原、陕甘青海甚至西域东部的庞大帝国——北魏，也定下了南北朝百年对峙的大格局。这份功业，在五胡十六国纷乱争霸的舞台上，前无古人。

拓跋焘做到这一切，只有一个原因，他是军事天才！

拓跋焘用兵，怎一个猛字了得，每次打仗都第一个上去砍人，他的部将也被他训练得勇猛好杀，强悍无人匹敌。更重要的是，拓跋焘自小受汉儒教育长大，宽仁孝友一样没学着，汉家兵书的奇谋韬略却烂熟于心，运用自如。这样有勇有谋的统帅，谁人能胜！

现在只剩下一个对手——刘宋。

这也是他最想战胜的对手，不仅因为那份一统天下的荣光，更因为他的祖父在汉军面前蒙受了战败的耻辱！这笔烂账，自然要自己来清算。

他知道这个对手厉害，刘裕的赫赫武功摆着呢，他也知道刘宋此时正处于元嘉盛世的顶点。可在拓跋焘眼里，几十年承平，刘宋似乎已忘记了战争，挡不住他的百战雄狮。

可这次，他却栽了大跟头！

南征！拓跋焘大发神威，率五十万大军直杀入南朝境内，这样的情节和他之前的无数次战斗颇为相似，似乎又要重演攻城略地、屠灭敌国的历史了。

可这次真不一样，过了长江，拓跋焘惊讶地发现，高歌猛进的鲜卑大军仿佛被无数条绳索缠住，走不动了。

抵抗，到处都在抵抗，江南百姓凡是扛得动枪的，家家户户出来和鲜卑人玩儿命。游击队和正规军来回招呼，战至流血凝肘而不退。在一个叫盱眙的小城面前，强悍的鲜卑大军终于停下了冲锋的脚步，这个小城用顽强的抗争给了拓跋焘沉重的打击，历经数十天惨烈的攻防战却岿然不动。筋疲力尽的拓跋焘终于崩溃了，他无力地倒在龙辇上，虚弱地发布了撤退的命令。

盱眙，这座拓跋焘一生唯一未打下的城池，永留史册！

拓跋焘此人，兵法韬略了得，治国理政也是猛兽一个。他滥用暴政，压迫汉人，屠杀北方汉族文臣，连功勋卓著的崔浩等恩师们也整族屠杀；他攻城略地肆行杀戮，在他统治的那些年里，中国北方人口锐减，民族矛盾空前激化，黄河流域汉人的反抗四起。及至他南征时，北魏大军所过之处，赤地千里，白骨丛生，他二十四岁的儿子竟被活活吓死。这般的暴虐与他统兵的勇猛一样，世所罕见，说他是猛兽，真是恰如其分。照他这样搞下去，一统北方的鲜卑帝国怕是要重复二世而亡的老路了。

公元452年，暴虐的拓跋焘被身边的太监杀死，这场意外宣告了一位著名统帅的死亡，却救了北魏帝国的命。

继拓跋焘而立的魏文成帝是位宽厚仁慈的守成君主，他缓和民族矛盾，与民休息，安边持重，终于守住了祖父打下的基业。北魏终于以其稳固的统治拉开了南北朝争锋的大幕。鲜卑民族也从此以汉化的方式，伴随之后历代北魏君主政策性的改革，渐渐融合到汉民族澎湃不息的血液中。

拓跋焘纵然禽兽，却是这一伟大过程的奠基者，历史会永远记住他，因他暴虐的恶名和不朽的武功。

第十一章

被传说的“潜伏者”崔浩

在北魏早期走向汉化的历程里，最著名的人物就是历仕北魏道武帝、北魏明元帝、北魏太武帝三朝的汉族士大夫崔浩，他和拓跋鲜卑早期的帝王们一样，最终成了一个悲壮的殉道者。

关于他的身份，至今还有一种争论：潜伏者！相当多的史家认为这位学问渊博、地位高贵的大臣，其真实身份是南朝汉族政权派入北魏的奸细。对一个对北魏忠心耿耿的名臣来说，这样的评价显然令人啼笑皆非。但细观此人的一生，这类的评价，也显得有一些道理。

崔浩，字伯渊，河北清河人，虽然他是卧底的说法经常被人争论，但他的另一个身份却是无可争论的——南北朝第一军事谋略家。无论他是不是卧底，对北魏的发展壮大来说，他都是居功至伟。

崔浩的出身很高贵，河北崔家世代都是高官显贵，是当时出名的士族大家，与当时另一个大家族卢家是儿女亲家。他的先祖崔林，三国的时候在曹操手下做高官；他的曾祖父崔悦在羯族后赵政权里做过司空；他的祖父崔潜在后燕做过侍郎；父亲崔弘，北魏时受封白马公。在世家大族当道的五胡十六国时代，城头变幻大王旗的中国北方，崔浩这样的家族素来都是稍微有政治头脑的人争相拉拢的香饽饽。

到了崔浩这一代，则是青出于蓝而胜于蓝。崔浩的父亲崔弘本身就以学问著称，年轻的时候号称“冀州神童”。崔浩更厉害，不但博闻强识，而且博学多才，对儒家以及佛家的典籍都有研究，科学造诣也很深，年轻的时候就是公认的通才。崔浩二十岁的时候就成了著作郎，也就是北魏皇帝的私人秘书。崔浩以一手漂亮的书法得到了拓跋珪的赏识，当时拓跋珪大部分诏书都是由他执笔的。皇帝的私人秘书，看似令人艳羡，但在拓跋珪那个时代，却是一个人人都要躲的工作。崔浩给拓跋珪做秘书的时候，正好碰上拓跋珪人生的晚期，当时连续发生贵族叛乱，三个堂兄都因为反叛自己而死，这对拓跋珪的刺激非常大。这位一生文治武功、良可称道的英雄，晚年变得喜怒无常，还喜欢嗑药，服用一种叫寒食散的毒品。每次嗑药的时候，还经常借故杀人，那时候他身边的官员、太监、宫女，经常莫名其妙地就被他杀掉了。所以每当拓跋珪嗑药的时候，别人都是能躲就躲，唯独崔浩不躲，不但不躲，还主动侍奉在拓跋珪的身旁，鞍前马后，非常殷勤。但不躲不意味着不在乎自己的生命，公元 409 年，拓跋珪的儿子拓跋绍发动政变，杀死了拓跋珪，并且逼迫满朝文武向他效忠，崔浩既不反对也不配合，和父亲崔弘一起装病在家。这场政变没持续多久，就因太子拓跋嗣的反攻倒算而失败了。事后拓跋嗣即位，即历史上的北魏明元帝。崔浩虽然在这次政变中失语，但因为他对拓跋珪很忠诚，拓跋嗣本人也是一个汉化比较深的帝王，因此对崔浩非常敬重。拓跋嗣即位后，册封崔浩为博士祭酒，即皇帝的私人家庭教师。拓跋嗣经常利用各种机会让崔浩为自己讲学，因为他虽然对汉文化很有兴趣，但是认字不多。学问渊博的崔浩这下有了用武之地，趁着给拓跋嗣讲学的机会，建议拓跋嗣调整内外政策，行休养生息的政策，尽可能地爱惜民力，不要贸然发动战争。在他的劝说下，拓跋嗣开始改变拓跋珪四处扩张的政策，并且把北魏的均田制推广到全国，北魏统治区内的政局因此稳定下来。这几年对北魏来说是很重要的，因为拓跋珪虽然一生建树颇多，但是长期的征战也不可避免地导致了国家经济贫困，拓跋嗣在即位早期也想过乘胜追击，继续扩张地盘，但这很可能使北魏走上五胡十六国时代诸多政权穷兵黩武而亡的老路。

这时的北魏面临的问题远比想象中的多，最重要的问题就是经济的疲敝，而这不是一朝一夕可以改变的。北魏的地盘，当时主要包括山西、河北这些地区，长期以来的战争造成了当地的贫困，虽然有屯田等各项政策，但是远水解不了近渴。偏偏这个时候，老天爷也和北魏作对，公元414～415年，中国北方发生了大面积自然灾害，尤其是在河北、山西地区，可以说赤地千里。这种情况引起了北魏朝廷的恐慌，本来，在是否转化为农耕定居问题上，北魏鲜卑贵族的反对声音就颇大，这下又一次老调重弹。但当时是否农耕定居是其次的，关键是怎么渡过此时的灾荒。北魏的灾荒已经严重到连国都的粮食都很少了，这时主流的观点就是迁都，将国都迁移到储粮充足的河北邺城地区。这不失为一个好办法，不但当时把持大权的鲜卑贵族纷纷赞同，许多汉族士大夫也表示赞成，在满朝的赞同声音中，唯独崔浩唱反调，他只问了一句话：今年平城闹灾，我们可以迁都到邺城，那么明年邺城闹灾，我们又能迁到哪里去呢？一句话就把北魏的官员们驳得哑口无言，甚至明元帝本人也深以为然。当然崔浩反问，不是为了出风头，而是为了解决问题，他马上提出了自己的解决方案：把都城最穷的农户分配到各个州县就食，国家向富裕的世家大族告贷，要求他们出粮，来年再按照利息偿还，这应该算是中国历史上比较早的公债了。反对迁都看似简单，其实意义重大。当时的北魏皇朝，特别是上层的鲜卑族贵族，依然保留着传统游牧民族的观念，这里闹灾了就迁到别处去。但是他们忘记了，这时的北魏已经不是游牧部落，而是一个封建国家，都城就是国家的根本，轻易迁都势必引起国家的变乱。如果当时没有崔浩，北魏迁都的事情肯定顺理成章，到那个时候，很可能会发生一场大规模的叛乱，后来雄踞中原的北魏也就不复存在了。

在暂时渡过了自然灾害后，北魏马上又面临着新的考验——此时已经掌握了东晋王朝大权的刘裕发动了对后秦的进攻。当时的后秦是北方各政权中比较强大的一支，和北魏唇齿相依，后秦遭到攻击后，立刻向北魏求救，但北魏也面临着严重问题，北魏的北边就是著名的柔然，此时也在大举进攻北魏。究竟是北上抗击柔然，还是南下救援后秦，北魏朝廷犹豫不定，大家也莫衷一是，这时崔浩提出了自己独特的见解：都不救。崔浩认为：如果这个时候北魏贸然进攻刘裕，不但很可能失败，北方柔然部落也会趁机南下，大肆攻掠北魏州县；如果北上抗击柔然，刘裕很可能掉过头来攻打北魏。所以最好的办法就是先借道给刘裕，让他进入关中平原与后秦决战，然后无论胜败，他都会元气大伤，到时候只要断掉刘裕的归路，北伐军必定会全军覆没，而遭到重创的后秦也便无力再与北魏抗衡，关中平原也注定会落到北魏之手。崔浩极力劝说北魏明元帝听从他的主张，甚至说这是一劳永逸定南北之计。崔浩的这个计谋就是三十六计中的隔岸观火，如果照他的计谋，刘裕和后秦会相继被北魏消灭，而东晋也会因此元气大伤，不要说北方的统一，就是天下统一，也很可能会在北魏明元帝手中完成。但是在这个关键时刻，明元帝并没有听从崔浩的建议，他认为这太不切实际，因此自作主张，答应了后秦的求救，发兵攻打刘裕。事实果然如崔浩所料，北魏军队遭到刘裕的截杀，被刘裕的重装弩加战车打得溃不成军，伤亡三万多人，而柔然也趁机南下，北魏被掳掠了五万多人口，伤亡极其惨重。北魏多年来积攒下来的家底在这场动荡中差点儿一次性赔光。幸亏崔浩提出建议，要北魏坚壁清野、修筑堡垒，牵制刘裕的进攻，这才让刘裕没有趁机反戈一击，否则，刘裕就不仅仅是灭后秦，而是吞并整个北方了。

崔浩的隔岸观火之计虽然没有奏效，却让他得到了明元帝的信任。或许是为了回报崔浩，明元帝还给了崔浩另一个职务：太傅，也就是太子拓跋焘的老师。这个职务非同小可，这就意味着崔浩不但得到了明元帝的信任，将来还可能成为下一任皇帝的重臣，可谓位高权重。对于拓跋焘，崔浩耐心培养。他为拓跋焘讲习中国的各种兵法，很快就发现拓跋焘在军事上的领悟力非常强，这也让崔浩感到了不安。北魏另一个汉臣卢度世在笔记里说，崔浩在成为拓跋焘老师后，曾经忧虑地对身边的子女说，太子如此喜爱征战，将来很可能是一个暴君，我们家族子孙的灾难很可能要发生了。事实证明，他是对的，只是家族的灾难没有发生在他子孙的身上，而是发生在了他自己的身上。

这时的崔浩正在他人生里最得意的时候，公元 423 年，拓跋嗣去世，拓跋焘即位，即历史上著名的北魏太武帝。这时的北魏，经过拓跋嗣在位期间常年的休养生息，国力已经大大增强，而原本强悍的后秦已经亡国，和北魏有世仇的夏国也已经衰落，有能力统一北方的就只有北魏王朝了。但是在统一的路线图上，北魏面临一个很纠结的选择——究竟是先打北方的柔然汗国，还是先灭掉一直威胁北魏的夏国？在多数大臣的眼里，灭掉夏国是必须的，因为夏国有丰富的物产，如果得到夏国，就能够补充北魏的实力。而柔然居住在草原地区，素来贫困，且他们以骑兵作战为主，来去迅捷，根本不容易消灭，劳师远征的话，很可能劳而无功。关键时刻，又是崔浩唱反调，他坚持认为必须首先消灭掉柔然，否则统一北方无从谈起。因为柔然对北魏的政策就是远交近攻，如果北魏攻打夏国，柔然势必会从背面袭击北魏，那样灭掉夏国是不可能的，攻打柔然就是要解除北魏统一北方的后顾之忧。这一次拓跋焘听从了崔浩的决定，大军出发前，南朝刘宋政权突然屯兵边境，大有进军北方的姿态，此事又一次引起了朝臣的恐慌，崔浩却自信地断定，刘宋绝对不会北进，只是虚张声势，防备北魏南侵而已。事实证明，崔浩还是对的。在攻打柔然之前，崔浩给拓跋焘上了“出其不意，攻其不备”八个字，这成为拓跋焘攻打柔然的座右铭，结果这一战，柔然几乎全军覆没，之后几十年里，一度无法威胁北魏。北魏的政权也就这样稳固下来了。

公元450年之前，三朝元老的崔浩，屡屡在北魏最关键的时刻挺身而出，献计献策，在北魏面临重大抉择的时候，他都能以超凡的眼光找到最正确的道路。公元439年，随着最后一个北方割据政权北凉被平定，拓跋焘终于完成了他的祖先没有完成的大业——统一北方。居功至伟的崔浩也得到了他的宠信。对崔浩，拓跋焘一度信任到了极点，他曾对崔浩说，我这个人脾气不好，有时候可能当面不会同意你的意见，但只要你说得对，事后我冷静下来，就一定会听从的。剿灭柔然之后，拓跋焘面对柔然的俘虏指着崔浩对他们说：“你们别看这个人文弱不堪，却顶得上你们的千军万马。”这时，他对崔浩的荣宠，在当时北魏的汉人中可谓无出其右。

精于谋国的崔浩，也是一个拙于谋身的人，这时鲜卑内部反对汉化改革的声音依然很大。毕竟早年拓跋鲜卑的几代帝王都是死在守旧派手里，拓跋焘是个狠人，下面的官员自然不敢反对，可对崔浩就不一样了，他已经成为整个拓跋鲜卑守旧派的眼中钉、肉中刺，时刻想着除之而后快，不只要除掉崔浩，更要通过除掉崔浩打击北魏朝廷的汉人势力。在这样的局面下，崔浩越受宠，他的处境其实也就越危险，但晚年的崔浩对这种事情的反应几乎到了迟钝的地步。这期间他还干了几件惹众怒的事情，一件是他撺掇魏太武帝灭佛，因为他本人笃信道教，认为佛教寺院势力增长会成为国家经济的累赘。但当时佛教已经在中国广泛传播，不但百姓里信徒众多，许多士大夫也是虔诚的佛教徒，崔浩这么做的结果，就是把原本和他是一个战线的许多汉族官员也得罪了，而那些在灭佛中被剥夺了财产的贵族们更是对他恨之入骨。另一件得罪人的事，就是崔浩要求按照南朝的规矩区别士庶的地位，其实守旧派官员们起先并不太反对，因为他们本身就是贵族，区别地位更可以让他们凌驾于士大夫之上，但是崔浩主张把北方的世家大族抬高到和鲜卑贵族同等的地位上，这等于得罪了大部分鲜卑贵族，这样一来，崔浩的祸事也就不远了。

崔浩招祸的直接导火索就是著名的修史事件。公元439年，崔浩受命修订北魏的国史，这个工作他完成得很出色，但这时期建树颇多的崔浩已经变得飘飘然了，修史成功之后，他身边的谋士建议他把他的著作雕刻在石碑上，来彰显自己的功绩，崔浩不假思索地同意了。这个举动引起了整个鲜卑政权内部的暴怒。因为拓跋鲜卑早期是个游牧民族，非常落后，那段历史对于鲜卑贵族来说是不堪回首的，此时暴露在光天化日之下，更让他们觉得耻辱。崔浩建议用寒门和士族来区别身份，这么一修史，再一曝光，原本是正统的北魏一下子就成了世人眼中的野蛮民族。鲜卑贵族们纷纷斥责崔浩，一向对崔浩言听计从的魏太武帝也翻了脸，立刻把崔浩下狱，更大肆诛杀无辜，凡是参与修史的，以及崔浩的亲人好友，统统不放过。这个案子在当时引发了强烈震荡，崔浩的家族被整族杀戮，与崔家有亲戚关系的卢家也纷纷被杀，寒门知识分子中也有多人连坐。魏太武帝说，如果不是太子劝阻，他还要杀几千人。整个北方的士族在这场风波中遭到了前所未有的沉重打击。

崔浩的死是非常屈辱的。公元450年的盛夏，他被关在囚车里押上法场，一路上鲜卑士兵不断往他身上撒尿，一个功勋卓著的名臣就这样屈辱被害。他的死，当然不是简单的修史所致，而是当时北方世家大族与鲜卑贵族之间的矛盾所致。魏太武帝事后也搞平衡，赦免了许多参与此事的汉族知识分子，主要是寒门出身的知识分子。在崔浩死后四十年，进行汉化改革的孝文帝拓跋宏用国姓和郡姓来区别身份，划分等级，崔浩那个抬高北方世家大族，让其与鲜卑贵族平等的梦想这才得以实现。

由于魏太武帝每次要攻打南朝的时候，崔浩都拼命阻止，反而一直撺掇魏太武帝去攻打北方其他少数民族，所以有人就认为崔浩这是真心为南朝着想。事实上，从当时的局面看，先北后南是一个深谋远虑的抉择，忠心耿耿的崔浩最终还是为了帮北魏完成统一大业，至于所谓的潜伏也只能说是一个谣传了。

第十二章

南北朝的“人工印刷机”

很多年前，CCTV 6播放的某部电影中有这样一段情节：一个仰慕中国的美国女孩，不远万里来到中国，却不慎拜了一个半瓶子醋的“砖家”为师。相处期间，女孩对所有关于中国四大发明的事情都要打破砂锅问到底，直叫“砖家”张口结舌。某日女孩又发奇问：“中国人在发明印刷术以前，那么多的书，都是怎么弄出来的？”“砖家”答：“这都不知道？当然是一笔又一笔地抄出来的。”女孩闻言惊呼：“哇，这么多书，一个字一个字地抄出来，好了不起！”“砖家”骂道：“真没见识，这点儿鸡毛蒜皮的事都大惊小怪！”

如果真的了解历史，我们就会发现没见识的反而是那位“砖家”。在魏晋南北朝乃至整个中国文化的发展历史上，一笔一笔抄出一本书来从来不是鸡毛蒜皮的小事。而负责抄书的人，更是一群对文化流传具有极其重要作用的人。他们确实是默默无闻的小人物，但是，是了不起的小人物。

这些了不起的小人物，有一个共同的名字：书佣。

书佣，顾名思义，就是负责抄书工作的人，按现代的话说，就是抄写员或者打字员。这样的职业在中国诞生很早，地位也一直不高，名字也发生过多次变化。最早的时候叫书人、书手、书工，最后才叫书佣，只是不管名字怎么变，身份和工作内容一直没变，即把那些珍藏的典籍一本一本抄录下来，装订成册，流传于世，给越来越多需要它的人去看。我们今天能够了解到几千年前祖先的历史，传承伟大的华夏文明，他们是背后的无名英雄。

且去看看这些无名英雄们的真实风貌，以及他们对印刷术发明前中国历史的演变究竟产生了哪些至关重要的影响。

一

“书佣”这个称谓，最早出自东汉，虽然书佣都是一些身份卑微的人，但是有历史记录的第一个书佣却是东汉王朝一个不世出的牛人，那就是后来投笔从戎、开拓西域的大英雄班超。

《后汉书》中有关班超的记录是这样的：“家贫，常以官佣书以供养，久劳苦。”这是“书佣”一词第一次出现在中国官修史书中。做这个工作确实劳苦，每天就是伏在案子上，一笔一画地抄书，而且绝不能潦草，每一笔都要写得方方正正。工作量大，工作强度高，确实不是普通人能干的活，既要字写得好，又要有耐心。在那年头，做这种活的确实不是普通人，有这种本事的，有多少人愿意凭这个工作混饭吃？至少贵族子弟、儒家学子，大多数都是不屑去做的。没文化或者是粗通文墨的都不行，文化不错但是字写得烂的同样不行。所以古代做这个工作的基本是这样几类人：一是贫寒的书生；二是破落贵族子弟，甚至还有犯罪服役的囚犯。而这么高难度的工作，在东汉时期工资又有多少呢？东汉侯谨的《汉皇德传》里，记载了一个叫普盖的书佣，说他每个月“得钱，足供而已，不取其余”。也就是说，书佣们当时每个月的薪水，除了吃穿外，基本就剩不下什么了。待遇低，工作却相当辛苦，班超自己说过，他做书佣的时候，每天只能睡五个小时，其他的时间都在没完没了地抄写，辛辛苦苦的劳动成果还经常被领导“枪毙”重来，可谓吃力不讨好。当然，这时期的书佣和过去的书工已经大不相同，先秦时期的书工基本是权贵们的私人奴仆，最多是个高级奴隶。而到了汉朝，书佣不但是自由民，也是由国家雇用并且支付工资的。因为这时期中国的文化形势已经大不相同，汉帝国作为大一统的中央王朝，修书已经成了重要的精神文明建设，要修的书多，需要的人手也多。给国家干活，自然也要国家开工资。所以在汉朝的大多数时候，书佣这个工作本身很有前途，但干这个工作的人基本都没什么前途，即使是班超，也是愤然跳槽才能名垂青史。

到了东汉晚期，这个工作变得越来越有前途，投笔从戎的少了，扎根本职工作并且干出前途来的越来越多了。比如小说《三国演义》里配合黄盖使苦肉计的东吴谋士阚泽，《三国志》中就说他早年“居贫无资，常为人佣书，以供纸笔”。也就是说，阚泽是做书佣勤工俭学，挣够了读书的钱，最终出人头地的。而且特别需要注意的是，阚泽的“为人佣书”，不是给国家打工，而是给私人打工，替人抄书收钱。也就是说，这时期的书佣们已经不仅仅是国家在册职工了，更出现了个体户。按照价值规律的说法，这是供求关系决定的。修书的多了，不但有国家官修典籍，更有私人修书，对书佣需求量大。《晋书》在记录文学家左思的时候，说左思新作写成，当地的世家大族纷纷雇人抄写，广为流传，可以看出，在这时的世家大族里，修书已经成了一种风尚。修书的多了，市场上的书籍自然也多，《北齐书》里就记录过这样的事：有书贩子跑到北齐来贩卖南朝的图书，并且说明可以先看后买，结果有些买书的，在拿回家先看的时候，就花钱找人抄录了，再把原版退还给书贩子。这时的中国图书市场并没有因为战乱而凋零，反而火爆得不行。大量图书的商业化，自然也让书佣商业化，这时期的书佣已经不再受政府控制，反而成为红红火火的市场自由人了。

这种情况的发生，后人大多都归于经济发展、文化繁荣等原因，但根本原因其实有三个：第一就是造纸术的发明，造纸术产生于汉朝，到了魏晋南北朝时期已经推广到全国。在造纸术成型之前，中国的书籍主要都是用竹简和布帛来抄录的，竹简笨重，布帛昂贵，一本书的成本自然也高，别说普通老百姓家，就是世家大族也没多少人肯花这个闲钱。能出起这个钱的，也只有国家。有了造纸术，情况就反过来了，纸张的价格远远比布帛低得多，稍微有点儿钱的都修得起，如此一来，修书的人自然多了，不但国家的修书量大增，私人修书业也大批兴起。在没有印刷术的情况下，修书也就意味着要找人抄书，书佣们自然也就变得很有前途，成了官府以及世家大族争抢的香饽饽，待遇当然水涨船高。东汉早期的书佣，工资只够温饱；三国时期的书佣，工资已经有大量盈余；到了西晋时期，有大臣在揭露世家大族骄奢淫逸时，也拿书佣的工资说事。这时书佣的工资比起东汉的时候已经上升了六倍，这个涨幅显然比较夸张，但是书佣工资的提升却是不争的事实。到了南北朝时期，书佣的待遇更是芝麻开花——节节高。比如北魏的文献里记载，北魏名士房景先，早年靠兄长做书佣来养活，后来他耻于如此，也做了书佣，很快就摆脱了贫寒。而南朝的书佣崔光更是高薪，他给南朝王家做书佣长达十几年，之前只是个家境贫寒的寒门子弟，做了书佣后，不但家境好转，后来还有钱买房置地，成了当时的新富阶层。如此局面，皆与当时修书者越来越多大有关系。

另一个被忽略的原因就是佛教的广泛传播。南北朝时期是佛教的极盛时代，无论是北方的鲜卑族政权，还是南方的宋齐梁陈政权，都大力礼佛。这时期的各种佛事不只有修建寺庙，更要翻译整理海外传进来的佛教典籍。东晋年间，还发生了著名的法显西游事件，北方的高僧法显到印度取经，带回了珍贵佛教资料，并从印度乘船回到了东晋。佛经取回来了，但是是外文的，既要整理更要翻译，修书工作刻不容缓。而当时的各个寺庙也把自己寺庙拥有典籍的数量作为寺庙档次的标志，为了提高自己寺院的地位，许多寺庙自己出钱，招募书佣参加修书，这就导致书佣数量日益增多。

书佣业繁荣，书佣需求量大，使当时越来越多的人投入到这项工作中。这时的书佣们在工种上也有了区分，和做佃户一样，书佣们也有长工和短工之分。所谓的长工，就是长期受雇于一家雇主的书佣，这一类的书佣和雇主有长期合同，他们的收入比较稳定，但是分配到每次抄写的收益上，就显得不是太高。另一种书佣叫短工，他们给雇主抄书，大多都是短期合作，给这家干几天，很快又给另一家去干了，这一类书佣在收入上也有分化，要么是收入很低的菜鸟，要么是收入不菲的明星人物。比如南朝时期的书佣陈光，在当时是建康的大明星，他经常每天出入三四家雇主，均能保证质量完成，他的字在当时比较有名，外加抄写速度快，以至于当时的世家大族都以邀请到他为自己做书佣为荣。行行出状元，放在书佣这个职业上也不假。只不过，当时书佣需求量增大不假，但是市场上有这么多书佣吗？毕竟在那个时代，老百姓还是不识字的居多，这个工作要求很高，不是认两个字就能干的。事实是，这时的书佣确实是非常多的，并且日益高素质化。东汉时期的书佣大多都是平民，而到了魏晋南北朝，特别是南北朝的晚期，书佣已经基本是高素质的知识分子，其中甚至还包括许多破落世家大族的子弟。

这也恰恰是南北朝书佣业繁荣的另一大原因：士族制度的逐渐衰落。

书佣业的兴起，在前期得益于世家大族的暴富，这样他们有钱去修书。世家大族的衰弱使中国长江南北都出现了大量取代世家大族的寒门阶层，这些人出身低微，为了提高自己的地位，自然要做一些贴金的事情。修书就是最好的贴金手段，这些有钱没地位的人，在修书上往往舍得花钱。比如后来成为南朝梁朝开国皇帝的萧衍，他在做将军的时候就曾在京口重金招募书佣，编订历代文选。南北朝晚期，都发生了对世家大族的大规模屠杀，仅以北齐而论，被清洗掉的世家大族就有杨、高等多家，这些家族败落后，成员树倒猢狲散，为了填饱肚子，士族的脸面也就顾不得了。北齐王子高澄在修书的时候，就雇用过河南元家的子孙。西魏名臣苏绰也曾在南朝俘虏中，精选出良家子弟五十多人参加他主持的经籍整理。书佣素质的提高，使这一时期的书无论是质量还是数量都超过了前代。

二

书佣的兴起看似只是个文化事件，其实却是一个重要的政治事件。公认的事实是，书佣本身就是魏晋南北朝文化发展的见证。魏晋南北朝时期虽然长期战乱，但中华文明却持续传承了下来，南北的各个政权都大力发展教育，设立学堂。而且各个政权对于修书都非常重视，魏文帝曹丕就曾说“文章，经国之大业，不朽之盛世”，文化在这个时代所得到的尊重远远超过了前代。在那些少数民族建立的政权里，经过早期的杀戮之后，他们也渐渐懂得了马下治天下的道理，开始了方式各异的汉化改革，这样，对图书的需求就会加大。梁武帝在位时期的梁朝，虽然在政治上乏善可陈，文化上却大有贡献，当时的梁朝“四境之内，家有文史”。可以说，修书以及书佣的繁荣是当时南北朝文化政策的表现。

修书业的勃兴也带动了当时中国教育业的发展，特别是私学的兴起。当时很多学者都开办私学，求学者不但有世家子弟，更有平民百姓家的孩子，文化在平民之中得到广泛的传播。文化贫民的增多让寒门阶层的力量大大增强，庶族地主们势力日益扩充，对南北朝统治阶层来说，这是一件影响彼此力量对比的大事。

书佣的兴起是整个魏晋南北朝文化的一个重要特点，而且随着时间的推移，书佣之中也不断涌现出英杰来。负责抄书的本身就是文化功底很好的人，而且好记性不如烂笔头，常年修书也让许多书佣学问大进。有人在常年抄写的寂寞中磨炼出一身惊天动地的本领，翻翻南北朝后期的名人录，不少名人都是书佣出身。庶族的力量也因此日益提升了。书佣不只是有文化意义，更成了改变政治格局的暗流。

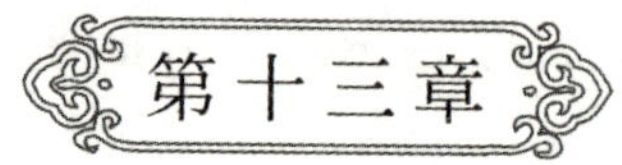

第十三章

梁武帝时代的世界蚕丝战争

在现代社会，“经济危机”已经是一个大家熟悉的词语，尤其是世界性经济危机，对日益融入世界经济全球化趋势的中国来说可谓感同身受。然而每次提到经济危机的核心，大家就会自然而然地想到美国。作为世界上综合国力最强的国家，美国经济形势的变化和经济政策的改变总会深切影响到整个世界经济的走向。无论是1929年的世界经济危机，还是1973年的金融危机，甚至是2009年的次贷危机，无一不体现了这一点。

然而在一千多年前，世界经济联系不密切的南北朝时期，西方世界也爆发了一场“经济危机”——蚕丝危机。这场经济危机的根源是当时与西方世界八竿子打不着的中国。现代经济危机的道理放在古代也是相通的：中国政局的变化和国家出口的改变会影响到西方世界的经济形势，改变西方世界的政治版图。

说到这场蚕丝危机，简单地说，就是在中国梁朝时期，中国内部政局的变化影响到了中国连接西方世界的丝绸之路。那时候中国的主要出口物品是丝绸，我们只是认为这是一种贸易，但对西方来说却是一条生命线。

因为中国丝绸出口量的改变，引发了整个欧洲的经济动荡，甚至导致了拜占庭帝国与波斯帝国的长期战争，这恐怕是同时代的中国人想不到的。

二

中国历朝历代的政策都是重农抑商，无论是纯粹的汉人政权，还是汉化后的少数民族政权，执行的都是相同的政策。简单地说，这个政策就是种地为主，做生意是补充，国家就好比一个大农庄。但这个农庄很早就与外界有联系了，最典型的就是纵贯东西的丝绸之路。丝绸之路分海、陆两条，先是从西汉开始，经河西走廊开辟的丝绸之路，稍晚一点儿又开辟了海上丝绸之路。虽然从三国开始，东南沿海的海外贸易就非常发达，但古代造船技术有限，主要的贸易往来对象是中亚、中东那些国家，所以在14世纪以前，陆路丝绸之路比海上丝绸之路要发达。在古代，历代王朝与国外的交往，除非涉及国土安全以及战争，普通的贸易往来在历代皇帝眼里基本算是小事，对外贸易的几个小钱也占不到中国古代政府GDP的大头。至于农庄外的世界发生了什么，他们并不关心。

然而外面的世界却在悄悄发生改变。

中世纪时代，整个西方世界基本是封建社会，但那时候的世界各国也都是“小农庄”，外加离得远，相互往来不便，所以东西方贸易对当时实力雄厚的中国来说可能是小事，在西方人眼里却是大事。中国就好比大批发商，往来贸易的商旅乃至间接贸易的西方国家就是层层的小商小贩。就像今天美国股市一波动，全世界就可能陷入金融危机一样，古代中国的对外贸易，我们自己不在意，但对西方来说却是非常重要的。中国的丝绸、瓷器因为是当时最昂贵的高科技产品，成为西方人争相购买的奢侈品。

所以从中国西汉有了丝绸之路开始，为了中国的丝绸，西方国家甚至爆发了多场战争。早在罗马帝国分裂之前，为了得到与中国的直接贸易权，执政罗马帝国的克拉苏（就是镇压了斯巴达克起义的那位）就发动了东征，企图灭亡隔在中国与罗马之间的波斯帝国，结果却被波斯打得大败。罗马帝国分裂成东西罗马之后，东罗马走向了强大，在东汉末年与中国建立了直接联系，这之后，虽然东汉末年战乱，但丝绸之路却始终未断，中国丝绸源源不断地输入西方。

中国丝绸给西方带来的影响是非常巨大的。我们今天知道的是，最早开辟新航路的国家是地中海沿岸的葡萄牙和西班牙，这两个国家的发展就深受中国影响。随着丝绸之路的畅通，西方世界对中国丝绸的需求量越来越大，而当时的中国丝绸不只是奢侈品，更是一种昂贵的高科技产品，只此一家，别无分号。所以一些地中海沿岸的国家就是通过转手倒卖丝绸发家的。而欧洲最早的封建工商业城市，如意大利著名的威尼斯、热那亚、佛罗伦萨，也通过丝绸加工业，如从引进的中国丝绸里抽出绸线，再印染加工，转手卖给西欧人，而获得了繁荣的资本。

地中海的东面就是赫赫有名的东罗马帝国，中国南北朝时期也是东罗马帝国势力达到极盛的时代，东罗马帝国的强大同样有丝绸之路的功劳。他们从波斯高价引进中国丝绸，再以更高的价格卖给西欧人，从中攫取高额利润。东罗马帝国的东面是著名的波斯帝国，这个帝国算是中国的老朋友了，从西汉开始就和中国历代王朝互通有无，友好往来。历史书上称它为安息国。这个帝国横跨欧亚，一度和中国汉朝、贵霜帝国、罗马帝国并列为古代世界四大帝国。波斯的东面就是今天中亚五国以及阿富汗、巴基斯坦地区的贵霜帝国，这个帝国在中国历史上被称为大月氏。虽然这个国家在我国的史书的记载中实力较弱，先被匈奴修理，又被班超修理，但在中国之外，它非常强大，多次击败波斯，是当时中东的另一个大帝国。不过因为其独特的地理位置，在和中国的贸易上，波斯和贵霜帝国都是近水楼台先得月，他们是丝绸贸易的第一批中间商，几百年来通过倒卖丝绸贸易发够了横财。而与中国有贸易往来的西方各国，也在这场丝绸贸易中维持着彼此的利益平衡。

然而到了中国南北朝晚期时代，这个贸易平衡却再也维持不下去了。

二

公元538年，在意大利历史学家德洛奇的说法里是“恐怖的一年”。从这一年开始，欧洲市场上中国丝绸的价格暴涨，比之前的一年一口气上涨了十五倍，而上涨趋势一直在延续。到了公元545年，欧洲市场上的丝绸价格居然比公元537年上涨了八十七倍。丝绸价格的连年暴涨，对当时欧洲经济的打击是毁灭性的，地中海沿岸从事丝绸加工业的工商业者纷纷破产，许多城市也因此衰落。那时，欧洲的钱都不值钱了，大家纷纷抢购丝绸来保值，这是一场席卷欧洲的经济灾难。

为什么会这样？因为丝绸少。为什么丝绸会少？因为进口得少。为什么进口得少？这就要问丝绸之路的“大批发商”——中国了。

魏晋南北朝，尤其是南北朝时期，丝绸之路并没有因为中原的战乱而受到影响，相反一直延续着繁荣。之所以如此，是因为连接丝绸之路的主要贸易地区没有遭到战争的影响。

西汉时期，丝绸的主要供货方来自关中平原以及山东地区。五胡十六国爆发战乱后，中国虽然陷入了内战，但由于大量的汉人逃离中原，定居在河西走廊，相继在当地建立了政权，所以连接丝绸之路的主干道并没有因战乱而瘫痪。相反，丝绸贸易成了西凉收入的重要来源，即使是后来北方几次短暂统一，西北的丝绸贸易也一直非常繁荣。后来北魏统一北方，直接承接了丝绸之路。北魏对丝绸贸易非常重视，魏太武帝拓跋焘甚至出台了贸易禁令，只允许丝绸成品出口，不允许蚕丝出口，就是为了防止外国人学会养蚕织布，影响自己的丝绸收益。与此同时，南北朝时期也是中国经济重心逐渐南移的时期，江南的纺织业迅速发展起来。刘宋时代，开国皇帝刘裕平定了四川，恢复了在四川的统治，因此，当时河西走廊与四川之间的贸易通道也打开了，江南地带的丝绸也可以输入西方。这时也是海上丝绸之路走向繁荣的时期，当时的波斯国经常通过海路与中国贸易，著名的法显西行也是通过海路回国的。所以虽然当时的中国长期陷入战乱，但是对世界丝绸市场的货源供应一直是稳定的。

但是在公元538年前后，事情却起了变化，原因就是北魏的衰败以及北方的分裂。

北魏末年，北方先有六镇起义，后有葛荣起义，然后是北魏朝廷被架空，最后分裂成了东、西魏国两个政权。政局的动荡让中国的对外贸易也发生了变化。占据北方西部的是宇文泰的西魏政权，由于常年战乱，西魏所管辖的中国关中平原以及河西走廊地区早就陷入了贫困，特别是柔然对河西走廊的侵扰，让这条传统的商业道路走不通了。就是走通了也没有用，当时的西魏经济困难，人口锐减，农业尚不能保证，工商业遭到的打击也就更沉重。西魏为了恢复生产，把许多州县合并了。当时西魏境内州县的人口减少得太厉害，重镇岐州原来有十万多人，到了宇文泰建立政权的早期竟然锐减到了五千多人，宇文泰还称赞这是一个繁华的城市，足见当时西魏经济困顿之深。作为直接连接丝绸之路的国家，西魏政权的这种局面对整个丝绸之路的贸易都影响很大。

与西魏相邻的东魏，早期受到的战争破坏比较小，可东魏和西魏的长期战争使两个国家的边境常年隔绝，东魏的手工业品是很难运输到西魏并通过西魏来出口的。这样一来，原来丝绸之路的主要货源就断了。

当时，南方的梁朝政权还算繁华，但也有问题。梁朝和丝绸之路的连接主要通过河西走廊，这时的河西走廊控制在新崛起的吐谷浑手中，而吐谷浑又是西魏政权的铁杆儿，配合西魏对梁朝进攻，算是敌国。所以，梁朝的丝绸是很难通过河西走廊输出的。另外一条路是著名的海上丝绸之路。早在东吴孙权时期，江南地区与西方国家的海路贸易就打开了，三国时期就有波斯商人在建康居住，到了梁朝时期，中国与中东国家的海路贸易到了一个非常繁华的时代，这也是中国丝绸输出西方最靠谱的一条路线。因为政局的变故，这时中国输出西方的丝绸比正常年景下降了三分之一不止。那时造船技术也有限，即使是与中国长期贸易的波斯商人，造船的能力也不足，主要是租赁中国的海船。众所周知，当时梁朝正与北方政权对峙，好一点儿的船只早就编入军队用于作战了。公元537年，梁武帝萧衍大规模地征发沿海民船编入军队，扩充军力，雄心勃勃准备北伐。这不仅是对沿海老百姓的掠夺，更是对海上贸易的一次沉重打击，能够用于商业的船只因此大大减少。如上种种因素，中国丝绸在西方市场价格暴涨，也就不奇怪了。

丝绸出口的减少对中国来说还是小事，反正我们是以农业为主的，丝绸贸易中所得的利润在政府财政收入里算不上重点。但是丝绸出口量的减少对西方来说却是毁灭性的打击，就好比今天日本一天不进口石油就很可能使整个国民经济瘫痪。所以欧洲人也要想办法，按照西方人的一贯本性，他们的主要办法就是打仗，其中的主角就是此时东罗马帝国的皇帝查士丁尼。

这位查士丁尼对中国人来说很陌生，但在西方是一个非常有名的皇帝。在查理大帝横空出世以前，他是西方最牛的皇帝，一是因为这时期的东罗马帝国国力强大，二是因为他个人武功了得。他在位四十年，向西征服了意大利，占有了北非帝国，向北打败了日耳曼帝国，向东最终击败了波斯帝国。可以说，罗马帝国最顶峰时期的疆域，几乎全在他手里了。东罗马帝国也是丝绸贸易的重要中间商，他们常年通过从波斯进口中国丝绸，经过加工后转卖西方而谋取大量利润。丝绸的涨价以及输入量的减少，受影响最大的就是东罗马。更重要的是，这时的查士丁尼正在雄心勃勃意图扩张领土，要扩张领土就要组建强大的军队，要强大的军队就要有钱，要钱就要打丝绸贸易的主意，要丝绸……没有！

为什么没有丝绸？那时候的西方人简单地认为丝绸输入的减少主要是因为常年和他们做丝绸贸易的波斯人搞了鬼。波斯人漫天要价盘剥西方人，所以查士丁尼就想：为什么丝绸贸易一定要通过波斯呢？难道我就不能征服波斯，直接获得对丝绸贸易的垄断权吗？查士丁尼因此做出了对战波斯的决定。

其实在发动战争之前，查士丁尼也曾经尝试绕开波斯，主动和中国建立联系。他先是组建了商队，企图从波斯偷渡到中国，但被波斯人抓住后砍了。盛怒之下的查士丁尼随即决定对波斯用兵。还有一种广泛记录于西方一些野史中的说法是，查士丁尼不但想征服波斯，更想征服中国，以查士丁尼一生开疆拓土的表现看，他有这种想法也不奇怪。但是从当时的力量对比看，这种想法可谓不自量力。和他交手的波斯的东面是已经灭亡了贵霜帝国的白匈奴，就是中国春秋战国历史上的滑国。滑国灭亡后，余部逃到了西域，一度是汉朝西域都护治下的诸侯，南北朝时期还是柔然民族的附庸。柔然被北魏痛打的时候，白匈奴也被北魏打得稀里哗啦。后来他们西迁到中亚，谁知这一迁就时来运转了，就像之前的大月氏一样，在中国排不上号的他们，把强大的贵霜帝国以及波斯帝国都打得稀里哗啦。查士丁尼连波斯人都搞不定，更别说此时实力更为强大的中国了。

但这些查士丁尼并不知道，他果然连波斯都搞不定。公元540年，查士丁尼大举进犯波斯，结果和波斯互有胜负，双方谁都不能彻底击败谁。战局陷入了僵持，而中国丝绸价格持续走高，西方经济危机也加剧了，查士丁尼最后实在无法坚持打仗了。东罗马帝国西面的泰尔、佩鲁特等城市，本身就是靠加工丝绸业为生的，一打仗，丝绸贸易干脆瘫痪了，老百姓没饭吃，纷纷起来造反。查士丁尼再也无法支撑了，在大臣们的劝说下，他不得不接受了波斯苛刻的停战条件，按照波斯人制定的价格进口丝绸。在那些年里，波斯人趁火打劫，大肆抬高丝绸价格，给整个西方的经济都带来了沉重打击。

查士丁尼虽然比较疯狂，但作为欧洲历史上的著名君王，他还是很有头脑的，至少很懂自力更生的原则，不就是买不到丝绸吗？我自己造！可是当时全欧洲都没人会造丝绸，查士丁尼认为重赏之下，必有勇夫，便开始面向整个东罗马帝国乃至周边国家悬赏，征募会造丝绸的人才。直到公元543年，有两个来自印度的和尚求见，他们去过中国，表示只要查士丁尼肯出钱，他们愿意去中国偷学造丝绸的办法。然后，他们在查士丁尼的资助下来到了梁朝，这时候正是梁武帝大肆崇佛的时期，对僧侣非常尊崇，两个印度和尚一面传教，一面学习纺织，并且用竹竿偷藏了蚕种带出了中国。他们回到东罗马时是公元552年，这是一个对西方人来说非常有纪念意义的年头。从此开始，丝绸不再是中国的专利，西方人也学会了养蚕。后来，在十字军东征时期，君士坦丁堡的一些纺织工匠被带到了意大利，意大利也就因此成了西欧的纺织中心。

中国纺织技术的西传是促进整个西方文明进步的大事，不过中国在世界丝绸业的垄断地位并没有因此受到影响，因为欧洲人虽然学会了纺织，但是无论是技术还是质量依然远逊于中国。事实上，欧洲本土制造的丝绸只能满足中层老百姓的要求，贵族们还是只认中国产品。但梁武帝萧衍或许想不到，他的一个爱好竟然会改变整个西方的经济格局，促进了东罗马帝国的崛起和西方纺织业的大兴。

第十四章

柔然民族的辉煌与没落

从公元294年匈奴反叛开始，中国就进入了著名的五胡十六国时代。在西晋王朝残暴的门阀统治下，内迁的各少数民族部落纷纷起义，在长江以北的中原汉地建立了多个少数民族政权，代表正统的晋朝被迫迁移到了长江以南。这之后，先是北方五胡政权轮流坐庄，你方唱罢我登场，唱到最后，由五胡中的鲜卑拓跋政权最终建立北魏，完成了统一北方的大业。南方的正统晋朝，则相继被刘宋、萧齐、萧梁、陈朝取代，这段南北并立的时代即历史上的南北朝。从最初的五胡十六国到南北对峙，再到最后由隋朝混同南北、统一华夏，这段历史的演进恰恰印证了分久必合的规律。

但这段分久必合的历史演进中有一个盲点，长期以来为人所忽视。中国分裂时代，既然是以内迁的少数民族起义开始的，那么当这些少数民族政权纷纷逐鹿中原的时候，他们原本的栖息地——北方蒙古草原，又是由谁来统治的呢？难道成了一片真空了吗？当然不是。当匈奴、鲜卑等原本的草原骄子纷纷南下争夺中原的统治权时，广袤的蒙古草原上有另一个民族拔地而起。无论中原地带由谁坐庄，他们始终以一个统一的游牧民族政权的身份与中原农业区对峙，延续着北方游牧民族与中原农业文明的和战剧本。甚至在一段时间里，这个政权比先前的匈奴还要强大，一次次给逐鹿中原的枭雄们以沉重的打击。在北方游牧民族的花名册上，这个如今知名度不高的政权，在整个魏晋南北朝时期有一个极其响亮的名字——柔然。

中国历史资料里，柔然民族并不被重视，然而在西方人的记录中，柔然民族，是一个足够比肩成吉思汗的民族，他们在后来西迁欧洲，一路势如破竹，无论东欧还是西欧，都被他们打得落花流水，他们在欧洲建立了一个著名的政权——阿瓦尔政权。阿瓦尔骑兵的赫赫武功，是整个欧洲历史里重要的一环，欧洲人在记录的时候，经常补充一句：阿瓦尔人，来自遥远的中国。

那么，这个起于中国北方大草原，一度横行漠北的柔然民族，究竟是一个怎样的模样呢？他们是如何强大起来的，最后又为什么销声匿迹了呢？

一

在中国历史的记录中，柔然有很多名字。比如在北魏的史料里，他们曾经被称为鬼方、凶奴、茹茹，是五胡十六国至南北朝时期，中国北方政权北面最大的威胁。

柔然的起源，到今天说法颇多。和柔然同时代的北魏名臣崔浩认为，柔然是当年鲜卑部落崛起时代的一支，和鲜卑人源出同宗，但这个说法长期以来没有得到大部分史家的赞同。唐朝历史学家杜游认为，柔然是当年东胡的一支，也就是早年被匈奴奴役的北方少数民族部落。梁朝的历史书则把柔然说成是匈奴的“别种”，即匈奴政权中滞留在漠北的一支。但无论哪种说法，可以确定的是，这个民族在北方游牧民族中是资格颇老的，历史非常悠久。当然，五胡十六国之前，他们只是草原的小角色，无论是匈奴、鲜卑还是乌丸，都是拿他们当小跟班的。

柔然民族的崛起，是在五胡十六国战乱爆发之后。那场中原地区的大动乱，给了长期以来蛰伏的柔然民族前所未有的崛起良机。大量的少数民族政权南下中原，北方草原一下子山中无老虎了，而且这时的柔然也不再是弱小的猴子了。就在中原打成一锅粥的时候，一直默默无闻的柔然民族中出现了一个杰出的领袖——木骨闾。在柔然后人的眼中，甚至在现居于欧洲的阿瓦尔人眼里，木骨闾都是毫无疑问的“柔然之父”。他的起步与发家，与当时同时崛起的鲜卑拓跋家族大有渊源。他在一次战斗中被拓跋部俘虏，然后做了整整七年的奴隶。当时的拓跋家族是鲜卑民族中实力很弱小的一支，那时候在中原争霸的鲜卑人主要还是著名的慕容部。之后的七年里，木骨闾生活在拓跋部，忍辱负重学习鲜卑民族先进的战争经验，终于找准机会成功脱逃。面对拓跋部的追杀，木骨闾聪明地集合起部下，躲藏进了北方草原的大山之中，和擅长骑射的拓跋部打起了游击战，并且最终成功生存了下来。那时候的木骨闾面临的局势可以说特别凶险。当时他的部下只有几百人，随时都有全军覆没的可能，但大难不死，必有后福，木骨闾率领数百部下在阴山山脉坚持打游击，不断地招抚部众。大量游牧民族内迁，原来的实力平衡被打破，整个草原战乱不断，先后有不少民族纷纷逃到阴山地区避难。当时的阴山地区虽然苦寒，但水草丰美，适合游牧，成为许多民族避难的首选，木骨闾也就趁机招募各族，在当地扎下了根。表面上，他是投靠了当地最大的鹘突部落，但事实上，阴山地面广大，鹘突部落鞭长莫及，只能任由他在当地肆意扩展。公元316年左右，木骨闾去世，他的儿子召集部下集会，将这一支部族命名为柔然，柔然民族的历史从此正式开始。这时的柔然已经不再是木骨闾早期几百人打游击的惨淡光景，他们拥有了数万骑兵，俨然是草原上的一方枭雄。看看柔然民族的发迹道路，便可发现其和先前的匈奴有着惊人的相似。匈奴在战国时期一度遭到赵国、秦国的打击，不得不退守阴山地区喘息。也正是在阴山地区，他们重新扩张势力，终于在秦汉时代卷土重来，成为整个北方草原的霸主。

但是比起匈奴壮大之后的迅速东扩，柔然却很识相。此时和他们颇有渊源的拓跋部也处于扩张时期，柔然很聪明，他们主动向拓跋部求和，并上送贡品，确立了自己对拓跋部的臣服地位。这时的拓跋部主要活动在北方的山西、陕西地区，和柔然遥遥相望，而在整个南北朝时期里，山西和陕西都是中原政权与柔然作战的主战场。在得到暂时的和平之后，柔然继续发展，很快，就开始了和拓跋鲜卑玩起了猫捉老鼠的游戏，趁着草青马肥的机会打劫中原地区。按照崔浩的叙述，柔然在冬天的时候会老老实实地蛰伏在阴山地区，而当春秋季节，他们就会成群结队地不断攻打北方汉地。而且这时，柔然的机会比之前的匈奴好得多。北方的主要矛盾是与南方政权之间的战争以及内战，对防御则是力不从心，柔然也因此大占便宜。到了北方氐族人苻坚建立前秦的时候，柔然已经完全占有了水草丰美的河套草原地区，他们称霸北方草原的大势已经不可扭转。

柔然这种迅速扩张必然引发北方各国的不安，尤其是和他们相邻的拓跋鲜卑。公元 391 年，拓跋鲜卑的英主拓跋珪建立北魏，柔然和拓跋鲜卑这种猫捉老鼠的游戏就玩不下去了。对柔然，拓跋珪就一个态度：往死里打！公元 392 年，拓跋鲜卑对柔然盘踞的河套草原地区发动了大规模进攻，将河套草原完全控制在自己的手里，这就等于剪除了拓跋鲜卑的最大威胁。初战告捷后，拓跋珪只是修缮了河套草原原有的长城，设立军镇，并没有乘胜追击，因为这时候拓跋珪的主要精力还是在中原争霸上。因此，柔然虽然实力遭到重创，但并没有伤到元气，相反，丧失了河套草原的柔然开始不断攻掠拓跋鲜卑，两家之间的战争造成了拓跋鲜卑立国早期的政治格局。因为对柔然的战争很漫长，所以在拓跋北魏的内部，早期北方军将拥有相当崇高的地位，而一直和拓跋鲜卑合作的汉族世家大族，也因此一直靠边站。著名的“六镇”，就是拓跋鲜卑从这个时期开始于北方设立的，当时是北方防御柔然进攻的主要屏障，最后却成为拓跋鲜卑灭亡的导火线。

柔然的存在，也影响到了拓跋鲜卑的另一个政策，即对待其他北方少数民族的政策。五胡十六国时期，被亡国的人们，特别是少数民族百姓，一般逃脱不了被屠杀的命运。因为柔然的存在，拓跋鲜卑确立了以夷制夷的国策，当时派到北方防御柔然的军队虽然主体民族是鲜卑族，但随着中原地区战争的扩大，越来越多的各民族战俘被派到了北方，用来防御柔然入侵。拓跋鲜卑此举，意在让这两路敌人相互消耗，自己坐收渔人之利，但未曾想到的是，最后的六镇起义里，拓跋鲜卑不得不和柔然民族合作，来镇压这些战俘。可以说，因为北方柔然民族的存在，中国北方各省的民族构成发生了巨大的变化。

因为拓跋珪逐鹿中原，柔然不但逃过了一劫，还找到了一条新的发展道路：西进。在遭到拓跋鲜卑沉重打击之后，柔然暂时停止了对中原汉地的大规模军事行动，选择了西进。柔然开始以阴山山脉为基地，持续向西拓展领土，他们收服了早期游牧在阴山山脉的铁勒各部落，将其划入柔然的治下，这样一来，柔然就有了生力军。尤其重要的是，当时的铁勒部落是北方游牧民族里少有的以冶铁见长的部落，原来柔然民族作战主要用皮甲和简陋的刀剑，这样一来就鸟枪换炮了。而且这时的柔然首领社仑是一个非常善于学习的人，与北魏的战争失败后，他积极向中原学习各种军事经验，尤其是效仿北魏成立了自己的重甲骑兵军团。他还通过劫掠以及招募的方式请了许多汉人来为他们效力，这些人多是工匠。整个柔然民族的军事素质和军事实力都上了一个新台阶，当他们再次出现在中原政权面前的时候，已不再是昔日的吴下阿蒙了。

除了征服铁勒，柔然民族这时期的另一个收获就是占有了仍然盘踞在草原的匈奴余部拔也部。这支匈奴余部在历史上有个别称：最后的匈奴。他们是匈奴滞留在草原的最后一个部落，长期以来凭借着匈奴的威望，在草原具有强大的号召力。但是到了柔然崛起的时候，这支匈奴部落已经是外强中干，于是，在经过几场简单的战争之后，拔也部就集体向柔然民族投降了。拔也部的投降在当时的草原民族中引起了强烈的震撼，之后草原各民族纷纷归附，柔然势力如日中天。拓跋珪做梦也想不到，当初的手下留情成就了柔然的崛起。柔然如此，后来的突厥也如此，之后的蒙古和女真更是这样。

柔然翻身的后果，就由北魏来承受了。这时候已经是公元 5 世纪的早期，北魏正在吞并群雄，努力完成统一北方的大业，但是柔然也在不断给他们找麻烦。每当在中原的战争就要获得全胜时，柔然的侵扰就会使他们功亏一篑，柔然已经日益成为北魏头上的一把刀。到了公元 402 年，社仑自称可汗，正式建立了柔然汗国，这标志着柔然民族进入了全盛时期。建立汗国的柔然已经不再是游牧部落，而是建立了奴隶制度，且效仿北魏设立了军制与战阵，这种发迹的剧本和之前的匈奴以及之后的蒙古格外相似。这时的柔然，其领土已经格外广大。向西，他们控制了丝绸之路，迫使西域各国臣服；向东，他们的势力甚至扩张到了鸭绿江一带。社仑可汗自称拥有精骑五十万，这个数字虽然带有水分，但以后来他们和北魏的战争来看，三四十万铁骑是绝对有的。

这样一个强大的政权，当然不会满足于简单地占有中原，事实上，柔然和北魏之间的关系，和后来蒙古与金朝之间的关系格外相似。北魏鲜卑也是起源于东北黑土地的，他们在征战早期就和柔然民族关系密切，渊源颇多。然而观后来金朝的历史，金朝在占有了中原汉地之后，没有灭亡在世仇南宋的手中，却被早年的奴隶蒙古打得落花流水。而在公元5世纪的时候，柔然显然也打起了同样的算盘，而且他们完全有实现这一切的条件。和后来的成吉思汗一样，社仑可汗也采取了正确的外交政策：远交近攻。对和北魏一直有世仇的前燕、后燕、北凉等政权，社仑可汗主动拉拢，双方不但互通有无，柔然更给中原各政权提供战马资助，帮助他们建立精锐骑兵。而对北魏，柔然民族的态度就一个：打！他们不断南下侵扰，攻打北魏的边镇，企图形成前后夹击之势，更重要的是，北魏所盘踞的山西北部地区是后来著名的幽云十六州中的一部分，这是自古以来中原政权抵御北方少数民族政权入侵的主要屏障。如果北魏最后真的灭亡于柔然，那么柔然趁势南下，逐鹿中原，吞并整个中国北方也不是难事，以当时他们的实力，完全有能力把成吉思汗经做过的事情提前做一遍。

但这时柔然的运气很不好，因为成吉思汗碰上了女真的衰弱时期，而柔然面对的北魏正处在勃勃的上升期。毕竟后来成吉思汗时代，金朝已经经过了长期的和平时光，这时的北魏却几乎每天都在打仗。他们的军队常年在战斗中锻炼，完全可以和北方游牧骑兵争锋，更为重要的是，这时北魏的历代皇帝几乎都是中国历史上不世出的剽悍人物。在柔然建立汗国不久，北魏就把都城迁到了山西平城，和后来明王朝天子守边疆一样，把都城放在了边陲上，意思很明确：必须要解决柔然的威胁。在柔然建立汗国的公元402年，一心要进行汉化改革的北魏一代英主拓跋珪，死在了新旧贵族之间的内斗之中，他的儿子拓跋嗣是个合格的守城之君，在位期间主要对柔然采取守势。柔然则一步步继续南扩，不断蚕食北魏的北方疆土，且拉拢北方其他政权一起对付北魏，这样的局面持续了整整十五年。拓跋嗣三十三岁过世，他的儿子拓跋焘即位，即后来历史上大名鼎鼎的魏太武帝，虽然后来大名鼎鼎，但是当时的拓跋焘还只是一个十三岁的小毛孩子。对柔然来说，这个消息当然好。在拓跋焘登基的第一年，柔然就发动了大规模进攻，抢掠北魏边境人口数万，牲畜几十万头，给了拓跋焘一个下马威。但柔然人想不到的是，就是这个他们看不上眼的小毛孩子，敲响了柔然走向衰落的丧钟。

二

拓跋焘在北魏历史上是一个非常重要的皇帝，他结束了长期战乱的五胡十六国时代，重新统一了北方，南北朝双方对峙的大局也在他的手里得以确立。如果纯以军事才能论，即使是使南朝改朝换代，战功赫赫的马上帝王刘裕，恐怕都要让他三分。

但这一切柔然是不会知道的，相反，柔然做出了错误的判断：北魏少年天子在位，内部政权必然不稳，正是对北魏进行军事打击的好时机。在这样的意识下，柔然每年对北魏的侵扰都在加剧。特别是在公元423年，当北魏与刘宋为了争夺河南地区，几十万人在中原杀得天昏地暗的时候，柔然突然出现在北魏的身后，导致北魏不得不在战场占优的局面下仓皇回军，丧失了重创南朝刘宋政权的大好机会。为了对付柔然的侵扰，早期的拓跋焘采取了守势，他在内蒙古五原地区修筑了一条长城，用来抵抗柔然的进犯。值得一提的是，对南朝汉人刘宋政权，柔然采取了通好的政策，当时刘宋大臣王玄谟积极主张联合柔然，共同打击北魏，这样的剧本和后来南宋联合蒙古灭金很相似，但柔然不是蒙古，北魏也不是金朝。

柔然的连续侵扰激起了年少气盛的拓跋焘的恼怒，他多次把是否大举讨伐柔然提上议程，但在当时，大部分的北魏贵族都被打出了“恐柔症”，甚至一些早年跟随拓跋珪征讨柔然的老将也极力反对主动进攻柔然。一是此时的柔然已经不是拓跋珪时代的小部落，他们实力强大，在那些久经沙场的老军人眼里，是不能轻易战胜的；二是当时北魏朝臣的注意力主要放在征服汉地上，对经济落后的北魏来说，占领荒芜的漠北草原是没有意义的，占领富庶的江南才是首选。在举朝的一片反对声中，拓跋焘的老师——汉族大臣崔浩，坚决主张对柔然动武。崔浩认定柔然是北魏统一天下的最大障碍，不战胜柔然，国家统一和政权稳定都无从谈起。为了激起北魏朝臣的死战之心，崔浩在朝堂上大呼：鲜卑也是从草原上来的，难道英勇的鲜卑骑兵还会惧怕柔然吗？崔浩的坚决，终于激起了拓跋焘的决战之心，柔然的噩梦也就来了。

拓跋焘发动的最大规模的对柔然的讨伐，发生在公元429年，这是一场对柔然民族的命运乃至对整个中国北方的格局都影响深远的一次远征。值得一提的是，就在拓跋焘发动远征之前，南朝刘宋政权正集结大军，摆出大举进攻北魏的架势。当时朝臣非常紧张，纷纷指责崔浩误国，连拓跋焘的乳母保太后都劝说拓跋焘改变主意，关键时刻还是崔浩做出判断，说刘宋政权这次只不过是虚张声势。这次远征，拓跋焘一口气动用了三十万大军，朝中的重臣也大多随行。战争从是年的夏天打响，柔然果然被打得大溃，当时漠北草原东西三千里，南北五千里，全是柔然军队的尸体，拓跋焘一路追杀，打到了柔然的老窝——阴山山脉地区。

柔然之所以溃败，主要是准备不足，虽然在这之前北魏就集结军队，大张旗鼓地讨伐，但是柔然人并没在意。因为在拓跋焘之前，历代的北魏皇帝即使北进，也绝对不会深入。柔然人在得知北魏进攻的时候，已经主动放弃了漠南地区，退到了漠北，企图用坚壁清野的战术让北魏的这次进攻劳而无功。但是他们显然低估了拓跋焘的决心，拓跋焘是中国历史上不世出的军事奇才，征战生涯里最擅长做的事情就是把人力发挥到最大。虽然此时北魏没有西汉那样的物资储备，但一来鲜卑骑兵本身就起于草原，对草原气候的适应能力非常强，其刻苦耐劳程度原本就不在柔然骑兵之下，二来拓跋焘本人也异常坚决。路上，鲜卑军队断粮了，不断有大臣劝拓跋焘撤退，但是拓跋焘红了眼，凡是敢劝他撤退的大臣，不管是大官小官，皇亲国戚，统统被他就地正法了，在没有粮食的时候，北魏军队甚至宰杀战马来做军粮。全军上下杀红了眼往北冲，遇到柔然军队主力后，拓跋焘使诈，并没有贸然发动对柔然的进攻，而是命令全军隐蔽，趁黑夜突然发动袭击，结果柔然军队猝不及防，就这样被打得大溃。

重创柔然之后，拓跋焘沿着柔然逃亡的路线追击，非要把柔然赶尽杀绝，一直打到了阿尔泰山东南地区。这是柔然民族最困难的时刻，当时的柔然可汗社仑因为战败，外加气愤，身染重病，身边就剩下几千残兵败将，面前是北魏几十万大军压阵，只要北魏对阿尔泰山再打一次进攻，整个柔然民族就会全军覆没。然而就在这个关键时刻，一向果断的魏太武帝拓跋焘却犹豫了，当时北魏南边还有刘宋的威胁，虽然之前崔浩力劝，但拓跋焘到底担心刘宋会趁火打劫，索性在抵达阿尔泰山山脉后见好就收，草草搜索了一番之后就撤退了，柔然民族也就因此大难不死。后来，拓跋焘从逃散来的战俘口中得知，其实此时柔然民族就剩下最后一口气了，后悔不迭。这最后一口气，到底还是被柔然喘过来了。

虽然大难不死，但拓跋焘的这次打击让柔然元气大伤。在公元 443 年和 449 年，拓跋焘又发动了两次对柔然的大规模进攻。领教了拓跋焘的厉害之后，柔然学乖了，不再进行硬碰硬的抵抗，重新开始了运动战，打得过就打，打不过就跑。他们发挥游牧骑兵机动能性强的优势，在拓跋焘行军的路上不断骚扰，转移拓跋焘的视线。这两次北征，拓跋焘虽然都获得了胜利，可始终没有碰到柔然军队的主力。此时的鲜卑民族已经成了农耕民族，如果想彻底击败一个游牧民族，必须要趁着实力尚强的时候最大限度地将其一网打尽，否则一旦对手化整为零，就不好对付了。拓跋焘对付柔然是如此，后来的明朝对付鞑靼也是如此。拓跋鲜卑错失了彻底消灭柔然的最好机会，在第一次北征的时候功亏一篑，之后就更难了。结果，柔然虽然遭到打击，但并没有完全被消灭。晚年的拓跋焘在第三次北征之后，也不得不承认这个事实，停止了大规模对北方的征讨，转而继续完善六镇的军事建制，设立更多的城防，用来抵抗柔然的骚扰。柔然也不再和拓跋鲜卑为敌，重新恢复了对拓跋鲜卑的朝贡。

三

柔然和北魏力量对比的再次变化，是从拓跋焘过世之后开始的。

拓跋焘于公元452年过世，他一生虽然武功赫赫，但是文治太差。他去世前，北魏的内外矛盾已经不断，之后即位的魏文成帝和魏文献帝，都是守成之君，开始偃武修文，并且进行了有限度的汉化改革。对柔然，北魏从拓跋焘时代的攻势转为守势，期间虽然有小规模的冲突，但是没有大规模的战争。而且魏文成帝开始允许北方边民与柔然民族进行贸易，中原的农产品开始源源不断输入柔然地区，先进的农耕文化也传入了，根据有关史料的记载，这时的柔然已经出现了城池和农村。

而和早年柔然民族的发家历史一样，在南下汉地受阻之后，柔然再次向西部进行扩张。在此之前，西域地区的诸侯国已经臣服柔然，随着柔然兵败于北魏，这些西域国家们也开始翻脸，不再受柔然的管制了。因此从魏太武帝拓跋焘之后，柔然军事的重点一度放在了打击西域上。公元460年，柔然吞并了高昌，然后又进犯于阗，这两个国家在当时都是北魏在西域的铁杆儿小弟，更是丝绸之路的主要枢纽。在柔然大兵杀到的时候，这两个国家相继向北魏求救，但这个时期的北魏正在守成，无力进行大规模的远征，因此选择了坐视，结果，于阗和高昌相继被柔然所吞并。北魏的这种不作为也让西域国家寒心，大部分西域国家因此再次投靠了柔然。

北魏万万没有想到的是，他们坐视西域国家沦陷的行为，最后会让他们砸了自己的脚，因为强大起来的柔然是不会忘记北魏这个世仇的。公元470年，沉寂了近三十年的北魏与柔然风云再起，就在这一年，柔然大举进攻北魏在河西走廊的门户敦煌。此举简直是要掐断北魏的脖子，当时的敦煌不但是北魏防御河西走廊的重镇，更是丝绸之路进入中原的门户，北魏财政收入的大头就是来自丝绸之路的贸易收入。敦煌告急，意味着北魏两代君主的守成再也守不下去了。之后北魏连续九次发动了对柔然的讨伐战争，打击的主要对象就是柔然的漠北王庭。事实证明，在北魏鲜卑骑兵面前，柔然依然不是对手，仅公元472年北魏的北伐，就斩杀柔然五万多人。眼见北魏不好惹，柔然再度服软。柔然运气很好，这时候北魏的皇帝不是别人，正是后来开启了汉化改革的孝文帝拓跋宏。在战争问题上，孝文帝素来主张“兵者，凶器也”。对待柔然，孝文帝也很笃信儒家圣人们的言论，认为只要把他们远远地赶走就可以了，不必非要赶尽杀绝。这时候柔然的首领是玉成可汗，他也是一个很有头脑的人，主动提出要与北魏和亲，结果双方一拍即合。公元475年，北魏和柔然正式媾和，北魏以公主嫁给柔然可汗，双方结成了亲家。对柔然有利的是，之后紧接着开始的孝文帝改革中，孝文帝把都城从原先的山西平城迁到了河南洛阳，这也就意味着从此以后，北魏的发展重点转移到了南方，而北方的柔然已经不再是北魏的重点打击目标。因此，柔然顽强地生存了下来。但这时期柔然的麻烦也不少。公元 487 年，柔然民族内部发生大规模的反叛事件，铁勒阿弗洛部率十万多人西迁，建立了高车国政权，宣布脱离柔然的统治，从此之后，柔然与西域再次陷入了旷日持久的战争中，实力大大受损。如果不是因为与北魏的和亲，柔然很有可能会被北魏彻底灭掉。不过也正因为柔然内乱，北方边境暂时没有战争，进入了难得的和平时期，孝文帝这才大胆地把原先十五万用来防御柔然的精锐迁到中原，作为以后征讨南朝以及汉化改革的本钱。而滞留在北方六镇的北魏军队也因此失去了价值，地位日益衰落，导致了后来北魏的六镇叛乱。

孝文帝汉化改革时期，是柔然衰落的一段时期，他们的部落纷纷反叛，实力日益缩小，眼看朝不保夕。而这时的北魏则进入了黄金时期，孝文帝的汉化改革使北魏以前所未有的速度迅速发展起来，实力日益膨胀，经济日益繁荣。此消彼长之后，柔然民族迎来了短暂的复兴，正是这段短暂的复兴，把他们的老对手拓跋鲜卑送入了灭亡的不归路。

四

柔然民族的再次复兴，发生在公元 6 世纪早期，复兴之前，却是整个柔然民族力量的一次触底。公元 520 年，柔然再次发生了分裂，柔然可汗阿那环被其兄长推翻，投靠了北魏，北魏把他安置在了六镇以北的河套草原地区。本来北魏打算得很好，这样可以以夷制夷，但是这位阿那环金麟岂是池中物，给点儿阳光就灿烂，安定下来没多久，就怀了觊觎之心，而这时的北魏内部矛盾严重，贫富差距日大，已经到了政权的末期了。阿那环也因此扩充实力，默默地等待机会。这机会他最终还是等来了——北方六镇起义。

从公元522年开始，盘踞河套草原的阿那环就不断地收罗部下、扩展势力，而且和北魏撕破脸，不断发兵骚扰北魏六镇边境、掳掠人口。对他这种背信弃义的做法，北魏只能睁一只眼闭一只眼。很快阿那环就拥有了三十万大军的兵力，几乎恢复了柔然民族鼎盛时期的规模。值得一提的是，这时阿那环的部下主体虽然是柔然人，但是也掺杂了许多鲜卑人和高车人，主要都是北魏六镇的逃兵。震撼北魏的六镇大起义爆发，在攘外必先安内的思路下，北魏只能对阿那环忍让，不断给他好处，让他进攻六镇起义军。起初阿那环采取观望政策，对交战双方都采取平衡手段，但很快他就发现，六镇起义不会成功，帮助北魏反而可以让自己得到很多好处。于是阿那环出手了，他向六镇起义军发动进攻，帮助北魏政府军镇压了六镇起义。事后，为了表示酬谢，北魏将原本属于他们的漠南领土送给了阿那环。这时的阿那环虽然仍然没有恢复柔然鼎盛时期的实力，但也拥有了长城以北的整个漠南领土，已经是草原的一派枭雄。打了一百多年柔然的北魏做梦也想不到，在自己王朝的晚期，柔然民族最终还是复兴了，虽然只是回光返照。

阿那环反弹之后，好事也接着来了，六镇起义被镇压后，北魏内部的动乱并没有结束，又出现了尔朱荣的专权，北魏也因为这场内乱，分裂成了东魏、西魏两个国家。这两个国家当时相互攻杀，为了能够压倒对方，无论是东魏的实际统治者高欢，还是西魏的实际统治者宇文泰，都争相讨好阿那环，阿那环也就周旋在这两个政权之间，多年来收尽了好处。但是阿那环这个人和柔然其他的统治者不同，他因为长期和北魏相处，深感汉文化的好处，因此有样学样，也开始进行汉化改革。他最崇拜的人，竟然是引领整个鲜卑民族进行汉化改革的孝文帝拓跋宏。之后的阿那环，在漠北草原也做起了同样的事情，他最信任的大臣就是从汉地前来投奔他的汉族人淳于秦。这个淳于秦是个足智多谋的人，包括当年的镇压六镇起义等军事行动，他都曾从旁出谋划策。在东西魏国对峙的时代，淳于秦帮助阿那环进行了各种改革。当时的柔然内部已经建立了类似封建王朝式的朝廷，仿照北魏官职分封官员，还有了农田，他治下的漠南草原沃野千里。按照现代许多农业学家的说法，阿那环是中国历史上第一个在内蒙古草原大规模推广农耕技术的少数民族可汗。与此同时，阿那环也继续了他祖先远交近攻的政策，与南朝政权恢复了联系，和萧齐与梁朝往来不断，企图联合南朝一起夹击北方，然后共同瓜分北方土地。但这时的南朝皇帝多是短视之人，虽然对阿那环的示好非常欢迎，但一说到联合出兵就犹豫了。值得一提的是，当时的柔然和南朝之间隔着北魏，他们是怎么通好的呢？事实上，柔然开辟了一条新的到南朝的线路，即从西域出发，进入四川地区，再进入江南，这条线路对整个世界历史都有深远的影响。我们说过，南北朝时期，北朝政权把持了整条丝绸之路，南朝政权的外贸一度只能通过海路，但是从此开始，南朝也可以通过丝绸之路输出物品，打破了北朝的贸易垄断。这一点无论对于东西方文化的交流，还是南朝经济的发展都有重要意义，特别是原本贫困的四川地区，一下子成了国际贸易大省。按照梁朝有关公文里的记载，当时的四川益州，已经成了胡商云集的地方。对中国历史的改变，柔然确实有自己的贡献。

但是柔然民族自己也没有想到，最后终结他们命运的，并非是和他们一直打仗的北魏，而是自己内部的奴隶——突厥。在阿那环时期，突厥日益强大，并且爆发了反对柔然民族的起义，从公元540年开始，柔然重新陷入了内战之中，阿那环也死在了对突厥的战争中。这标志着柔然在经过短暂的复兴之后，再次转入了衰落，这次衰落的速度奇快，而且不可扭转。

到了公元 555 年，柔然在东魏和突厥的联合打击下灭亡，其可汗邓叔子逃到了西魏，西魏一开始接纳了他们，但是在突厥的军事压力下，最后不得不交出邓叔子一干人。强大一时的柔然帝国就这么灭亡了，然而还有一支柔然人在突厥的打击下逃了出来，并经过西域逃到中亚地区，在那里收罗部族后，开始了悲壮的西征。之后他们出现在欧洲大陆，成为震动欧洲历史的阿瓦尔人。他们经过高加索山进入欧洲，先痛打了欧洲著名的日耳曼部落，然后在匈牙利地区建立了阿瓦尔帝国。他们还痛击了东罗马帝国，一度占领东罗马的首都君士坦丁堡，直到公元 9 世纪，他们才被欧洲著名的查理大帝击败。

第十五章

檀道济若在，岂使胡马至此

分裂时代中国历史的统一，往往延续着固定的剧本：北方统一南方。从战国至今的两千多年里，中国历次的国家统一，仅有两次是通过南方统一了北方：一次是明朝朱元璋驱逐元廷，另一次就是辛亥革命后的南北议和。但就这仅有的两次，后者还是依靠政治手段实现了和平统一，南方政权纯粹以军事手段横扫北方、一统华夏的事迹，在煌煌史册中俨然是不可复制的奇迹。

如果仅看南北朝最后的结局，由南到北统一全国的奇迹，确实未曾发生，在世人的眼里，南北朝时期的军事格局，大多数时候都是南弱北强。后来北朝陷入分裂，分为东西两部，相互内耗不断，南方政权也一直处于守势。北朝的政权在相互之间战斗的间隙，还时不时南下打劫，这成为南北朝军事格局的一个固定剧本。从南北朝发展的脉络看，南朝政权不止一次地面临着统一全国的大好机会，甚至许多次只差一点点就会成功。在南朝宋齐梁陈四代政权中，偏安、积弱的外表下，也不止一次地涌现出将北朝军队打得落花流水的名将。他们的赫赫战功，打出了一次次统一华夏的大好形势，可惜无一例外地都被南朝政权自己所葬送。

这其中最杰出的名将，就属留下“自毁长城”一语的檀道济。

檀道济，生年不详，大约生于东晋晚期，祖籍山东高平，属于北方沦陷时代南逃的难民之后。他成名于南朝刘宋开国皇帝刘裕夺权开朝的时代，在宋武帝、宋文帝两代，凭其杰出战功奠定了南朝第一名将的地位。终其一生，他都是北魏鲜卑骑兵眼中最难对付的人。

檀道济出生在江苏镇江，和许多名将一样，他也是一个苦孩子，出生没多久就父母双亡，他的上面还有两个兄长和一个姐姐。按理说他应该属于被呵护的对象，但檀道济少年老成，很早就挑起了家庭重担。他操持家务，主持家事，精心侍奉兄长和姐姐，这段早期的经历，说明他自幼就是一个敢担责任的人。

在那个按照门第决定身份的时代里，以檀道济的出身，想出头貌似格外难。在当时的中国，门阀贵族世袭高位，此时旧有的门阀贵族虽然已经开始瓦解，但是想要在正常情况下得到提拔，最起码也要是个庶族地主，像檀道济这样的，在和平年代恐怕一辈子都没戏。但檀道济生活在一个特别不和平的时代，北方政权时时南下侵扰自不必说，东晋王朝的晚期，作为正统的司马家族早已经被架空，寒门出身的军阀外加士族出身的枭雄纷纷窃取大权，相互之间争斗不断，更兼多年来的统治危机，各地都发生了农民暴动。乱世出英雄，这个年头，让檀道济赶上了。

檀道济的军旅生涯，起于公元404年，他的事业起点，可谓赶得巧。首先，他投奔了后来开创刘宋的南朝寒门枭雄刘裕，算是跟对了人；其次，他投奔刘裕的时机正是刘裕人生最关键的时候。当时东晋权臣桓玄（桓温之子）起兵叛乱，凭其强大的军事力量逼迫东晋安帝“禅让”，自己在建康建立了楚政权。此时身为彭城内史的刘裕从江苏镇江起兵，讨伐桓玄，檀道济也正是在这个时候投奔了刘裕。桓玄身为权贵之后，手握重兵；刘裕身为寒门之后，起初只是北府军的一个小军官，无论身份、地位、兵力，似乎远远没有胜算，所以即使是刘裕自己的一些部将，也选择了叛离，檀道济的到来可谓雪中送炭。当时的檀道济并非一般人物，长期以来他孝顺兄嫂，在当地颇有善名，堪称道德模范。对刘裕来说，他的到来正好可以帮自己笼络人心、集中力量。

檀道济初投刘裕的时候，刘裕虽然很重视他，但并未发现他的才华，只把他当作一般人物。他开始引起刘裕重视，是在刘裕讨伐桓玄战争爆发后。当时，桓玄已经在镇江到建康之间布置好了防御，他的兵本来就比刘裕多，而且他要改朝换代已是既定事实了。所以刘裕的大部分部将都劝说刘裕火速进兵，绕开桓玄的防御，直抵建康城下。檀道济只是刘裕身边的参谋军事，也就是个普通参谋，他提出了一个完全相反的计划：桓玄属于篡立，他的行为本身就不得人心，他自己也心虚，而各派的势力这时候正在观望，一旦桓玄得胜，就会立刻倒向桓玄，到时候局面就不好收拾了，所以贸然进兵建康，如果有失，就会前功尽弃。一番分析让刘裕折服，随后刘裕采纳了檀道济的建议：表面上招兵买马，摆出大举进攻建康城的架势，其实却徐徐推进，并且派人到各处宣告桓玄的罪状，外加鼓吹自身兵力的雄厚，对桓玄展开心理战。事实果然如檀道济所料，在几次小规模交锋战败后，桓玄自己就慌了阵脚，迫不及待地撤出建康，挟持东晋安帝逃到江陵，刘裕就这样兵不血刃地进入了建康。得胜之下，刘裕手下的许多部将都头脑发热，要求乘胜追击，一举占领桓玄的老窝荆州。这时，又是檀道济再次提出相反的建议。檀道济认为，此时桓玄虽逃，但实力并未受损，荆州是桓玄的老窝，经营多年、势力稳固，不是一时可以攻下的。况且建康新得，人心未定，当下应该做的是稳定阵脚，再图攻势。而且他认为，桓玄绝不会甘心丢掉建康，他一定会在实力有所恢复后主动来攻。事实上，这几条全被他说对了。公元404年五月，桓玄集中军队进攻建康，被刘裕打得大败，桓玄本人也在逃亡路上被杀。这场桓楚之乱，最终以刘裕的胜利告终。

桓玄败亡之后，晋安帝复位，但是东晋的大权已经掌握在刘裕手中了。这场争斗对刘裕本人乃至整个中国历史的走向都有着深远意义。刘裕代表的是新崛起的寒门阶层，而桓玄代表的是旧的门阀阶层，新旧阶层的碰撞以桓玄的失败告终，这其实是整个魏晋南北朝时期门阀衰落的丧钟。而对刘裕本人而言，从过去边缘化的军阀成为如今掌控国家的权臣，作为北府军的重要军将，他已经走到了他的前任刘牢之等人从未到达的位置。一人得道，鸡犬升天，檀道济也不例外，因他在整个过程里的功劳，他被刘裕封为南阳太守，这也是他第一次得到领兵的权力。结果他出手不凡，不但能分析，更能打，一举扫平了当地的桓玄残部，俘虏了桓玄的儿子桓震，将桓玄一派势力斩草除根，彻底断了刘裕的心病，因此更进一步，被封为五等侯。

从此以后差不多十年时间里，檀道济的主要工作就是帮助刘裕打内战。他的地位也节节攀升，公元410年官升扬武将军，受命镇压持续多年的东晋卢循农民起义。这场农民起义也是东晋王朝的一个大麻烦，起义者主要是南迁过来的流民，战斗力强悍，东晋先前战无不胜的北府军屡次战败。檀道济到来后，战局立刻就改变了。当时的局面对东晋格外不利，卢循于这一年八月集中了十万大军攻打建康，特别是他的巨型战舰，更是远远优于东晋。刘裕正率军在北方和南燕政权作战，闻讯后火速往回赶，而留守南方的檀道济的任务就是在刘裕回来前顶住卢循的进攻，守住江陵。结果，檀道济仅凭手下不足万人的部队，严防死守，硬是顶住了卢循的进攻，当然他并不是硬拼，而是故意虚张声势，把所有能找出来的旗帜都找来，摆出江陵防御稳固、兵力充足的假象。卢循在攻击受挫后果然上当，暂停了对江陵的进攻，就这一个小小的犹豫，为他最后的覆灭埋下了伏笔。在经过一个月的相持后，是年九月底，刘裕终于赶回来了。士气高涨的东晋军发动反攻，一举击败卢循，而后步步紧逼，最后终于在番禺彻底击败卢循，逼其自杀，这场持续数年、险些颠覆东晋政权的起义，就这样结束了。

卢循的败亡也让刘裕从此在南朝再无敌手，执掌大权算是铁板钉钉了。对居功至伟的檀道济，刘裕也格外器重，提拔他为唐县男，官至临淮太守，成了刘裕身边地位颇高的重臣。公元 415 年，檀道济又参加了平定司马休之的战斗，将其击败。司马休之是东晋皇室中最后一支实力派，此人一败，整个东晋政权从此任凭刘裕拿捏。

关于檀道济的军事思想，后人皆赞叹颇多，后来的唐朝枭雄朱温还曾送他一个“狡诈专兵”的评价。檀道济用兵最大的特点就是他的狡诈，在每一次战斗中，他都能做到不让敌人摸清楚自己的真实实力和意图，并且随时都能做出让敌人瞠目结舌的决定，他的大部分胜利也多是出奇制胜。这一方面来自他自己的性格，另一方面来自他对兵法的研读，自古熟读兵书的人甚多，但读懂的人却不多，读懂了能做到发明创造的更少。檀道济的读书方法很稀奇，他不但读兵书，还擅长总结，比如他读得最多的是《孙子兵法》，而赫赫有名的“三十六计”就是他在读《孙子兵法》之后总结出来的心得体会，至今广为流传。一个总结出三十六计的人，当然更善于运用三十六计。在公元 415 年之前，尝到他三十六计苦头的基本都是南朝内战里的枭雄，不过公元 415 年之后，北朝的敌人们也开始一个接一个地尝到教训了。

第一个吃到苦头的，就是北方羌族人姚苌建立的后秦，在东晋晚期，这一度是北方实力最强大的政权。公元416年正月，后秦皇帝姚兴侵扰东晋，正好给了刘裕开战的口实，随后刘裕大张旗鼓地发动了对后秦的进攻。这次进攻的声势非常大，一共分了五路，大有灭掉整个北方的架势，其中最艰难的，就是檀道济进攻的那一路。别人的部队都可以遥相呼应、齐头并进，就算打不赢，也很容易全身而退，唯独檀道济不能，他的部队被任命为刘裕五路北伐大军的先锋，他需要从合肥出兵，直接攻打后秦防御最严密的河南许昌地区，为整个北伐大军的前进打通道路。这一路他所面对的，将是后秦最精锐的军队。对檀道济来说，这似乎是个不可能完成的任务。

然而檀道济做到了，他的军队九月出发，一路势如破竹。到了十月，他与另一路大军王镇恶部会师成皋，已经占领了河南省的大部分地区，兵锋直逼后秦重镇洛阳，可谓超额完成任务。闻听洛阳告急，后秦连忙派遣数万精锐来援，如此局面下，搭档王镇恶主张快速攻打虎牢关，抢在后秦援军到达之前占领这个洛阳门户。檀道济再次提出相反意见，他认为如今整个河南已经乱作一团，如果加紧攻打，反而会激起后秦的死战之心。结果，依檀道济的部署，晋军对后秦的虎牢守军展开心理战，迫使其在援军到达后投降，随后到来的后秦军队立刻陷入了檀道济的包围中，檀道济只围不打，再次迫使其投降，于是整个河南都落到了檀道济手中，后秦都城长安的门户潼关也因此暴露在了檀道济的眼皮子底下。值得一提的是，大功告成后，檀道济的搭档王镇恶足够恶，竟主张学当年的项羽，将俘虏的后秦士兵全部坑杀。关键时刻还是被檀道济阻止了，他不但反对杀俘，更优待俘虏，于是中原人心大定，不但汉族百姓纷纷归附，就连北方各少数民族军队也纷纷投降，刘裕的北伐就这样兵不血刃地达到了目的。

公元417年，已经稳定了在中原地区统治的刘裕决定彻底灭亡后秦，占领富庶的关中平原地区，先前立功颇多的檀道济再次担负了重任。是年三月，檀道济与沈林子合兵，一举拿下后秦的关中门户潼关，富饶的关中平原就此一马平川。而后经过五个月苦战，檀道济、沈林子、王镇恶三路合兵，终于攻克了后秦都城长安。南朝政权沦陷数百年的关中平原就这样收复了。在东晋南迁后的历次北伐中，这一次的战果是最大的。八月二十三日，后秦末帝姚泓在长安投降，强盛一时的后秦政权就这样灭亡了。在这一阶段的战斗中，檀道济虽然身先士卒，但是战功最大的却是王镇恶和沈林子，这两个人在军中的地位及战功都远远高于檀道济。在关中平原的战斗中，王镇恶受命消灭了后秦驻扎在北方五原地区的援军，沈林子则数次击败了北魏等其他北方国家的进攻。所以平定关中后，刘裕虽然封檀道济为征虏将军，却把留守关中的任务交给了王镇恶和沈林子，自己布置完工作后就匆匆返回南方了。他不是不贪恋北方的土地，而是这时候也是他夺权的关键时刻，他急切需要北伐的战功来夺取南朝政权。也就是在这次北伐后，刘裕逼迫东晋安帝封他为宋王，改朝换代也就剩下最后一步了。

刘裕的夺权很顺利，但新收复的北方领土却遭到了波折。王镇恶和沈林子这两位在战斗中功勋卓著的统帅偏偏不能共安乐，刘裕走之前，命令自己的儿子刘义真留守北方，又命王镇恶和沈林子留守，结果他前脚刚走，北方的夏国政权和北魏政权就相继打来，王镇恶和沈林子关键时刻内耗，王镇恶死在沈林子手里，刘义真更是无能，被夏国皇帝赫连勃勃杀得全军覆没。辛苦打下的北方关中平原就这么丢了。其实在当时，以刘裕的实力，如果他不撤兵，一鼓作气拿下整个北方并无太大问题，可惜在称帝与统一中国的两条路中，刘裕选择了前者，一统华夏的大好机会也就遗憾地错过了。

北方变故发生的时候，檀道济的职务是兖州大中正，地位比沈、王二人要低。北方的兵败，尤其是王镇恶的身死，让刘裕失去了一支战斗力强悍的军队以及一个能征善战的名将，但檀道济的地位也因此得以在刘裕集团内部进一步提升。刘裕南归后，先是毒死了傀儡皇帝东晋安帝，立了司马德文为东晋恭帝，到了公元420年年底，又派人把司马德文活活勒死，从而完成了改朝换代的最后一步——建立刘宋。这一年，刘裕正式称帝，南北朝时期也因此开始了。作为开国功臣的檀道济，也得以继续高升。他以护军将军的身份驻守京城，在刘裕称帝的关键时刻，帮助刘裕稳住了建康的局势。后来又被刘裕加封为永修公，赐两千户食邑。

刘裕的称帝，标志着南北朝时期的开始。但是在后世许多史家，特别是有愤青情结的儒家知识分子看来，刘裕称帝意味着南朝统一北方的希望破灭，因为刘裕在最关键的时刻为了夺取帝位放弃了一统北方的大业，导致北方国土得而复失，明末的大儒王夫之就曾批评刘裕此举是以国谋私。但是事实上，这时候南朝统一全国的希望并没有破灭，刘裕虽然出身寒门，为人惯使手腕，且对待司马皇室以及北方士族的手段都太过阴狠，但是对老百姓来说，刘裕却是一个不折不扣的好皇帝。他在位的时间虽然仅有两年，但是他与民休养生息、发展军力，并且继续招募北方汉人南归，他治下的刘宋政治清明、经济发展，军力进一步增强。从当时南北方面的实力对比看，无论是经济实力还是军事力量，甚至政治号召力，北方少数民族建立的各个政权都是无力和刘裕抗衡的，更何况刘宋还有个檀道济。

刘裕称帝之后，作为当年北伐的老班底，檀道济很受信任。刘裕在世的时候，他出任镇北将军，受命在山东防备北魏南下，这之后的两年是刘宋政权休养生息的两年，大规模的战争暂时停止。到了422年五月刘裕病逝的时候，檀道济和徐羡之、付亮、谢晦三人一起成为顾命大臣，他是四个大臣中唯一的武将，堪称此时刘宋军界第一人。

之后发生的事情证明，刘裕把后事托付给檀道济是正确的。就在刘裕去世后不到一个月，一直野心勃勃梦想统一南北的北魏就打来了。此时的北魏皇帝是明元帝拓跋嗣。趁着刘宋皇帝过世，几十万鲜卑骑兵向中原地带发动了猛烈的进攻，刘宋在山东以及河南的大片领土纷纷沦陷，这场战争也成了南北朝历史上南北双方的第一次军事碰撞。

南朝一开始之所以如此狼狈，一是因为当时刘裕新丧，国家正处于动荡的时候；二是刘裕南归后，派驻北方的军队一直非常少。而且刘宋政权内部从一开始就面临着矛盾，这时候在位的皇帝是刘裕的儿子刘义符，史称宋少帝。此人是个只知玩乐的草包，和英雄一生的老爹刘裕相比，可谓虎父生犬子。危急时刻，檀道济挺身而出了。檀道济在公元423年三月出兵，当时的形势已经糟得不能再糟，河南大部分领土沦陷，山东几乎全境沦陷。不利局面下，檀道济先攻彭城，一举击败彭城叔孙建部。这个叔孙建是当时北魏的第一名将，数次击败南朝军队，这次檀道济为南朝出了气，彭城之战后，叔孙建不支败退，檀道济一路追杀到山东历城地区，后来因为粮草殆尽，这才引兵撤退。

檀道济的这一次北进，虽然没有收复北方国土，但对刘宋政权的稳定却是意义重大。刘裕亡故，此时是政权最不稳的时候，一旦檀道济有失，不要说稳定北方，就是整个刘宋政权，也很有可能被气焰正盛的北魏拿下。此战之后，认识到刘宋实力的北魏多年未敢轻举妄动，刘宋也就逃过了一劫。但此时刘宋的内部矛盾却来了。宋少帝刘义符是个出名的昏君，终日不理朝政，四大顾命大臣之一的徐羡之动了废黜皇帝之心。如此重大的事情必须要得到军方的支持，徐羡之找檀道济商量，却遭到了檀道济的反对，但是对刘义符同样心怀不满的檀道济最后对此事采取了中立态度，并未阻止之后徐羡之的行动，结果徐羡之毒死了宋少帝，立刘裕的第三子刘义隆为帝，这就是缔造了元嘉盛世的宋文帝。

刘义隆即位后，起初对檀道济信任有加，不信任也不行，因为此时的北魏实力一天天强大，已经成了刘宋最大的威胁。刘义隆是个权力欲很强的人，绝对不甘心做傀儡。公元 424 年，他登基没多久，就以弑君的罪名把谢晦、徐羡之等参与谋害宋少帝的大臣尽数杀害，刘裕留下的顾命大臣只剩下檀道济一个。虽然檀道济当初的中立让他躲过了一劫，但如此局面下，他功高震主已经成了事实，不被刘宋皇朝所容也是早晚的事情了。

一心扑在战场上的檀道济对这一切并没有任何察觉。公元 424 年，他先是受宋文帝派遣打败了谢晦，让宋文帝从此大权独揽。立下大功的他随后被封为征南将军，被刘宋明升暗降夺掉了兵权。公元 430 年十一月，宋文帝企图报当初北魏南征之仇，随后发动军队北征，以到彦之为帅，大举北伐。但这次北伐很不顺利，遭到了北魏的顽强抵抗，战局僵持不下。无奈之下，宋文帝再次启用了檀道济，檀道济出马后，果然一个顶俩，他一路北上，杀到山东境内，连胜三十多仗。他本来计划得很好，只要全军反攻，不但可以一举消灭入侵敌人，更可趁机打到北魏境内。可是当他追到历城后，却发现整个北方就剩下他一支孤军，原来其他的几支部队都已经擅自撤退了。这时的檀道济再次深入敌境，不但无人配合作战，且粮草都已经没了，发现战局变化的北魏军队抓住机会，重兵压向了檀道济。这个局面对檀道济来说凶险万分，北魏时以骑兵为主，檀道济以步兵为主，弹尽粮绝的局面下，打不能打，撤不能撤。雪上加霜的是檀道济的部下有人叛变，将檀道济粮草告急的事情告诉了北魏，一旦北魏趁这个机会发动进攻，后果将不堪设想。

虽然如此，可是北魏方面也不敢大意，这么多年来，檀道济的威名已经传遍了北方，是公认的诡计多端的人物，万一他趁机设下陷阱可不是闹着玩的，所以北魏方面选择了持重。他们先后派了多批暗探刺探情报，檀道济却不惧，他故意在军营里大摇大摆地饮宴，让士兵们装了几百麻袋的沙土，只在外面铺上一层粮食，摆出粮草还非常充裕的假象，还大张旗鼓地清点粮草。这个假象终于骗过了北魏，北魏误以为檀道济又在使诈，始终不敢发动进攻。檀道济抓紧时间撤退，他撤退也很有章法，并不是慌忙逃走，而是走一路、停一路，慢慢悠悠的，让人以为他企图引诱北魏军队追击。北魏再次上当，任凭檀道济如何表演，北魏始终按兵不动。结果，几万刘宋军队就这样从北魏的嘴边溜走了。事后得知真相的北魏后悔不迭，此战把北魏上下打出了“恐檀症”，北魏的军将们家里都放檀道济的画像驱鬼。南朝第一名将的声望也就在此达到了顶峰。

此战之后的檀道济加封司空，当时坊间就有人造谣，说他是下一个司马懿，有篡权之心。而且彭城王刘义康常年与檀道济不合，宋文帝又一直体弱，担心万一自己不行了，无人可制约檀道济，所以对檀道济的清算也就顺理成章了。如此局面，连檀道济的夫人向氏也看得明白。公元436年，宋文帝卧病，召驻守北方的檀道济入朝，檀道济的夫人向氏劝他不要去，认定这次祸将至也。檀道济不听。他到建康后，宋文帝病情好转，对他好言抚慰，极言朝廷对他的信任。然而就在他觐见完毕准备离开的时候，突然来了一道诏书，以他收罗叛贼、图谋不轨为由将他杀害，同时被害的还有他的十一个儿子，只有幼子檀扈幸免于难。临刑前，檀道济悲愤异常，将头巾摔在地上声嘶力竭地大喊：“你们这是在毁灭自己的万里长城啊！”一语成谶，他的死讯传到北方后，身在山西大同的北魏皇室弹冠相庆，纷纷说：“檀道济一死，南方再也没有可怕的人了。”十四年后，刘义隆再次兴兵北伐，先前牛皮吹得震天响，说这次要封狼居胥，结果被北魏打得头破血流，一度被人家打到了建康城下。刘义隆在建康城头上懊悔万分，感叹道：“如果檀道济在，怎么会有这种事？”

对整个南朝政权来说，檀道济的死是个相当沉重的打击，南朝不仅失去了一个能征善战的将军，从此以后更是天下冤之。更遗憾的是，刘宋立国后的前二十年是著名的盛世，这时的北方因长期陷入战乱，经济发展大幅度受阻，只要南朝任用能将，与民休养生息，统一是早晚的事。可惜一将无能，累死三军，没有檀道济这样的名将，统一北方就是痴人说梦，南朝被动防御的局面就这样延续了下去。至于担心檀道济篡权自立的刘宋王朝，最终也没有逃脱大将篡权的宿命。宋文帝没死在权臣手里，却死在了亲儿子刘骏手里。刘骏和他之后的几代皇帝一个比一个短命，也一个比一个残忍好杀，最后激起了下面的激烈反抗。公元 479 年，大将萧道成造反成功，再次改朝换代，这就是南朝的第二个朝代——南齐。

第十六章

南北朝最伟大的科学家祖冲之

在人类科技发展的长河中，有一个形成共识的观念，即人类科技和文明的进步有赖于社会的稳定与和平的发展。然而穿越历史漫漫的尘烟，我们却发现了种种逆向的情景，许多科技和文明发展的黄金时代恰恰是社会处于严重战乱与动荡的时代。墨子的科学成就诞生于春秋战国那个纷乱的国土上；而20世纪中叶开始的人类科技革命，同样是以历时六年的第二次世界大战为先导；第三次科技革命几乎所有的科技成果都是在第二次世界大战中萌芽并发展壮大。这是一个非常有趣的现象，特殊的历史年代，特别是特定的战乱年代，也许会对人类文明带来巨大的毁灭和冲击，但是从另一个角度来说，混乱的年代同样可以成为文明进步的强心针与催化剂。在巨大的冲击力面前，人类文明正常演进的过程遭到了无情地打击，也许会出现倒退，但也很有可能出现巨大的跃进。最典型的例子就是，欧洲奴隶社会秩序的土崩瓦解是匈奴骑兵的入侵造成的。外来破坏摧毁了欧洲的奴隶庄园和奴隶制经济体系，并为新生产关系的蓬勃生长提供了广阔的土壤。而对同时期的中国来说，南北朝时期同样是中华文明的重要转型期，划江而治的分裂局面绵延数百年，非但没有阻碍中华文明的蓬勃发展，反而缔造了一系列让世界叹为观止的成就，科学家祖冲之就是其中一例。

一

我第一次知道祖冲之这个名字是在初中课本上，他的姓名一共出现了两次：一次是在讲圆周率的时候，另一次是在讲几何图形的时候。那时岁数还小，只记住了两件事：一件就是他在一千多年前就成功地把圆周率推算到了第七位，另一件就是他的那本数学著作《缀术》。这两样了不起的成就，被追求升学率的老师在课堂上蜻蜓点水般一带而过。虽然在学生时代开始就熟悉了这个名字，虽然教室的墙壁上悬挂着他大幅的画像，但是在今人眼里，传统文明的精华早已是史册里那一抹淡淡的尘烟，似乎没有多少现实作用。

祖冲之生活在一个纷乱的时代，汉民族远退长江以南，中原的大好河山任游牧民族的战马肆意奔驰，汉朝时形成的大一统局面被无情地打破。然而这个时代也同样诞生了一批科学巨匠，贾思勰、祖冲之、葛洪，一连串流光溢彩的姓名直到今天还影响着我们。一位西方的哲人曾说："如果把一个人与他身边的环境割裂开来，那么你将永远无法清楚地认识他。"对祖冲之的认识同样如此，虽然我们把他和张衡都称为科学家，但仔细分析的话，张衡首先是一个优雅的儒者，一个充满豪情的文人，然后才是一位科学大师。祖冲之则不同，他是一个纯粹的科学工作者，一个真正意义上的研究人员。如果张衡的成功更多依靠他全面的优良素质和惊人的才华，那么祖冲之的成功则依赖他低调扎实的科学态度。与张衡相比，他从事的是更为枯燥的研究工作，绝无赋诗作对的闲情雅致，还忍受着难以想象的寂寞与枯燥。如果我们把张衡定义为发明家，那么祖冲之则是一个理论科学与基础科学的人才，虽然他的成就不如浑天仪或者地动仪抓人眼球，但他就像一位严谨的设计师，一砖一瓦地奠基，构建着中国古代科学的千年大厦。

二

“读史早知今日事，对花还忆去年人。”历史的现实意义在于，通过人类所做的决策后果来反思今天的社会应当在未来所做出的选择。事实上，当我们对南朝的士族制度充满种种否定的时候，却充满趣味地发现祖冲之的家庭恰恰属于一种另类的士族阶层。祖冲之的家庭是当时有名的科学世家，他的祖父祖昌在刘裕时代就担任大匠卿的官职，而他能在南朝社会的崭露头角同样依赖于其家族的位置。祖冲之的家庭世代都是从事科技工作的，无论政权和皇帝怎么变化，祖冲之家族的位置始终没有改变。这种奇特的现象也恰恰属于士族政治的一部分。今天的人对士族阶层垄断地位的抨击，是因为其扼杀了寒门的晋升之路。而在当时的历史条件下，中国封建社会正处于发展极度不平衡的时代，士族阶层经济势力的膨胀与寒门阶层的萎缩形成了极大的对比，而士族政治制度正是在这种环境下产生的。从国家稳定和社会发展的角度说，士族制度产生过积极的作用，南北朝割据政权的建立及南朝数次北伐的无功，都与士族政治本身的内部矛盾和权力不平衡有着密切的关系，而南北朝时期的结束同样也是士族政治瓦解的结果。这是中华民族一个特殊的历史演进过程，甚至可以说是中国封建经济的重新整合期。祖冲之就生活在这样的背景下，他与他的祖氏家族也恰恰证明了科学在当时已经成为士族阶层链条上的重要一环。

祖冲之崭露头角是在他的青年时代，在已然腐朽堕落的世家子弟之中，博学机敏的祖冲之成了另类，并得到了宋孝武帝的赏识。这位在南北朝历史中名声不太好的皇帝将祖冲之送到了当时藏书讲学的重要地方——华林园学习。华林园是当时著名的贵族学校，需要注意的是，在华林园中，科学人才的培养占有重要位置。华林园珍藏着大量宝贵的科学著作，大部分都是衣冠南渡时从北方带过来的，还拥有许多以科学研究著称的教师。更为重要的是，华林园的讲学并不仅仅局限于书本上枯燥的理论，根据今天的研究资料表明，当时华林园的课程包含了众多测量、计算等实际的科学实践科目。在祖冲之的时代，科举制度还是一个未知的产物，官员的提拔主要依靠家族的势力和权力的对比，教育的目的也并非考取官职，而是在实际中有所应用。因此学院式的教育更注重知识的实用性和理解，也同样鼓励学生创造。在一干世家子弟中，祖冲之衣着简朴、谈吐不俗，宋孝武帝在赏识之余，就赐予他宅院车马。年轻的祖冲之究竟用什么方式打动了以荒淫暴虐著称的宋孝武帝？具体的细节我们不得而知，但是祖冲之有一个显著的特点，就是他低调却执拗。这个特点在他未来几十年的人生中不断地浮现出来，并且对他的人生走向产生了重大的影响。

如果张衡还可以算一个政治人物，那么祖冲之则可以被看作最纯粹的学者。家族的地位和先天的条件使他虽然身为一个官吏，却对政治生活分外淡漠。这使他远离开了南北朝众多的政治旋涡，却也使他有时候会无意中卷入政治的洪流中，这是许多科学家都不可避免的命运。离开华林园以后，祖冲之从南徐州的从事史做到娄县的县令，史书上对他的为官经历记录甚少，事实上，这位大学问家对仕途的升迁始终也并不太用心。权力的斗争并非他的舞台，科学的探索才是真正属于他的战场。从南徐州到娄县，官职变了又变，在外人看来是官场之路的开始，对他自己而言却是科技道路的开始。年轻的祖冲之开始为他人生的第一个理想而努力，他不要加官晋爵，而是要编写《大明历》。对中国天文的发展和农业的发展而言，这是一件举足轻重的大事。在之后为官的道路上，他把大部分精力都用到了这部历法的推算与测量之中，甚至利用做县令的便利对旧历法中的种种数据进行了测量。从做官的角度来说，祖冲之这样做有些不务正业，而这恰恰是他身为一个学者的纯粹之处。祖冲之人生全部的理想或许只在于一个科学成就的诞生或一种科学理论的完成，从这个意义上说，也许他不是一个全面发展的人物，但他比许多儒生出身的学者活得更单纯，比那些沉迷于你争我夺的官僚们活得更潇洒。

三

说到《大明历》，就不得不介绍一下南朝的历法情况。

在祖冲之以前的中国天文理论中，一直存在着一个错误，即太阳自今年冬至点环行天空一周到明年冬至点永远地吻合。天周（即地球绕太阳真正公转一周的周期）和岁周（回归年，即太阳正射今年冬至点到明年再回到冬至点的周期）不分。东晋的虞喜测出了太阳从今年冬至点到明年冬至点有一些差距，太阳并不能回到它前一年的起点。这个差距，天文学上叫作岁差，而在南朝《元嘉历》制定的时候，凉州的学者已经提出了“闰年”的概念，认为600年中有221个闰年。但是作为修订者的何承天并没有采纳这一成果。在当时的南朝，国家通用的历法依然是元嘉历，祖冲之敏锐地发现了这一问题，并且写出了《大明历》。

在《大明历》中，祖冲之区分了回归年和恒星年，首次把岁差引进历法，测得岁差为45年11月差1度（今测约为70.7年差1度）。定一个回归年为365.24281481日（今测为365.24219878日），直到南宋宁宗庆元五年（公元1199年）杨忠辅制统天历以前，它一直是最精确的数据。采用391年置144闰的新闰周，比以往历法采用的19年置7闰更加精密。定交点月日数为27.21223日（今测为27.21222日）。交点月日数的精确测得使得准确的日、月食预报成为可能，祖冲之曾用大明历推算了从元嘉十三年（公元436年）到大明三年（公元459年）间发生的四次月食时间，结果与实际完全符合。他得出木星每84年超辰一次的结论，即定木星公转周期为11.858年（今测为11.862年），给出了更精确的五星会合周期，其中水星和木星的会合周期也接近现代的数值。他还提出了用圭表测量正午太阳影长以定冬至时刻的方法。

这是中国天文历法中一个了不起的成就，更让人感到惊讶的是，那一年祖冲之只有三十三岁，而他所反对的对象，《元嘉历》的编写者何承天是南朝有名的人物，其家族在当时有着广泛的影响力。为了知识的真理而敢于向旧势力挑战，祖冲之用他的倔强和执着在南朝历史上留下了自己的名字。而单纯的他却不知道，这初出茅庐的第一枪，让他不幸地卷入了一场政治的纷争中。

公元462年，即宋孝武帝大明六年，祖冲之向朝廷上书，要求废除元嘉历，改用大明历，这是他与士族阶层以及传统知识阶层之间的第一场冲突。毫无疑问，祖冲之的主张遭到了猛烈反对。可笑的是，尽管祖冲之用翔实的科学数据和客观规律对大明历做了最为详尽的证明，依然无法压倒反对的声音，因为那些反对者们本身就不懂得自然科学的规律，他们的理由多是从伦理道德角度出发。在中国的历史上，以道德战胜科学这种悲剧不止发生过一次。反对者中叫嚷最凶的当属宋孝武帝的宠臣戴法兴，他的理由很简单——改变历法有违祖制，天理难容。这个理由在当时得到了所有反对派的响应。另一个重要的原因是，作为皇帝的宋孝武帝本身就是通过不光彩的篡权登上皇位的，这位帝王生性荒淫、喜怒无常，修改历法一事触动了他政治生涯中的一块禁地。如果废止元嘉历，也就意味着对先皇的否定，今天的人们总把戴法兴当作抨击的对象，然而作为皇帝的宠臣，他的声音恰恰代表了主子的意见，于是大明历遭到了无情的搁置。这件事对祖冲之而言是一场巨大的打击，当纯粹的科学主义者和复杂的政治环境发生冲突的时候，失败的往往是前者。我们可以想象祖冲之当时心中的愤懑与不平。在反对大明历的运动中，宋孝武帝动用了所有的反对派与祖冲之展开论战，彼时，因言论而杀人的习惯还没有形成，持不同政见者的下场最多是遭到围攻然后被贬斥，这对知识分子而言也算一个幸福的时代。祖冲之接连写下多篇驳议，让守旧派哑口无言。以科学去对抗政治，以有知去对抗无知，祖冲之人生鲜明的烙印也由此而定格。

遗憾的是，就是在那一年，宋孝武帝驾崩了，于是所有关于大明历的争论戛然而止，满朝的文武忙碌着处理宋孝武帝的丧事，这部饱含着心血的历法也因此被长久地搁置了。二十多年后，素来赏识祖冲之的齐竟陵王萧子良再次上书，要求颁行《大明历》，又因为文惠太子的病逝而搁置。而这中间的几十年，恰是宋、齐朝代交接、血雨腥风的几十年。不过，在这段时间里，无论皇帝的品行如何，无论政治环境黑暗与否，祖冲之的研究工作丝毫没有中断。这不仅仅是祖冲之个人性格所致，也同样有制度的缘故。科学研究在当时是一个独立的机构，而科学家也成为纯粹的业务工作者，而非投机的政客，只有纯粹的学者才能够缔造出纯粹的学术，这一点在南北朝科技历史上得到了证明。

四

让今人扼腕叹息的是祖冲之的数学成就。其中影响力最大的当然是圆周率，需要补充说明的是：虽然祖冲之在一千多年前就成功地将圆周率推算到了小数点以后的七位数，可是在国际上，这项创举在很长时间内没能得到认可。公元1573年，芬兰人安托尼兹取得了与祖冲之一样的研究成果，虽然他比祖冲之晚了一千多年，但国际上依然把这一研究成果推到了这位欧洲数学家身上，这项让中国人自豪万分的发现，在国际上有个通用的称呼：安托尼兹率。

这实在不能不说是一个悲剧，也许是清朝后期中国的退步导致了中国科技地位在国际上日益下降。但也不可否认，自明、清以来，中国史家对科技成就的漠视是惊人的。科学在很长一段时间内被斥责为奇技淫巧，而圆周率也不幸被归到了这个群体中。以至于在今天，当中国的学者提出要将安托尼兹率改称祖率的时候，从史册中寻找证据的工作都变得非常艰难。在国内某个大学的论坛上，一位历史系的学生曾提出一个尖锐的问题：“为什么在祖冲之以后的一千多年，中国再没有人超越他的这一成就？”这既说明了祖冲之的伟大，也说明了中国科学发展出现断代的无奈事实。

与圆周率一样震惊世界的还有祖冲之的重要科学著作《缀术》，这是他与儿子祖暅合写的数学论著，父子二人的许多思想都集中体现在这部书中，本书还有十数篇对《九章算术》做的修正的论文。唐朝时，《缀术》是学生的必修课本，还传到了朝鲜与日本。随着五代十国的战乱，这本书因此而失传。但是这丝毫不能掩盖祖冲之的数学成就，他的成就是对中国传统数学的一场颠覆。在圆周率的推算中，他改变了前人利用割圆法进行推算的方式，首创筹算法，而这一算法也被后世的学者所沿用。唐代的高僧一行与宋代的天文学家卫朴都采用了祖冲之的推算方式，取得了不小的成就。更值得注意的是，南北朝之后的唐、宋、元三朝，在科举制度已然确立、自然科学日益边缘化的情况下，依然成了中国古代科技高速发展的黄金时期。三朝一系列重要发明的诞生，都与祖冲之的理论思想和科研思想有着莫大的关系。爱因斯坦的相对论让今天的我们受益无穷，祖冲之也同样用他卓越的成就改变了未来的世界。

五

有趣的是，虽然祖冲之经历了宋、齐、梁三朝，并没有遇到什么明君，可是这些口碑都不怎么好的皇帝，对他的态度似乎还不坏。

祖冲之最早进入华林园学习，是得到了宋孝武帝的推荐。宋亡之后，祖冲之是齐竟陵王萧子良家宴中的常客，与后来成为梁武帝的萧衍更是好友。而萧衍在登上皇位以后，就将祖冲之的大明历推广到了全国。当时的祖冲之已经过世十多年，倘若他地下有知，也同样可以含笑九泉了。

中国的文人墨客们在创作文学作品时总会抒发怀才不遇之感，更有许多人在政治失意之后期盼着明君的到来。祖冲之经历过的几任皇帝没有一任是明君，昏君倒是不少。宋孝武帝荒淫乱伦，齐高帝笃信佛教。祖冲之生活的七十二年，恰恰是南朝政治最黑暗、最混乱的七十二年，这样一种环境却可以给他大展拳脚的舞台，不能不让后世的知识分子为之赞叹。

历任帝王对祖冲之的赏识很简单，一个原因是他没有政治野心，又不会主动去参与任何政治运动。科学研究对他来说就是生命的全部内容，是他终生为之奋斗的目标。另一个原因就是祖冲之并非孤立的，按照黄健翔的话说："他不是一个人在战斗。"中国古代科技的蓬勃发展，很大程度上得益于群体的力量，祖冲之代表了当时中国知识分子中特殊的阶层——自然科学阶层。这个阶层在当时不仅有着广泛的影响力，也同样形成了世家的继承传统。我们虽然总是强调与天斗、与地斗，强调着人的无限能动性，但是任何一项事业的成功，除了人的主观因素和努力之外，客观上的制度保证也是必要条件。以今天的眼光看，祖冲之对中国科技的发展做出的贡献是唯一的，但当时也诞生了一批声名赫赫的自然科学家，在各个领域都取得了让人叹服的成就。

当然，祖冲之另外一些能力也是他能够取得统治者赏识的原因。

宋太祖刘裕在北伐的时候缴获了北军的指南车，那是一种神奇的设备，可以在茫茫旷野中指引方向，确保军队按照正确的道路前进。几十年后，该车基本毁坏，宋孝武帝遍寻巧匠都无法将其修复。祖冲之不但成功修复了它，而且重新制作成铜制机件传动的指南车，即使随意旋转，指示方向仍然非常准确。不仅如此，祖冲之还造出了利用水力工作的水磨以及以踏板为轮的千里船。《水浒传》中宋军攻打梁山所用的战船，原型正是出自祖冲之之手。竟陵王萧子良之所以分外赏识祖冲之，一个重要的原因就是祖冲之成功制作出了欹器。前文中说过，贵族子弟聚集的华林园并非以读死书为目的，也同样重视学生的动手能力与应用知识的运用，和今天许多高考理科状元连电灯泡都不会装的事实形成了鲜明的对比。在蒸汽机发明以前，中国的机械制造能力始终是位于世界前列的，而在制作过程中，中国人也最先应用了各种物理和化学原理。如果这种情况持续下去并在中国文明的演进中得到充分的尊重与重视，那么现代科学的萌芽很有可能首先发生在中国。西方人在近代科技中最成功的一点就是对新生科技的巨大尊重，而在古代中国，即使声名如祖冲之这样的大学问家，也因为其从事的研究工作而被某些人斥为弄臣。

祖冲之曾在《安边论》中真诚地表达过要将自己的学术成就应用于生产的愿望。科学技术如何转化为生产力，直到今天依然是一个讨论不止的话题，祖冲之在机械制造方面的这些成就也无疑带给我们深深的反思。他做出了指南车，但是当时的南朝依然在战场上屡战屡败；他做出了水磨，但那仅仅是梁武帝本人用以玩乐的工具。科技发明是一回事，但是科技的应用却是另外一回事。科学工作者的目标是把自己先进的成果推广出去，造福于民，而这偏偏与当时的社会环境以及统治者的个人好恶发生强烈的抵触。凋敝的民生和灿烂的文明成果形成了鲜明的对比，拥有更多文明成果的南朝最终也没有摆脱覆灭的结局。中国文明的发展历史中不止一次出现过这样的偏差问题，一种先进的文明成果仅仅是取得了与其地位相符合的赞誉，并没有取得与其地位相符合的应用。即便是在经济高度发达的今天，中国许多拥有专利的科研成果依然遭到了无情的闲置甚至抛弃，甚至许多中国人首先取得的成功，最终被其他国家的人捷足先登。从克隆技术到VCD技术，中国科学家不止一次地面临着“起个大早，赶个晚集”的尴尬情景。科学技术是第一生产力，这个道理固然不假，但是在实际的操作中，科学技术与生产力之间有时是不能完全画等号的，两者之间形成密切联系的情景在中国还是无法完全实现。

六

公元500年，祖冲之安详地离开了人间。十年后，他呕心沥血完成的《大明历》终于得以颁布、实施，而中国的老百姓也从此长久地享有了这位伟大科学家的成果。大明历造福了南朝的农民，在中国走向统一以后又造福了全中国的农民。从大明历到授时历的几百年间，祖冲之的这一科学成果贯穿了整个中国封建社会的黄金时代。他的理想终于实现了，最起码是部分地实现了。不管今天的人们对那位梁武帝有怎样多的负面评价，仅就这一件事，不管他是出于什么样的目的，他都有理由得到我们的赞誉。

而最让我们痛心的是祖氏一门悲情的结局。祖冲之死后，祖冲之的儿子祖暅与孙子祖浩依然继承着家族的志向，执着地进行着科学研究。在整个南北朝时期，祖氏一门是中国天文学和数学研究当之无愧的翘楚。然而随着侯景之乱的爆发，祖氏一门在兵乱中惨遭灭门，祖冲之的大部分科学著作也在这场变乱中被焚毁，与之有相似命运的还有众多从事科学研究的世家大族。我们总把士族阶层的瓦解看作历史的进步，然而祖冲之家族悲惨的结局却是无法挽救的损失。这位淡泊名利的科学家虽然一生潜心学术，他的家族却难逃政治的旋涡，最终成为萧梁王朝覆灭的殉葬品。战乱时代无法承担起推动科学演进的使命，但愿这样的悲剧永远不会再在中国发生。

第十七章

南北朝文化的“百家讲坛”

南朝包括了四个朝代：宋、齐、梁、陈。公认的看法是，刘宋是最强大的一个朝代。刘宋在和北方王朝的战争中虽然有“元嘉草草，封狼居胥，赢得仓皇北顾”的惨败，但总体说来，刘宋时期的南朝还是保持着收复北方的决心以及对北方政权的勃勃攻势。刘宋国土面积在南朝四个朝代里是最大的，缔造的元嘉之治也是南北朝历史上经济成就最杰出的盛世。南朝的最后一个朝代陈朝是公认的最弱小的一个朝代，虽然陈朝有开国皇帝陈霸先平定叛乱，击败北齐的赫赫武功，但晚期陈朝的国力大大衰弱，被北方统一似乎只是时间问题。相比之下，作为南朝中间的齐朝和梁朝，长久以来争论颇多。齐朝存在了二十四年，梁朝存在了五十五年，在这七十九年的时间里，南朝从最初的繁华变成了最后的衰弱和战乱，领土一步步内缩。之间还有一次次骨肉相残、对外战争失败，可谓负面新闻不断。对这七十九年，历代史家的说法也是褒贬不一。有说不思进取、满足偏安，最后招来大祸的；也有说经济繁荣、国泰民安的。但有一个观点是没有异议的：这是一个文化繁荣的时代。

毫无疑问地说，南朝齐、梁两个朝代是中国封建社会文化的又一个高峰期，现代史家津津乐道的是南北朝的腐朽、清谈，而事实上，仅就齐、梁两个朝代论，文化成就可谓灿烂夺目。科学方面有大科学家祖冲之，最重要的科学成就都是在这个时代完成的；文化方面，沈约的《文心雕龙》名垂青史。这时期诗词歌赋的成就也格外出众，出现了一批脍炙人口的作品和杰出的文人。齐梁两个朝代给予了知识分子自由展示的平台和自由讨论的权力，这个平台就是由权贵们出面组织的各类“文化沙龙”，最著名的当属齐朝竟陵王萧子良的西邸和梁朝昭明太子的游宴，这些都是南北朝自由学风的代表。

一

齐、梁两朝的自由风气和这两个朝代的建立者很有关系，首先要说的就是齐朝的开创者萧道成。

宋、齐两朝在开国上有很多的共同剧本，一是开国皇帝登基年龄都比较大，二是在位时间都不长。刘宋开国皇帝刘裕五十七岁登基，五十九岁过世。萧齐的开国皇帝萧道成五十二岁登基，五十五岁过世。他们都是寒门出身，军阀身份。不同的是，比起刘裕的阴狠毒辣，萧道成自始至终都是个出了名的老实人。

萧道成在位的三年里，不止一次地说过一句话：“我本来就是个普通老百姓，做梦也想不到竟然有做皇帝的一天。”他说这话，并不是谦虚。他是小兵出身，宋明帝在位的十几年里，他小心做人、认真打仗，官位一步步高升。为了防止世家大族的猜忌，他还不断给各级士族写信，极尽谦卑，表示自己只是个粗人，绝对没有任何野心。刘宋晚期多暴君，最后的几个皇帝非昏庸即残暴，杀戮无数，不但杀自己的兄弟姐妹，更杀大臣。一次，宋明帝想练射箭，就摸到了萧道成家，趁着他睡觉的时候，弯弓搭箭，一箭射到了他的肚脐上，差点儿要了他的命。即使这样他还能忍，一个劲儿地表忠心，终于在刘宋末年的杀戮中保住了命。后来刘宋宗室争权，手握重兵的他趁机介入，废黜了刘宋后废帝刘昱。这时候他显示出了自己果敢的一面，用武力压服了士族，把持了刘宋朝政，两年以后废掉了刘宋顺帝，自己登基改元，于公元479年建立了南朝的第二个王朝——齐朝。

南北朝的诸帝中，如果问谁得国最名不正、言不顺，答案恐怕非萧道成莫属。刘裕虽然也是寒门出身，但到底战功显赫，又有一支强大的军队。到了萧道成这儿，他的实力比刘裕差很多，而且经过刘宋末年的折腾，南朝的国力也遭到了极大的折损，远不如刘宋强大，这就意味着萧道成虽然得国，却还是要夹起尾巴做人。萧道成做了皇帝以后，也依然保持着自己谦虚低调的作风。当时的南朝经过刘宋晚期那些暴君几次血雨腥风的屠杀，上下早就人心惶惶，为了稳定统治，萧道成厉行宽容之策，无论对待大臣还是亲族都非常宽厚。他还是一个有理想的人，曾经对大臣们说："如果上天能够给我二十年时间，我一定要让天下富裕起来，让黄金变得像沙土一样便宜。"他不但这么说，也是这么做的，他在位的三年里，废除了刘宋时期许多苛刻的法律，减免赋税。尤其是针对刘宋末年越演越烈的奢靡腐败之风，他从自己做起，厉行勤俭节约。原本宫廷里用的黄金和铜制器具，都被他改用了铁器，为了起到表率作用，他还当着大臣们的面，把宫廷里所有的玉器统统砸碎。这么做能起到多少作用不好说，但是他在位期间，齐朝政治稳定、经济恢复，这是不争的事实。

因为他的宽厚，整个南朝形成了一种非常宽松的政治氛围，尤其是在思想和言论上，都比较自由。这种风气并没有因为萧道成三年后的过世而结束。萧道成去世之后，即位的是他的儿子齐武帝萧赜。这个萧赜虽然有一个武字，却是一个继承了他父亲宽厚之风的人。萧道成在临终前对他最重要的嘱咐就是要善待自己的亲人。这一点被他不折不扣地执行了，齐朝这父子两代在位时，无论是皇族之间的关系还是士族之间的关系，都显得非常和谐。虽然萧赜是萧道成的儿子，但萧赜只比萧道成小十三岁，即位的时候已经是一个稳重的中年人了，无论是个人性格还是当时的内外形势，都使萧齐政权形成了其宽厚自由的执政方式。

萧齐采取了优礼士族以及皇室的做法。其中最重要的一点，就是给予皇室很高的地位，并通过一切手段拉近皇室与士族的关系。让出身低微的萧家尽可能多地得到世家大族的支持，西邸就是萧家皇室拉拢士族的手段之一。

西邸是萧齐的皇室成员——齐武帝萧赜的次子萧子良的一座府邸。萧子良在萧道成家族中是一个另类人物，萧道成武将起家，但是他本人很喜欢儒学，做军阀的时候就很优礼文士，这一点被萧子良继承了下来。萧子良年轻时候就喜欢诗词歌赋，后来萧道成得天下后，因为萧家出身低微，在朝廷里没有根基，就大力重用本家族成员，萧子良也因此得到重用。萧道成登基后，大部分的世家大族和他都是面和心不和，毕竟一个出身低微且功劳有限的军阀在当时是很难得到认同的，而拉拢世家大族也是萧道成当时必须要采取的措施，最合适的人选莫过于萧子良了。他本身就有仁政的名声，在做地方官的时候，就曾经违背刘宋皇帝的命令，擅自开仓赈济灾民。他还曾做过安南长史，在地方上历练过，是个颇有行政经验的人。萧道成登基后，萧子良被封为竟陵王，担任司徒。公元 487 年，他开始在建康西面自己的府邸里举办各种各样的饮宴，这样的饮宴每隔三五天就有一次，邀请的对象是两类人：一类是世家大族，一类就是出身低微却颇有影响力的文人甚至科学家。这样的选择是很有意味的，既要拉拢士族，又要和寒门结成统一战线。饮宴的内容，一是饮酒看歌舞，二就是相互聊天儿，甚至还有诗文唱和。这本来是一种促进高层和谐的政治行为，无意中却促成了南北朝文化的勃兴。

在萧子良的西邸之中，聊天的内容一是文学，二是哲学。文学话题一般就是指当时的诗词歌赋，哲学话题就是当时最为流行的佛学。这时的南朝是佛教大兴的时期，杜牧诗中“南朝四百八十寺，多少楼台烟雨中”就是其真实写照。而在文学唱和的过程里有八个最杰出的人物，他们是范云、萧琛、任昉、王融、萧衍、谢朓、沈约、陆倕，这是当时最杰出的文学家，号称“竟陵八友”。这八个人中，后来最著名的就是取代齐朝建立梁朝的萧衍，其他的几位也都是当时杰出的文化名人，而且他们中绝大多数都出身于不被世家大族待见的寒门。同样经常参加西邸集会的还有祖冲之这样的科学家。说这时的西邸是当时中国最盛大的文化盛宴，那是毫不过分的。

西邸中最著名的就是辩论赛。来宾们经常就某一个话题展开辩论，这类话题最早是文学话题，后来有了哲学话题，再后来也有了政治话题。比如著名的无神论者范缜，就是在这里成就了他的杰出著作《神灭论》。当时的范缜因为在地方上的政绩被邀请到西邸做宾客，他第一次来到西邸，就赶上了这里在讨论佛教的因果报应，范缜随即起来反驳，用有理有节的论据，驳得在座的权贵们无话可说。随后一场关于佛教的大讨论就在西邸展开了，之后的十多次饮宴中，权贵们成群结队，轮流和范缜进行辩论。口水战打得热闹，范缜越辩越精神，更不断丰富自己的思想，最终完成了震撼整个中国历史的《神灭论》。在当时佛教流行的形势下，范缜这么做显然是离经叛道的，要是放在高度专制的封建王朝，他至少也要下个文字狱，但在当时，范缜的思想虽然不被大多数权贵们所认同，但他还是得到了最基本的尊重，身为竟陵王的萧子良也只是托人委婉地劝说范缜改变自己的思想，在遭到范缜严词拒绝之后，反而对他深深敬佩，并没有难为他。后来萧齐灭亡，梁武帝萧衍登基，身为佛教徒的萧衍虽嫉恨范缜，最终也没有将范缜治罪，只是把他平级调动到了广东。

当时的西邸里，佛教话题并不是来宾们争论的唯一话题，更重要的话题在国家大政和方针上。当时的萧齐，尤其是后期，已经面临着一个巨大的压力：一直被南朝看成蛮夷的北魏鲜卑政权在逐步进行各种汉化改革，主动融入汉民族之中，这样的改变使萧齐也面临着生存的威胁，如果北魏的正统地位最终得到认同，那么南朝政权长期以来所具有的政治优势也就不复存在了。别说统一北方，就是南朝政权是否还能存在，都要打一个大大的问号。在这样的局面下，萧齐需要采取什么样的措施成了大家讨论的话题。作为位高权重的竟陵王，萧子良本人是个和平主义者，终其一生都在反对草率动武，主张爱惜民力，轻徭薄赋。西邸中最重要的一场争论就是南朝应该采取什么样的赋税政策，萧子良的主张是废除由商人承包收税的政策，反对用金钱替代实物税，这在当时来看确实是必要的。长期以来，世家大族通过包税等特权攫取了大量利益，所以，许多士族也激烈反对这个政策。萧子良通过西邸饮宴的方式，最终说服了世家大族，萧齐的赋税改革得以全面推开。

在萧齐的第二个皇帝齐武帝统治时期，政局还算稳定，但是在南北朝的力量对比上，萧齐却是一个重要的转折点。齐武帝和他父亲一样崇尚节俭，轻徭薄赋，但也一直盼望着能够北伐北魏，一统山河。他在位晚期，孝文帝开始了汉化改革，鲜卑族与汉族之间的民族界限正日益抹平。对于这一点，齐武帝是很有危机感的，在人生的最后时期，他把主要精力都放在了整顿军队上，用不断提升武将权力以及训练军队的方法，企图在有生之年发动对北方的北伐。这时的西邸已经形成了强大的政治力量，齐武帝晚年有两次动了北伐的念头，结果都是由于西邸与会的政要们达成了一致，极力反对，北伐最终没有进行。然而萧齐的这段太平，终究只是表面繁荣。齐武帝为人励精图治，但他一直寄托厚望的长子萧长懋却早于他去世。萧长懋在当时也是以贤明著称的，虽然和他的父亲比起来有生活奢靡的毛病，但是多年以来，他也曾历任地方官，文官武将都做过，是个极有行政经验的人，而且他还曾多次赈济穷人、优礼文士，在当时很有威望，是齐武帝满意的接班人。

萧长懋去世后，按照排位顺序，应该由次子萧子良接班，但是出于对长子的怀念，齐武帝更倾向于萧长懋的儿子萧昭业。到底是立二儿子萧子良，还是立孙子萧昭业，齐武帝也曾犹豫，虽然大臣们都倾向于萧子良，但是齐武帝还是决定自己考查一下。萧长懋死后，他去萧长懋家探望，发现萧昭业哭成了泪人，这份孝顺最终打动了齐武帝，做出了册立萧昭业为太孙的决定，也就是这个决定把萧齐送上了绝路。萧昭业即位后，杀戮无数，最终把一度繁华的萧齐折腾得改朝换代了。

其实关于萧昭业即位可能出现的问题，齐武帝临终前不是没有考虑，他曾经命令萧子良辅佐萧昭业，没想到萧子良本人也短命，齐武帝过世后，作为二叔的萧子良于公元494年亡故，年仅三十五岁。他的英年早逝，让齐朝政权的天平发生了失衡。萧昭业本人耽于淫乐，大权全都托付给了自己的堂叔萧鸾。这个萧鸾包藏祸心，不但大权独揽，更趁机杀害了萧昭业，自立为帝。之后他发动大清洗，大肆屠杀宗室，萧道成、萧赜两代帝王的子嗣几乎被他杀光了，大臣也杀得没剩下几个，南齐王朝居然重演了刘宋末年骨肉相残的悲剧。而相残的结果也一样成就了外人，身为雍州刺史的萧衍起兵反叛，最后打进建康，取代了只有二十四年的南齐，建立了梁朝政权。值得一提的是，虽然南朝已经发生了多次军阀夺权的事情，但是真正由地方军阀起兵击败中央，这却是第一次。

二

梁朝取代齐朝，政治上改朝换代，政策上却是一个延续。

关于这个梁武帝，历史上评价并不高，毕竟他最后的覆灭非常悲惨，还给江南人民带来了一场巨大的兵灾。观他在位四十八年里的所作所为，他还是很有建树的，首先一点就是他继续了南齐萧道成的宽容之政，当然，他宽容的对象多是贵族，结果却苦了百姓。

梁武帝萧衍是个佛教徒，出身寒门的他把佛教作为拉拢士大夫的工具。后人说他是个和尚皇帝，因为他不但重视佛教、优礼高僧，更重要的是他的表率作用——多次出家做和尚。这种行为与其说是虔诚，不如说是一种对世家大族的作秀，毕竟他也是寒门出身，要争取世家大族的支持，就要用一些宗教办法。

梁武帝这个人，其实也有很多善举，他和齐朝开国皇帝萧道成比，除了都姓萧之外，还有两点是一样的：第一是他也很节俭，比如他除了上朝，穿的都是布衣，他戴的帽子，洗得都发白了还不换，杯子一用就是两年，祭祀的时候都不用牲口，说是为了省钱；二是他也很勤劳，中国历史上各个皇帝中，他是出了名的工作狂。他应该是起得最早的皇帝，五更天就起床批阅奏折，而且也很刻苦，冬天手都冻裂了还在工作。他吃得也很简单，顿顿饭都是咸菜稀粥。他是个有信仰的皇帝，做皇帝之前，信佛就信得虔诚，称帝之后更是大力发展佛教。可惜在对待普通老百姓上，萧衍一点儿也不仁善，梁朝时恢复了许多苛刻的刑法，尤其是逃避赋税，在梁朝要处重刑。

这时的梁朝大兴佛事，僧侣日益增多，国家收入日益减少，支出更日益增大，可谓用钱如流水。

世人说起梁武帝的错误，都说他晚年偏信北方降将侯景，导致了震动整个南朝的侯景之乱。这场梁朝末期的动乱导致江南至少二十万人死亡，繁华的江南大地赤地千里，如果不是身在广东的陈霸先，华夏文明所遭受的创伤将不堪设想。但是一个区区的降将，怎么会有这么大的破坏力？真实的原因是，比起齐朝的休养生息，梁武帝统治南朝的四十八年，南朝的国力被一点点地消耗殆尽。因为他对整个统治阶层的宽容使梁朝上下贪污成风、腐败日益加剧，老百姓日益离心离德。更因为他宠信佛教，曾经四次出家为僧，每次都由政府出钱把他赎出来，不但国家的财富被大量消耗，更让普通南朝百姓对这个政权日益失望。在梁朝早期，尚有北方的汉人纷纷迁移南方，逃避北方的异族统治，到了后期，却有大量的南方百姓逃往北方，尤其是逃到正在大力进行汉化改革的西魏，这样的局面，也让梁朝的衰弱成为注定的事实。

关于梁朝还有这么个看法，和南齐的灭亡一样，如果不是因为梁武帝的儿子早死，也许梁朝未来的历史走势并非如此。梁武帝在历史上得到的评价不高，他的长子，曾经被他立为太子的昭明太子萧统却是一位出名的贤明人物。事实上，他也是梁朝时期杰出的文化人物。他的贡献不仅在于个人的文化贡献，更在于他和萧子良一样，是南朝“百家讲坛”的载体。

昭明太子萧统，公元501年出生，梁武帝得子比较晚，年近四十才有了儿子。萧统刚出生，萧衍就篡夺了帝位，建立了梁朝。萧统一岁的时候就被立为了太子，刘裕的儿子早年经常跟随他征战，萧道成的儿子一直跟随他出生入死，比起这两位，萧统可以说是“生在红旗下，长在蜜罐中”了。

萧统年轻时就是出名的贤明人物。比如他的仁孝，萧统十六岁那年，母亲病重，萧统搬到了母亲的宫中，不让佣人插手，自己亲自在其身边侍奉。母亲去世后，萧统悲伤欲绝，数日不进食，但这可不像南齐萧昭业是在表演，而是发自真心的。当时的官民见了无不落泪，最后还是梁武帝亲自下旨命令他吃饭，他才勉强吃了一点儿，但是已经形销骨立。在菩萨心肠方面，萧统比起老爹来更是有过之而无不及。后人说起萧衍，多说他是伪慈悲，因为他只对世家大族以及官员的行为非常纵容，有一次查到某官员贪污，萧衍只是笑嘻嘻地对那人说“你日子过得不错嘛”，并没有任何追究。当时许多文士经常当面指责萧衍的问题，一次他祭天，就有人拦住他说：“你对权贵太宽，对百姓太严，如果能反过来就好了。”萧衍又怎么可能反过来呢？他和萧道成一样是寒门出身，又经历了南齐末年的暴政，要稳固统治，上层就必须要和谐，要和谐，就要宽容。

萧统却是一个对老百姓非常宽厚的人。比较出名的事例就是，有一次梁朝政府要处罚一百多个没有缴纳赋税的百姓，萧统知道后主动找到萧衍求情，最后赦免了这些百姓。有一段时间，梁朝因为连年灾害物价飞涨，萧统带头节俭，拿出自己的私财赈济百姓，仅一年冬天他分发给百姓的衣服就有三百多件。如果说这些只是小恩小惠，那在治理国家大事上，萧统也不含糊，他多次要求调整税收政策，减少对百姓的赋税，一心信佛的他，甚至要求削减对佛教寺庙的拨款。

萧统做太子期间，是南北朝时期又一个文化繁荣期。萧衍本人就是南北朝杰出的文学家，南北朝的通用文体骈体文这时正处于黄金时期，萧衍以及其他文人的作品统称为永明体，是中国文化历史上的一朵奇葩。作为萧衍的儿子，萧统的文化成就也不差，他是一个很有天赋的人，从小博闻强识，读书过目不忘，且极为刻苦。和当时的皇族不一样的是，他生活非常简朴，甚至不喜欢音乐，每天的生活就是读书学习，外加和他人讨论文化。当时有一批杰出的文化人聚集在他身边，他们不但在一起讨论学问，更合作编书。和南齐的西邸经常讨论政治问题不同，萧统和他的文士们的主要精力都放在了文化上。萧统著作很多，包括《文集》二十卷、《文选》三十卷、《文华集》二十五卷，后人还编有《昭明太子集》。这不仅仅是他个人的成就，也是中国文化的骄傲。

虽然梁朝最后在内耗和战乱中灭亡，但是梁朝早期曾经一度保持着对北方的军事压力。客观上说，早期的梁朝在南北之间的战争上表现得比南齐甚至刘宋都要好。公元507年，萧衍发动北伐，大将萧景宗在钟离打败北魏，歼灭敌人十多万，生擒五万多人，这是南北朝历史上南朝对北朝最辉煌的一场胜利。值得一提的是，这时的北魏正处于孝文帝改革后国力的高速上升期，能够战胜这样一个强大的敌人当然不容易。这场战役虽然由萧景宗指挥，但是由军人出身的萧衍直接遥控，战役最关键时刻，大破北魏军的火攻计谋也是萧衍亲自筹划并且命令前线执行的。萧衍的军事才能甚至得到了北魏政权尊重，一代英主孝文帝临终之前就曾叮嘱属下：“萧衍这个老头非常善于用兵，只要他活着，你们就不要找南朝的麻烦。”

如果以帝王的素质来要求萧衍，那他很多方面其实是“半瓶子醋”。比如他的仁政只限于贵族；比如他虽然尊重言论，可是反对他崇佛的范缜还是被他发配到了广东。再说他的善于用兵，他确实有行军打仗的才能，却经常用人不当，比如公元506年梁朝北伐，萧衍重用皇室萧宏，偏偏这个萧宏又是个草包，一开战就被打得稀里哗啦，损失兵马数万，即使这样，他也没有遭到萧衍任何的处罚。这样的皇帝，自然难称英主。

梁朝的覆灭其实也是因为萧衍的“半瓶子醋”。梁朝灭亡的原因，大家都归结到侯景之乱上，其实在侯景之乱前，梁朝在军事上形势一度大好。公元526年，北魏陷入了内乱，梁武帝趁机向北拓展，他命令大将陈庆之北伐，结果陈庆之出奇制胜，演出了七千骑兵击败北魏几十万大军的奇迹。可就是在这个关键时刻，萧衍临阵犹豫，没有派兵接应陈庆之的大军，结果孤军深入的陈庆之最终力不能支，被北魏打败，统一华夏再次功亏一篑。

萧衍在位时期其实面临着之前刘宋和南齐都不曾有的大好机会，他在位后期，北魏因为陷入分裂，长期战乱不断，最后分成了东魏、西魏两个国家，南朝政权在和北方的力量对比上第一次出现了压倒性优势。在收复北方的问题上，萧衍个人的态度也是积极的，比如他在参拜佛祖的时候，经常求签询问自己什么时候能够统一北方，甚至有时候做梦都梦见北朝的皇帝以及大将都向他投降了。就在他做这个梦不久后，真的有一个北方重量级人物向他投诚了：东魏枭雄高欢的亲信部将侯景。侯景是羯族人，原本是高欢身边的大将，常年跟随高欢南征北战，高欢去世后，因为他功高震主，很快遭到了猜忌。当时的侯景受命镇守东魏重镇河南，高欢去世后，他担心自己遭到清算，先主动投靠了西魏宇文泰，但是宇文泰不待见他，所以在向宇文泰投降后没多久，他又向梁朝抛出了橄榄枝。这个人是个反复无常的奸诈小人，自然不足信，但在当时的情况下，他的投降确实是梁朝统一南北的大好机会。侯景麾下有当时东魏最精锐的骑兵军团，如果能够得而驾驭得当，必然会成为统一北方的利器。但碰上“半瓶子醋”的萧衍，这几乎就是痴人说梦了。公元547年，萧衍接纳了侯景投降，却招来了东魏的进攻，侯景一面抵抗东魏，一面向萧衍求救，萧衍又一次临阵犹豫了。梁朝的援军并没有如期增援，导致侯景被打得大败，最后拼死突围来到了梁朝。虽然利用侯景统一北方的愿望没有实现，但是在萧衍眼里，侯景的政治意义还是很大的，他完全可以用优待侯景的方法，树立一个榜样来招揽北方的军将。萧衍不但这么想，也是这么做的，败退到梁朝的侯景被册封为南豫州牧，给予大量物资援助，但这么做的结果就是引狼入室，当时许多有识之士已经预感到了危险，侯景受封的时候，当时的名士刘景荣就断言：“此人反复无常，必为国家祸乱之源。”

这时，原本极有威望的昭明太子萧统已经去世，死于公元531年，年仅三十岁。他在死前曾经和梁武帝争吵，原因是梁武帝一心求佛，消耗国家大量财力。不久，昭明太子在一次乘船的时候溺水，不治而亡。萧统的去世，也让萧衍之后的行事没有了约束，一步步朝错的方向发展，到了侯景投诚以后，他开始狮子大开口向萧衍要粮食、要兵，萧衍开始无一不满足，但日久天长也厌烦了。这时，梁朝和北齐（东魏）的关系开始缓和，双方使者往来不断，开始邦交正常化，北齐方面提出要求，让梁朝送回侯景。如果是有心计的政治家，即使要牺牲侯景，也会做得滴水不漏，偏偏萧衍不是。侯景也嗅出了风向，他故意派手下人假扮北齐使臣，向萧衍索取侯景，没有想到萧衍不假思索地答应了，如此一来侯景怒了——造反！公元549年，侯景之乱爆发，承平日久的梁朝无力抵抗，虚假繁荣掩盖下的矛盾一股脑儿全浮现了。侯景攻进建康后，八十六岁的梁武帝被困在台城，活活饿死了。这场持续整个江南的大暴乱，导致了江南二十万人死亡，江南繁荣的文化、富庶的经济，之后很长时间都不复存在，南朝也因此永远失去了统一华夏的机会，最后还是要靠北方统一南方的方式来完成。

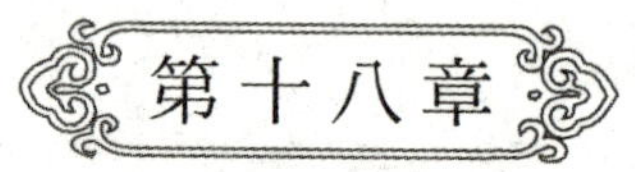

第十八章

阴山战神斛律金的悲剧人生

南北朝时期不仅是一个战乱时代，更是一个文化繁荣时代，尤其是与草原民族有关的民歌，在这场民族大融合中，广泛地在中原汉地传唱开来，不少脍炙人口的歌曲直到今天依然广为流传，其中最有名的就是赫赫有名的《敕勒川》。

这首反映草原民族生活的歌曲也有许多问题争论不清，比如它的作者是谁，具体创作于什么时候。但有一个唱过这首歌的人在那个战火纷飞的年代里建立了属于自己的功勋，堪称一代战神，这个杰出人物就是赫赫有名的阴山战神斛律金。

纵观南北朝时期的众多名将，恐怕没有哪一个将领比斛律金更有资格来唱这首歌，而原因并不是其战功，而是其出身。这首歌本身就是斛律族的民歌，演唱这首歌的斛律金更是斛律族当之无愧的骄傲。

一

斛律金，生于北魏时代的公元 488 年，他是山西朔州人，先祖是赫赫有名的北方敕勒族领袖倍侯利。到了斛律金这一代，他的家族基本上已经破落了。年轻时候的斛律金曾经在北方六镇做镇将，他所在的敕勒民族其实就是六镇大起义的重要民族丁零族的一支。在北魏长期以来的国策里，丁零族一直都是被打压的对象，这样的局面下，作为丁零人的斛律金早年并没有太多冒头的机会。他人生的转折点是公元 523 年开始的北方六镇大起义。当时的斛律金参加了这场战争，在著名的五原之战中，他参加了几场重要的战斗，甚至曾经掩护破六韩拔陵突围，破六韩拔陵失败后，斛律金与大多数战俘一样，被北魏政府安置在河北地区，遭到当地鲜卑族军队的监视。和别人不同的是，斛律金得到了重用。一是因为他眼见大势已去，在战斗的最后时刻带领属下主动投降；二是因为早在起义之前，他的孔武之名就已经广为流传，当年他曾经受命护送来访的柔然可汗，在路上给柔然可汗表演射猎，得到了善于骑射的柔然人的赞叹，并且以宝弓相赠。值得一提的是，他还有一种独特的能力，比如看到飞尘，就可以准确判断出敌人的数量，听到战马的声音，就可以断定敌人距离自己有多远。这种独特的能力也帮助他在后来打赢了一次次战争。

破六韩拔陵失败后，斛律金得到了当时鲜卑权臣尔朱荣的重用，因为他性敦实。比起当时北魏军将的飞扬跋扈，斛律金非常听话，领导说什么都执行，再难打的仗都往前冲，是一个难得的老实人。所以在后来，当那些被迁移到河北的战俘们再次发生叛乱的时候，斛律金不但没有参加，反而冲在了镇压叛乱的第一线。当时河北起义的领导人就是六镇起义的俘虏杜洛周，他在起义之初就聚集了十多万兵马，斛律金当时只有几千人，却迎难而上，和杜洛周连打了几战，屡战屡败却屡败屡战，最终拖住了起义军，为后来北魏的反扑赢得了时间。此时架空了北魏皇帝、掌握朝廷大权的尔朱荣，对斛律金欣赏有加，册封他为都督。后来他又参加了平定葛荣的战斗，帮助只有七千人的尔朱荣以少胜多，击败了葛荣三十万起义军。也是在这场战斗中，斛律金奉命接受了葛荣部将高欢的投降，他或许没有想到，这个降兵以后却成了他的主子。

虽然尔朱荣对斛律金赏识有加，但斛律金是一个很有原则的人。在葛荣起义被镇压之后，尔朱荣权倾朝野，斛律金看不惯尔朱荣的专权，曾经和后来成为北齐高祖的高欢一起密谋征讨尔朱家族。后来北魏皇朝发生动乱，先是尔朱荣被杀，之后斛律金跟随高欢一起去河北发展，高欢当时利用尔朱家族的信任在河北招降大起义时期的降兵，拉起了属于自己的队伍。这时的斛律金已经完全跟随在高欢的身边，成了他的得力助手。公元532年，高欢与尔朱家族爆发了决定彼此命运的邺城之战，高欢起全部兵马迎战，命令斛律金留守，并委任他为六镇都督。这一战实力相差悬殊，高欢也没有把握，临出征的时候，高欢认真地对斛律金说："万一我这次回不来了，我的子女可就都托付给你了。"面对此情景，斛律金泪流满面，发誓要报效高欢的信任。这场战争终于以高欢的胜利而结束，高欢随即拥立了北魏孝武帝，开始了他独掌大权之路。而这时候让高欢放心不下的就是盘踞在关中地区的尔朱家族旧部——贺拔岳部。斛律金受命统率重兵监视关中，防止关中军队突然袭击，在这个时期，能征善战的斛律金已经成了高欢的股肱之臣。

二

随着高欢拥立的魏孝武帝的出逃，中国北方正式分裂成了东魏和西魏两大政权，两大政权各自拥立一个北魏皇室，不断相互攻杀。

东魏建立后，作为东魏的军将，斛律金参加的最主要战争就是高欢对西魏宇文泰的战争。早在公元535年，北魏孝武帝西逃关中投靠宇文泰的时候，羽翼初丰的宇文泰就想趁着这个机会一举击败高欢。打着帮助天子平乱的名义，宇文泰发动了对高欢的进攻，结果一开始就碰了斛律金这个硬钉子。宇文泰有天子的诏书来号召天下，士气非常旺，且其军队同样由六镇军人组成，作战经验非常丰富，双方在玉壁地区交手。高欢仅带来了五万多军队，还不到宇文泰的人的一半。当时所有的人都劝高欢暂避敌人的锋芒，唯独斛律金反对。斛律金认为，宇文泰并不了解我们的虚实，如果我们退让，他必然知道我们的底细，到时候全力进攻，我们人数上处于劣势，想要获胜就非常困难了。斛律金力排众议，建议主动出击，在宇文泰摸不清虚实的时候就给予他沉重的打击。他主动请缨担任先锋，高欢接纳了斛律金的意见，斛律金率领本部数千丁零骑兵对宇文泰发起了猛攻，一下子突破了宇文泰的军阵，雄心勃勃的宇文泰大败。值得一提的是，这场战斗本身很凶险，宇文泰本人曾被斛律金一箭射中了马头，栽下了马，眼看着性命不保，幸好部将奋勇，才把他抢救回来，否则，恐怕历史上就没有赫赫有名的西魏王朝了。

斛律金的这次立功，对高欢本人乃至东魏以及北齐王朝都有重要意义，高欢打跑了魏孝武帝，他在世人的眼中就成了逆贼。这种情况下，一旦战场失利，他又在北方立足不稳，很有可能会有灭顶之灾，尔朱家族迅速败亡的景象很可能在他身上重演。但是关键时刻，斛律金为高欢稳定了战局，打赢了这一场必须打赢的战斗。高欢晚年的时候不止一次对儿子说起斛律金的这场战功：“当年如果不是斛律金，我们恐怕都要被宇文家族灭族了。”

斛律金人生的再一次闪光发生在公元537年，这一次依然是高欢和宇文泰之间的大战，这场战斗发生在河源，史称河源之战。在战斗之前，宇文泰部遭到了重创，他所割据的关中平原地区遭到了百年未有的大旱灾，高欢乃至东魏的满朝文武都认为，这是天赐的灭宇文泰的良机。唯独斛律金保持了清醒的头脑，他坚决反对趁这个机会来讨伐宇文泰，而是建议高欢在边境上堆积粮食，招揽西魏的灾民，既收买人心，又可以引诱宇文泰主动出击。在陈述理由的时候，斛律金说：“宇文泰本来就遭到了天灾，正是人心丧乱的时候，这时候贸然发动进攻，他们被逼得活不下去了，肯定会同仇敌忾。”但是这场讨伐依然启动了，高欢率领二十万大军分多路进入西魏境内，结果宇文泰采取了坚壁清野的方式，节节抵抗，与高欢周旋。在这样的情况下，斛律金建议高欢缓慢进军，一路发放粮食、招抚难民，这样一来，宇文泰就可以不攻自破了。这个正确的建议依然没有被高欢采纳，急于灭掉宇文泰的高欢甩开了其他军队，仅率领三万精锐深入河源地区和宇文泰决战。斛律金作为亲信将领一路跟随，在河源地区，高欢终于如愿找到了宇文泰，但宇文泰却布置了一个陷阱，他把精锐的军队埋伏在芦苇地里，企图诱导高欢进入这个死地。高欢虽然识破了陷阱，但是因为轻视宇文泰的战斗力，他选择了主动进攻。结果，三万东魏军在芦苇地里被杀得大败，高欢本人也被包围，但高欢还不服输，力图整军再战，斛律金却断定这场战斗败局已定了。为了让高欢平安逃脱，斛律金冒着犯上的风险拼命拍高欢的战马，战马狂奔，载着高欢率先逃离险境，他自己亲自带兵马断后，经过浴血奋战，终于阻击了宇文泰的援军。这场战斗的过程也让宇文泰感慨万分，甚至痛惜自己身边没有斛律金这样的能将。

公元 546 年发生的玉壁之战让《敕勒川》名扬天下。那场战斗中，亲征的高欢围攻西魏重镇玉壁达五个月却不克，眼看着西魏援军就要到来，高欢军队士气低落，一旦出现崩溃，八万军队将不可收拾。斛律金亲自出面，为士兵们训话，当场为大家演唱《敕勒川》这首歌，结果在斛律金雄壮的歌声中，将士们士气大振，人人感奋，终于奋勇厮杀，冲出了西魏的反包围圈。连从来不动情的高欢也被此情此景感动得热泪盈眶，情不自禁地用鲜卑语跟着唱了一遍。

三

斛律金屡建战功，让他一直得到高欢的信任。特别是公元 546 年的那一次歌唱，不但为东魏军队鼓舞了士气，冲出了敌人的包围，还让此时已进暮年的高欢重新看到了自己的年轻时光，这件事情后不到一个月，一代枭雄高欢与世长辞。

斛律金的命运因为高欢的去世发生了改变。高欢去世后，高欢的儿子们废掉了挂名的北魏皇帝，将东魏改元成北齐。虽然高欢在世的时候曾经反复叮嘱儿子们要信任斛律金，但是他们整个家族的命运还是发生了改变。北齐早期，斛律金先是受命带兵抵抗柔然的进攻，获胜后被册封为咸阳郡王，并一度担任丞相。那时的北齐皇帝是历史上著名的暴君高洋，他生性残暴，一次在朝堂上甚至要拿长矛刺杀斛律金，堂堂宰相差点儿成为暴君杀人游戏的牺牲品。幸运的是，斛律金最后还是得到了善终，他的女儿、孙女中有人成了皇后，儿子斛律光成了大将军。但是公元 573 年，斛律家族的悲剧命运还是到来了，因为奸臣陷害，他们全家被诬陷谋反，举家抄斩。事情发生的时候，整个斛律家族牢记斛律金忠于皇室的训诫，无人抱怨反抗，全家大小恭顺地等着钦差，老老实实地引颈就戮，可谓对高氏家族尽忠到了极点。

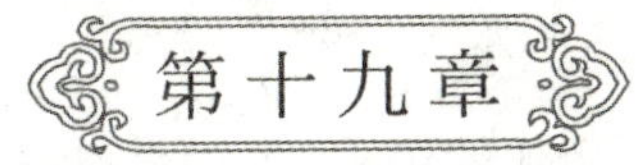

第十九章

北魏末期的中原大动乱

按照中国封建社会的发展规律，一个强大封建王朝的衰落和灭亡，都是从席卷全国的农民起义开始的。农民起义很少能够直接起到改朝换代的作用，却能够把一个没落的王朝折腾到奄奄一息。

强大一时的北魏王朝似乎缔造了一个奇迹，他们横扫北方，所向无敌，甚至一度深入江南，险些灭掉盘踞南方的南朝。之后经过孝文帝改革，他们迅速转型，得到了汉族士大夫阶层的认同，并发展出了繁荣的经济和灿烂的文明。然而，孝文帝过世后仅数代，北魏拓跋家族就迅速走向了崩溃和灭亡，先是被打得奄奄一息，又相继被尔朱荣、高欢、宇文泰等枭雄们挟持，成为任军阀玩弄的傀儡。北方再度陷入长时间的割据和战乱中，这一切的起源，就是北魏后期的六镇军人大起义。

说到六镇军人大起义，不得不提北魏走向衰落的原因。事实上，这与著名的孝文帝汉化改革不无关系。

一

说起孝文帝汉化改革，历代的史家，大多是以褒奖居多。事实确实如此，从长远的利益来看，孝文帝的汉化改革消弭了北方的民族界限，促进了鲜卑族与汉民族的融合，让鲜卑族的进取精神融入汉民族的血液之中，更让中国北方的经济得到了恢复和蓬勃发展，这一切对整个中华民族来讲都是极有益处的。毫不夸张地说，南北朝之后的大隋与盛唐两大盛世，都是因为汉化改革打下的基础。

过犹不及，孝文帝的改革也是如此。就北魏王朝的发展来说，孝文帝的改革虽然让整个中华民族在之后的几百年里受益匪浅，但是它的负面作用很快就被北魏王朝所承受。究其原因，只有一个：孝文帝搞过了。

孝文帝的汉化改革是从公元490年著名的文明冯太后去世后开始的。其实在这之前，太武帝拓跋焘之后，北魏皇朝的汉化过程就一直在延续着。到了孝文帝拓跋宏时期，他本人就是一个饱读汉族儒家典籍的青年，很小的时候就对汉文化非常倾慕。而他的为人处世也完全按照儒家思想的要求，比如太后过世之后，他按照儒家的规矩守孝，数日不进一餐，有大臣劝说他按照鲜卑族的礼节来守孝，他断然拒绝。而且在守孝的诏书上，他就已经写明之后的执政纲领——轻武略，重文教。也就是说，大规模的汉化改革从这时候起就已经在酝酿了。

进行汉化改革，当然不仅仅是孝文帝的个人爱好，在当时的局势下，北魏最大的威胁就是南朝政权。此时的南朝政权虽然数次更迭，发生了不少流血冲突，但是南朝政权的实力上涨，几十年来一直未停。多年以来，南朝因为相对安定，又是正统政权，一直是北方汉人心仪的对象。宋文帝北伐的时候，河南当地的老百姓箪食壶浆迎接北伐军队，可以说当时北方许多汉族百姓对南朝都向往不已。北魏建国之后，虽然订立了苛刻的法律阻止北方汉人逃奔南方，但是大规模的逃亡时有发生，这种情况造成的直接结果就是北方人口锐减，南方人口激增。南朝历代虽然战乱不少，但是历代统治者都把发展经济作为首要任务，这段时期是南方经济发展非常迅速的时期，南方的人口和经济实力迅速上涨，已然有压倒北方之势。如果北魏王朝不能在统治政策和民族政策上做出调整，假以时日，被南朝北伐灭掉是很有可能的事。一个典型的实例就是元末时期朱元璋的北伐，在北方阶级矛盾深重的情况下，仅仅占有长江沿线的朱元璋一举打跑了强大一时的元王朝。可以想见，如果不能调整统治政策，这样的命运很可能会提前上演到北魏王朝上。

所以孝文帝拓跋宏即位之后，他面临的最主要问题就是怎样争取北方汉人的民心，尤其是北方世家大族的支持。在北魏历史上，最早与北方世家大族是有合作关系的，但是太武帝拓跋焘时期那场株连甚广的崔浩案使北方世家大族与拓跋王朝之间的关系降到了冰点。之后的历代帝王虽然极力修复与世家大族的裂痕，但是收效甚微，甚至出现了大族举家逃亡南方的事情。这种情况如果继续下去，整个北方统治阶层的中间力量很有可能被完全抽空，那北魏王朝也就不复存在了。

所以当后世许多人都赞叹拓跋宏雄才大略、敢为天下先的时候，我们必须要明白，大规模的汉化改革是北魏王朝因为要生存下去而做出来的必然选择。无论这时期的当政者是谁，只要他是一个成熟的政治家，在这方面都不得不有所动作，因为这是关系着整个政权生存的大事。

所以，拓跋宏亲政之后，大规模的改革随即开始了。首先是公元492年，拓跋宏通过讨论轮次，确立了北魏政权的合法性。所谓的讨论轮次，就是认定北魏是继承了西晋政权的正统政权，自五胡十六国以来，这种行为可谓首次。之前没有任何一个少数民族帝王重视自己统治中原的合法性，他们往往认为占有了就是自己的。但是北魏不一样，拓跋宏认定北魏王朝是正统，也就认定了鲜卑民族不再是外来民族，而是生活在这个中原大地的本土民族。这是北魏笼络中原士族的重要一环，而且对后世产生了深远影响，后来入主中原的少数民族政权也往往采取相同的方式来确立自己入主中原的合法性。

仅有合法性显然不够，拓跋宏的另外一步就是迁都。比起简单的继承，迁都是牵一发动全身的大事，会牵涉整个北魏皇族的集体利益。利益纠葛多，阻力也就大，连拓跋宏的太子拓跋恂也反对这个主张。北魏的都城原在山西平城，这里是北魏的边境，是防御北方柔然民族入侵的重镇，战乱比较多，北魏在这里驻扎边兵，防备柔然入侵，长期以来地位甚高。统率当地军队的军阀也在北魏朝廷有着崇高的地位，压过文臣以及士族们一头，一旦迁都，这些原本为国家柱石的军人们的地位必然会边缘化。为了迁都，拓跋宏费尽心思，以南征为由，不顾满朝文武的反对，将整个中央机构以及精锐部队全都带走，命令大军来到了洛阳。大臣们请求撤兵，拓跋宏则以迁都作为条件，两害相较取其轻，大臣们只能应允了，这场牵一发动全身的改革也就完成了关键一步。之后孝文帝开始了全盘汉化的过程，拓跋家族带头改汉姓，要求鲜卑贵族穿汉族衣服，改用汉族文字，全国三十岁以下的鲜卑人必须要学会汉语。政府的官方语言也变成了汉语，同时大行文治，提高文官的权力和地位，削弱武将的权力。对他从北方带来的精锐军队，他采取均田制的方式，划拨土地给他们耕种，让他们转化为农耕生活。如此种种，整个北魏王朝就从一个军事化的封建政权变成了一个崇尚文治的文明国家。他改革后不到十年，北魏王朝上下，鲜卑族士族和汉族士族之间，已经互通有无，不但贵族之间互相通婚，平民百姓间的往来也日益频繁，民族之间的鸿沟日益消弭。北魏的统治也转向了重视农耕生产，鼓励农业发展，著名的均田制和租庸调制都是在这时期在全国推广开来。北魏的国力迅速增长，人口迅速增加，经济日益繁荣，国势蒸蒸日上。孝文帝想通过汉化改革提升整个北魏的实力，并真正消弭南北之间的民族鸿沟，为他将来统一南北做准备。在完成了改革的初级目的之后，公元499年，孝文帝发兵攻打南方齐朝，在战争失败后病逝，年仅三十三岁。

带着遗憾病逝的孝文帝没有想到，在轰轰烈烈的汉化改革中，仅仅因为两个小小的疏漏，就为整个北魏王朝的衰落甚至灭亡埋下了祸根。

二

孝文帝的第一个疏漏，就是对当时北魏军权的控制。

孝文帝采取了均田制和租庸调制的方式，划拨农民土地，再由农民供养士兵。与此同时，他从北方带来的十五万精锐军队被他整编成禁卫军，在河南地区安定下来，成为拱卫政权的主要力量。他以为通过这些措施，就可以让北魏皇室牢牢地把握住大权，但是他忽略了一点：这些精锐虽然在北方边境战无不胜，但进入富庶的汉地后，由于中原的物质条件优越，加上长期以来的和平生活，战斗力退化是必然的。这些军队的第一代也许还能够保留尚武精神，但是第二代、第三代就会渐渐失掉祖先的血性，沉迷享乐。在怎样保持军队的战斗力上，孝文帝并没有做太多的安排，或许他也来不及做安排，毕竟他活得不长。

孝文帝来不及做安排，历史的发展却替他做出了安排。原本被他留在北方防备柔然入侵的鲜卑军队，因为改革的推行，其地位已经完全边缘化。

这些军人的待遇和地位比起跟随孝文帝进入中央的军队来可谓天壤之别，人比人，气死人，这些人不愤怒是不可能的。与此同时，北魏转向农耕经济之后，国家建立了完备的农业生产发展体系，原本以游牧和战斗为生的边境士兵，生活陷入困顿是必然的，反抗的种子也就因此而种下了。更为重要的是，防备柔然民族的六镇长期以来一直生活在大大小小的战斗中，军队的强悍战斗力才一直保持了下去。北魏王朝所依靠的禁军在长期的和平生活中早已经变得腐化不堪，这样的局面好比唐朝安史之乱前的外重内轻，一旦发生反叛和兵变，情势都是非常危险的。

孝文帝的另一个疏漏，就是他没有料到整个北魏王朝，特别是北魏的皇族，会在汉化改革之后迅速腐化、堕落下去。不但鲜卑民族刻苦耐劳的精神荡然无存，甚至其荒淫奢侈比起当时某些腐化的汉族士族还有过之而无不及。

在拓跋宏新营建的都城洛阳里，最早时居住的鲜卑人不过两千多人，但到了拓跋宏去世的时候，已经激增到了一万多人。其中主要就是在汉化改革中受益的鲜卑文官阶层以及贵族阶层，这些人通过封建化的经济改革尝到了甜头，成为北魏迅速崛起的暴富一族。而西晋、东晋时期臭名昭著的奢靡之风也很快在北魏王朝重演了，比如高阳王元雍的住宅和皇宫一样豪华，他一顿饭的花销就有数万钱，已经赶上了西晋司马炎统治时期的那些权贵们。河间王元琛喜欢和人斗富，他家中养着骏马近百匹，大部分都是从波斯以及东罗马购买来的，家里喂马用的马槽都是黄金做的，他每次召集王公大臣们饮宴，用的器具都是黄金宝石打制的，甚至还有从中亚购买来的玛瑙、珍珠器具。元琛有时候还经常痛惜自己和西晋大富豪石崇没有生在一个年代，要不然非要和这个西晋首富好好比比谁有钱。

这样的一个朝廷，腐化是不可避免的，不但王族如此，母仪天下的太后也如此。北魏的胡太后在洛阳建了一座佛寺，大小一千多间屋子，花销就有两百多万钱。这个佛寺的每一扇门都是用纯金打造的，佛像上面还镶有珍珠钻石，一丈八的佛像一百多个，也全都是黄金铸造的。当然，这时期也留下了经典的文明成就，著名的山西云冈石窟和洛阳龙门石窟都是在这个时期建造的，不过，这虽然为后世留下了文化遗产，但在当时却实在是虚耗国力。

奢靡之风如此之甚，带来的直接影响就是整个国家迅速腐化。孝文帝的儿子宣帝在位的时候，政府管理人事调动的吏部已经成了卖官的市场，在当时的民谣中，老百姓就讽刺其为市曹。孝文帝死后仅六年，北魏的官职就有了明确的价码：大郡在当时的价格是两千匹绢，次郡是一千匹，下郡五百匹。到了公元519年崔亮做礼部尚书的时候，这几个官职的标价已经上涨了三倍。买官的时候花钱多，当官后自然捞得更多，北魏的贪污情况连统治者都心知肚明。一度执掌北魏国家政权的胡太后在河间王元琛做定州刺史的时候，就曾经说："这个人很贪，就差把当地的王宫给搬来了。"由此可见此时北魏腐败之深。

北魏的腐败给老百姓带来了深重的灾难。胡太后当政的时候，北魏老百姓的赋税激增，一个农民要上交的赋税比孝文帝时期已经增加了近八倍。北魏的许多皇族更热衷于从事高利贷生意，放贷给农民收取高利息，这自然让老百姓的苦难越来越深。

但相比之下，苦难更深的却是此时镇守北方的六镇军人们。

我们前面不断地提到六镇，这里对六镇做一个详细的解释。北魏从南下中原开始，北方就始终面临着柔然的威胁。北魏太武帝拓跋焘曾经发动大规模的北伐战争，一度把柔然打得奄奄一息，但是拓跋焘急于进行南伐刘宋的战争，所以在即将歼灭柔然的关键时刻选择了收兵南下。这样做的结果就是让当时遭到沉重打击的柔然保留了复兴的元气，到了公元 490 年孝文帝迁都的时候，柔然已经成了北魏的巨大威胁。孝文帝迁都的一个重要原因就是柔然经常侵扰北方边境，甚至多次威胁到国都平城，因此才选择了迁都。为了防御柔然的进攻，北魏在平城以北修筑了一条两千余里的长城，后来又在延边要塞广泛修筑军事据点，最著名的六个据点就是所谓的六镇，包括怀朔镇、武川镇、抚冥镇、柔玄镇、怀荒镇、沃野镇。这六个镇是北魏防御柔然南下的要冲，在北魏定都平城期间，驻守六镇的军队是北魏最精锐的军队，因为有守卫国都的重任，他们的待遇相当于当时北魏的禁军，统军的军官都是鲜卑族贵族，在北魏军中有着世袭崇高的地位，士兵们也有非常高的待遇。从拓跋焘开始，北魏皇族有一个不成文的规矩，就是历代皇帝每年都要巡视六镇，封赏六镇的士兵将领们，这个规矩一直延续到孝文帝拓跋宏迁都的时候，既然国都都迁了，这个规矩当然也就名存实亡了。

北魏迁都之后，原本占有重要地位的六镇也就成了被国家遗忘的角落，特别是随着北魏均田制、租庸调制等政策的实行，原先享受免税特权的边境士兵们也要和内地的平民一样，履行完粮纳税的任务，经济负担日益沉重，待遇日益低下，生活日益贫困。而世袭带兵的当地将领们早年都是鲜卑族的老牌贵族，世代有崇高的声望，因为迁都，他们的身份被边缘化了，心理的落差和生活状况的改变也使他们心生怨气。最让六镇军队失望的是，在北魏迁都之前，因为六镇拱卫平城的意义，六镇的军人一旦在战争中立功，很有可能得到提拔，甚至可以得到机会进入中央为官，但随着北魏的迁都，这个机会也就不复存在了。北魏从孝文帝开始重文治，采取以文制武的策略，军人们辛苦打仗，得到的利益却微乎其微，他们手中偏偏又掌握着武器，这自然成了北魏的一颗定时炸弹。

北魏政府这时期做的事情相当于给这颗炸弹引火。在孝文帝改革之前，对普通的鲜卑族士兵来说，能够进入六镇效力，哪怕成为六镇中一个普通的士兵，都是鲜卑族人无上的光荣。六镇戍边的机会原本是鲜卑人挤破头皮争抢的，后来随着北魏的迁都，六镇的士兵身份越来越不值钱，士兵也经常逃亡。北魏为了巩固北方防御，没有想过去改变六镇军人的地位和生活，反而饮鸩止渴，在内地搜罗罪犯，将他们发配到六镇充军，用来充实六镇的边防。后来挟持北魏皇帝、把持东魏政权的一代枭雄高欢就是这样被发配到怀朔镇的，而他却成了北魏政权的掘墓人之一。

北魏政治的腐败也连带着影响到了六镇。最突出的一点就是六镇军官阶层的腐败。天高皇帝远，这些带兵将领们在仕途无望的情况下，就把主要精力转向了捞钱。北魏在迁都之后，也在六镇实行均田制，给六镇军人分配土地，但是这些土地大都被六镇的军官侵占了，原本应该拥有土地的士兵们大都沦落成了农奴。这样的地方有谁愿意待？结果，大量的士兵纷纷逃亡，也有士兵选择了起义，在拓跋宏病逝后仅仅一个月，公元499年，六镇中的沃野镇就爆发了高车族起义，这场起义虽然迅速被北魏镇压，却为之后大规模的起义埋下了伏笔。

六镇大起义的导火索是发生在公元523年的柔然入侵事件。在这一年的春天，长期威胁北魏的柔然民族发动了对六镇大规模的侵扰，这次侵扰柔然人动用了精锐骑兵近十万人，一路狂扫六镇。六镇又是什么样的情况呢？整个六镇，士兵的缺编人员高达一半，将领纷纷临阵脱逃，这样的军队又怎能抵抗敌人的入侵？结果柔然肆虐六镇，掳掠人口数万人，牲畜上百万头，可谓满载而归，尤其丢人的是，连北魏派驻在六镇的最高军事长官也被柔然人掳走。如此奇耻大辱，自然引发了北魏朝廷的震怒。这时的北魏朝廷没有反思自己的问题，反而认定是六镇官兵无能，竟然下令停发六镇官兵的口粮。要知道六镇刚刚经历柔然的兵灾，物资损失极其严重，正是应该发粮赈灾的时候，北魏却反其道而行之，这简直就是逼六镇军人造反，原本已经对北魏政府满腹怨气的士兵们也就不得不反了。

六镇造反发生在这一年的夏天，先是怀荒镇的士兵们请求当地长官于景发放口粮，结果被于景拒绝，逼上绝路的士兵们杀死了于景，扯起了造反的大旗，整个六镇一股脑儿地全造反了。其中沃野镇的匈奴士兵破六韩拔陵带领士兵们杀死镇守将领，自称真王，正式和北魏朝廷分庭抗礼。这支起义军的成分非常复杂，主要以匈奴族和汉族为主，成员大多是在内地犯罪被充军到这里的罪犯。他们的声势也非常大，一下子攻占了沃野镇，并取得了其他几个镇的支持，成为众多造反军队中最强大的一支。次年，高平镇的士兵赫连恩杀死镇将，扯起了反旗，这支造反军队就是当年建立大夏国的匈奴人赫连勃勃的后裔，这一次可谓新账老账一起算了。

六镇的造反，在整个北方引发了连锁反应，孝文帝改革的繁华中隐藏了几十年的矛盾一下子全都爆发了出来。连山西太行山区的丁零人也造反了，这些丁零人一直作为奴隶在太行山脉生活，这时在他们的首领刘升的带领下举兵起事。这支起义军的构成很有意思，造反的领导人是丁零人，但是军队中的丁零人只有几千人，绝大多数都是逃亡到这里的汉族农民。结合破六韩拔陵的起义，我们可以看到，所谓的北魏六镇大起义，绝不是某些人所说的民族矛盾，核心矛盾还是阶级矛盾，这是一场各民族被压迫民众反抗整个北魏朝廷的抗暴运动。

这场起义的动静之所以这么大，和北魏的腐败不无关系。起义军所到之处，当地的镇守官员无不望风而逃，原先百战百胜的北魏军队此时早已经不堪一击。破六韩拔陵在起事之后，先攻克了怀朔镇，杀掉了当地的守将，又在内蒙古呼和浩特的会战中将北魏从河南调来的中央军打得全军覆没。

养尊处优的北魏内地军队此时已经不是北方边军的对手了。连战连败之下，北魏政府不惜做出了卖国的决定，即请求北方的柔然出兵，帮助北魏镇压六镇。这邀请敌人来帮助自己镇压原本用来保卫自己的军队，整个中国古代历史上恐怕也只有这么一次了。但荒唐很快有了效果，公元525年，柔然集中了十万大军，对破六韩拔陵部发动了猛攻，在柔然精锐骑兵的打击下，破六韩拔陵最终不敌，在五原打了一个大败仗，之后北魏的中央军又和柔然人前后夹击，最终迫使破六韩拔陵崩溃，六镇二十万人被俘，破六韩拔陵在兵败后下落不明，持续两年零四个月的六镇起义失败了。

三

六镇起义失败后，北魏很快就变了脸。起义进行时，为了分化、瓦解起义军，北魏曾经承诺给予所有放下武器的起义军平民待遇，并且分配土地，划分地区让他们安居，但最后北魏却食言了。二十万起义军被迁移到河北地区，北魏令当地的鲜卑族驻军进行监视，他们依然过着农奴一样的生活。北魏认为用这种办法就可以控制住这些人，让他们不再作乱，可实际的效果却是火上浇油。

六镇起义的主要民族是长期遭到北魏压迫的匈奴族和高车族，兼有部分汉族和鲜卑族，但是北魏派去监视他们的军队却是镇守河北地区的鲜卑族军队。北魏大概忘记了，和六镇的军人一样，河北边镇的鲜卑族军队也同样长期遭受着沉重的压迫，他们所遭受的苦难一点儿也不比六镇军人轻，六镇轰轰烈烈的起义无疑会激起他们心中的共鸣。而北魏政府的背信弃义也早就激发了六镇降兵心中的怒火，他们后悔自己当初投降北魏的决定，一场新暴乱注定是会到来的。

结果，就在六镇降兵迁移到河北后六个月，即公元525年的八月，北魏的北方起义风云再起，这次的主角换成了当年破六韩拔陵的重要部将杜洛周。他是柔玄镇的镇兵，参加过六镇大起义，与此同时，五原降兵鲜于修礼也揭竿而起。值得一提的是，这次的起义规模比当年更大，因为负责监视六镇降兵的鲜卑军队也参加了，而且很快成了战争的主体。在之后的三年里，起义军相继占领了幽州、定州、瀛洲、沧州等地区，整个河北省完全落入起义军之手。之所以沦陷得这么快，是因为大规模的战争基本上没有打几场，固定的剧本就是起义军到来，当地的守军投降，然后加入起义军的队伍里。这支起义军一度号称百万，实际的兵力也不下三十万，主要人员已经从早年的六镇多民族转变成这时期的河北鲜卑族。

起义的延续以及起义军的政策也对整个北魏的政局产生了重要影响。河北省的主要统治机构就是汉族的世家大族，在这场大起义面前，起义军主要采取了杀戮士族泄愤的政策，这引起了士族强烈的反抗，特别是汉族士族，往往散尽家财招募乡勇来自保，河北的高家更是募集了万人的汉族军队对抗起义军。这样做的结果就是，高家汉军不但发展壮大，后来还成了高欢建立东魏的主力军。也有一些汉族士族在和起义军作战失败后就掉转枪头，率军南下，到河南地区去和鲜卑士族争夺地盘，这样一来，整个北方就打成了一锅粥。作为这场动乱主角的起义军，也在起义过程里发生了分化。率先起义的杜洛周是鲜卑下层军官出身，在起义过程里，他采取的主要政策就是杀戮世家大族，但招募世家大族统治下的平民为官。而鲜于修礼是丁零人，他对压迫丁零的鲜卑世家大族切齿痛恨，被他抓到的地主一般不能幸免。比较特殊的是葛荣，这个人是镇将出身，也是鲜卑族，但是在三个领袖中，他的目光最为长远，知道去笼络当地的名门望族。三个人不同的方式也造成了不同的结果：最先成为领袖的鲜于修礼被北魏收买的间谍暗杀，之后继承领袖地位的杜洛周死在了战友葛荣的手里。葛荣掌握起义军大权后，采取了有别于前面几位领袖的做法，他热情邀请河北当地的大族出来为他效力，并把女儿嫁给了河北大族杨家，企图笼络当地士族。但是在对手下士兵的约束上，葛荣做得很不好，他的士兵们依然延续着之前起义军的政策，这样一来，北方的士族也就不可能支持他，而得不到支持的葛荣也就不能持久。葛荣时代，起义军发展到了极盛，一度达到三十万人。到了公元 528 年，羯族军阀尔朱荣篡夺了北魏的政权，架空了北魏的皇帝，如果这时葛荣趁机南下，是很有可能一举灭掉北魏的，但是葛荣没有这样做，反而一直在河北地区流动作战，攻打当地世家大族的堡垒。获得喘息的尔朱荣随机发动了对葛荣的进攻，在著名的邺城之战中，尔朱荣仅用了七千骑兵就击败了葛荣的几十万主力军队，葛荣被俘身死，轰轰烈烈的北魏大起义就这样失败了。

但是镇压了北魏大起义的尔朱荣做梦也没想到，就在这场胜利中，一个投奔他的葛荣部将领，最后却毁灭了尔朱氏整个家族，他就是东魏的开创者，一代枭雄高欢。

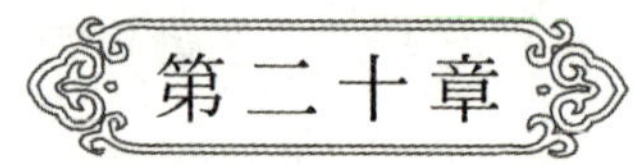

第二十章

本是汉人，缘何错位

在北魏末年的中原大起义风暴中，原来的北魏皇朝奄奄一息，而一个错位的汉人却趁机而起，成为北方的枭雄，他所建立的王朝虽然未能统一北方，却对整个南北朝的历史走向产生了深远的影响，他就是北齐政权的太祖高欢。

说到高欢的错位，也是许多人看不懂的。高欢本来就是一个汉人，他的夺权，从表面上看是北方沦落到五胡几百年后第一次由汉人掌权。但他掌权之后却采取了极度歧视汉人的大鲜卑主义政策，这种情况似乎是令人匪夷所思的，其实，纵观高氏家族的发家历史，就会发现这种情况一点儿也不奇怪。

一

高欢，字贺六浑，祖籍河北景县。他后来发迹建立政权后，为了拉拢北方世家大族，经常称自己是河北高氏大族，其实他就是一个平民百姓。

后来他因为犯罪被遣送到了内蒙古怀朔地区，当时的怀朔是北魏防御柔然民族入侵的重镇，当地居民的主体是滞留在北方边地的鲜卑族。高欢就是在这样的环境下成长起来的，他从小孔武有力，为人好勇斗狠却极具智谋，虽然是汉人，却结交了不少鲜卑朋友。他从年轻的时候就有大志，有一次，他得到了一个信差的职务，受命去给一个鲜卑小官送信，那个小官一高兴，赏给他一块肉吃。按照当时的规矩，汉人接受了鲜卑人的赏赐，是要跪下来谢恩的，高欢不管，自顾自地接过肉，大摇大摆地吃了起来。这样做的结果就是高欢被人家打得死去活来，朋友笑他傻，他却回答说："我将来一定会骑在他的头上，又有什么必要向他下跪呢？"这件事传出去之后，当地人大多笑话这个汉族小子神经病，偏偏当地一个富家姑娘看上了他。这个姑娘的身份不一般，是当地鲜卑富户娄家的女儿娄昭君。当时的高欢只是一个负责修城墙的苦役，娄昭君感觉高欢相貌不凡，认定他将来必成大业。两人不但暗自幽会，娄昭君还给予他财物资助。鲜卑人是很讲自由恋爱的，虽然门第、身份都不配，但是他们两人的爱情并没有遭到太多的阻拦，很顺利地喜结良缘了。

这桩婚姻对高欢一生的影响都非常大。首先，高欢不再是当地一个低贱的平民，成了娄家的乘龙快婿，身份地位不同了，自然受人尊重。而且娄昭君是一个很有头脑的女人，她不断拿钱资助高欢，让高欢去结识天下的英雄豪杰，高欢打天下的最早班底就是从此发展出来的。更重要的是，有了娄家的关系，高欢在仕途上也得到了机会，他被任命为当地的一个队主。他真正开始发迹，是公元 523 年爆发的六镇起义。

六镇起义的主力是镇守在边境的那些鲜卑军户们，怀朔地区也响应他们，作为队主的高欢也带着手下一百多个士兵参加了杜洛周的起义军，后来又辗转参加了葛荣的起义军，和后来西魏的开创者宇文泰还是战友。高欢为人慷慨重义、性格豪爽，对待士兵推心置腹，因此他的部将都殊死为他效力。

因为高欢长期生活在鲜卑族聚居区，思想观念和生活习惯都是鲜卑化的，所以鲜卑族军将都不拿他当外人。有了这些优势，高欢在鲜卑军阀中很快站住了脚。高欢的岳父是鲜卑世袭军官，不少鲜卑族大将都是这个家族的老部下，有这个优势，高欢很快在葛荣的起义军里混得如鱼得水。

高欢之所以能成功，另一个优势就是他看人的眼光。他在葛荣起义军里的地位攀升得很快，在葛荣的极盛时期，高欢的手下也有了一支上千人的部队。在常年和葛荣的接触中，他断定葛荣并非英主。葛荣为人虽然性情豪迈，很得部将拥戴，但他本人很没有战略眼光，每到一地都大肆杀戮破坏，因此尽失人心。所以高欢也就因此怀了叛变之心。在葛荣与尔朱荣决战的邺城之战前，高欢断定葛荣必败，因此果断决定投奔尔朱荣。他的到来等于给尔朱荣送来了生力军，之后的结局也证明了他的判断，只有七千人的尔朱荣把三十万葛荣大军打得大败。

高欢因为关键时刻站对了队伍，也因此得到了尔朱荣的赏识。葛荣起义失败后，高欢受尔朱荣之命去收编葛荣的残部。当时葛荣的部将们大部分都是北方六镇的少数民族军人，世代打仗为生，让他们放下刀枪做农民显然不可能，但是继续当兵打仗，顶着叛贼的名分，难保有一天不被清算，同样有叛贼身份的高欢自然成了他们最好的投奔对象。就这样，高欢一下子就募集了近十万兵马，且拥有了从山东到河北北部的广大地盘，虽然这个时候他名义上仍然臣服于尔朱荣之下。

高欢的机会在公元 530 年尔朱荣被杀后再次到来了。当时的尔朱荣挟平定葛荣起义的功业，已经把持了北魏的大权，并且大肆打压北魏的士族。尔朱荣虽然平定葛荣，可是他的兵马很少，一时无法控制广袤的河北大地，所以河北一下子成了真空地带。当时的山东北部以及河北地区，因为长年的战乱，人口死亡很多，而且汉族世家大族们纷纷拥兵自保，观望时局。尔朱荣虽然强大，一时也很难控制这些地方。这恰恰给了高欢机会。公元503年，尔朱荣因为专权，被不甘心做傀儡的北魏孝庄帝杀死，尔朱荣的侄子尔朱兆兴兵报仇，又杀害了孝庄帝，刚刚平定不久的中国北方再次陷入了内乱之中。

这时的高欢表面上对尔朱兆恭顺，先是主动提出去招抚北方六镇的起义军残部，本来尔朱兆对高欢还很怀疑，但是高欢很会表演，一再地表忠心，甚至痛哭流涕，表达效忠之意，尔朱兆最终对高欢放了心。这一放心，把强悍一时的尔朱家族最终送上了绝路。

二

尔朱荣被杀的时候，北方的六镇鲜卑兵对尔朱家族切齿咬牙地痛恨，当时的尔朱荣不但平定了杜洛周、葛荣等六镇军人的叛乱，更在当地大肆株连，杀戮无辜。高欢和六镇军人的关系是非常特殊的，首先，他本人就是六镇军人出身，而且是葛荣身边的重要将领，和这些军人之间的关系很近。他的家庭关系也很特殊，妻子娄昭君自不必说，娄家是六镇军人的老上级，高欢的小姨子嫁到了当时北方另一个汉族大家段氏。段家在当时是很有影响力的家族，以财力著称，得到了段家的支持，也就等于得到了北方最大的钱包。与此同时，娄昭君的另一个妹妹嫁给了河北鲜卑贵族窦泰，这个窦泰更不简单，他在高欢的家乡怀朔镇做过军官，带过六镇的兵。有这些支持，高欢回到河北就如鱼得水，很快就招募起了大军，有了自己的地盘。这种局面自然引起了尔朱兆的注意，公元531年，灭掉了拓跋皇族之后，尔朱兆决定解决高欢的问题，起大兵来攻打高欢。这时的尔朱兆实力很强，他的麾下是当时北方战斗力最强悍的契胡兵，这些人是当年羯族人的后裔，战斗力强悍，数次击败鲜卑精锐。但是高欢知道，决定战争胜负的不仅仅是战斗能力，更有士兵的团结程度和士气，所以高欢耍了一个小花招，尔朱兆刚进兵，高欢就故意散布谣言，说尔朱兆这次来，是要把整个河北的鲜卑人都改成奴隶，发配到山西去充军，这一下子就激起了河北鲜卑族的死战之心。随后高欢整顿军队，制定了严格的军规，其中最重要的一条就是严禁掳掠汉人，以争得当地汉族的支持。与此同时，高欢大力拉拢河北汉族士族，他争取到的最重要力量就是河北大族高氏。这个高氏在河北的地位也不简单，他们不但有显赫的家世，更有强大的汉人武装，高氏的汉人军队一直是北方军队中的翘楚。为了得到这支军队，高欢煞费苦心，他自称出身河北高氏，和他们是本家，然后认高家的两个掌舵人高昂、高乾为叔父，让自己的儿子高澄以叔父的礼节拜见他们。苦心一片下，高欢终于争得了这个家族的支持，之后高昂统率的高家汉军也成了高欢军队中的精锐。

凭借着军队的万众一心和汉族世家大族的支持，高欢开始了与尔朱兆的战争。起初的几场小规模战争，双方互有胜败，但是高欢越战越强，他有世家大族的支持，也就有了经济和兵源的保障，而尔朱家族往往是以镇压和掳掠为生存方式，早就人心尽失。到了公元532年，双方在邺城爆发大战，尔朱家族拼死一搏，集中了二十万大军讨伐高欢。高欢只有五万多人，但是他不惧，他采取背水一战的策略，用驴车把自己军队的退路全都给堵死了，然后率领军队奋勇冲杀，没有退路的高欢军队势如破竹，一举把尔朱家族打得全军覆没，一代枭雄尔朱兆也在这场战斗中殒命。从此，高欢彻底掌握了北方的大权。得胜后的高欢，立平阳王元修为帝，即北魏孝武帝。

从此之后，中国北方的实际主人就姓了高。

打败尔朱家族之后，高欢拥立新帝，其实是拥有统一整个北方的机会的。当时北方关中地区的势力是尔朱家族的大将贺拔岳，他已经在关中自立为王，不听尔朱家族的调度。本来尔朱兆命令贺拔岳从侧翼夹击高欢，如果这一招成了，高欢的命运恐怕就要改写，但是贺拔岳拒绝执行命令，反而选择了观望。如果高欢趁着灭掉尔朱兆的余威，挟天子以令诸侯，一举平定关中地区，也并非什么难事。但是高欢没有选择进军关中，在得到贺拔岳表面的臣服之后就满足于现状，这样维持下去，也就不会有后来的西魏了。此时，高欢又犯了错误，收买贺拔岳的近臣杀害了贺拔岳，导致关中地区再次陷入混乱，同样是枭雄的宇文泰趁机而起，和高欢分庭抗礼。

当然，高欢最大的错误还是出在对待皇帝的政策上。本来孝武帝登基之后，作为拥立者的高欢大权在握，俨然已经横扫北方，但是这个孝武帝并不老实，不甘心自己的傀儡地位，反而一心想着夺回政权。面对这种情况，高欢事先并没有做任何应对，放任孝武帝胡闹，结果两家展开大战，傀儡皇帝哪里是实权大臣的对手，兵败后就投奔了盘踞关中的宇文泰。宇文泰趁机拥立孝武帝，建立西魏，高欢这才意识到这个之前不被他重视的宇文泰已经成了自己的大敌。

高欢很快做出了应对，孝武帝出逃之后，高欢转而立清河王世子元善为帝，即孝静帝，同时带兵打败了宇文泰以及孝武帝的反扑，稳住了自己的政权。在这之前，为了不背反叛的恶名，高欢还曾经多次向孝武帝上表谢罪，邀请孝武帝回来，都被孝武帝拒绝。但孝武帝不知道，接纳他的宇文泰同样是一个枭雄，和孝武帝关系很快就降到了冰点。孝武帝不让妹妹出嫁，而是留在身边给自己当老婆，这种禽兽不如的行为自然引起了非议。宇文泰曾经密谋要把孝武帝身边的几个妹妹杀掉，以消乱伦之丑，孝武帝知道后大怒，又想着颠覆宇文泰的政权。宇文泰立刻授意下人将孝武帝毒死，改立新君南阳王元宝，是为西魏文帝。这是公元535年的事情，至此，东魏和西魏已经完全对立了。

在东魏和西魏对峙的初期，东魏的实力远远强于西魏，戎马一生的高欢也很想趁这个机会消灭这个威胁，一统北方。从公元536年开始到公元546年，高欢先后发动了五次大规模讨伐西魏的战争，每次动兵都有二十多万，但每战必输。宇文泰采取了府兵制等统治方式，虽然整个政权的力量弱于高欢，但是政权的凝聚力更强，所以西魏一次次逃过亡国的厄运，东魏则损兵折将。终高欢一生，他都没有战胜宇文家族，他的子孙最终被宇文家族所灭。

三

高欢建立的东魏以及他的后代建立的北齐王朝，最被后人诟病的就是他们的大鲜卑主义。

西魏信用汉人，不断拉拢关中汉人士族，且在经济上采取汉化的改革，高欢家族的所作所为却恰恰相反。

高欢从起家到最终建立东魏，乃至他的子孙建立北齐，虽然也刻意拉拢北方汉人士族，在和尔朱家族的决战期间还特意发布了禁止军队掳掠汉人的命令，但是从他一生的整个政策看，却都是以打压北方汉族为主的。无论是北方的汉人士族还是军中的汉族兵将，被歧视和压制都是常见现象。高欢曾拜高昂为叔叔，但在与西魏决战的时候，他不让高昂参战，理由是“你属下的士兵都是汉兵，恐怕不济事”，虽然之后高昂用一场大胜回击了高欢的判断，但是高欢这种民族倾向可见一斑。这位高昂，曾与鲜卑化的匈奴人刘贵一起镇守北豫州，一次军队打仗，死了一些汉兵，刘贵知道后竟然说：“头钱汉儿，死又何妨？”意思是汉人的命只有一文钱，死了就死了。气得高昂当场要杀了刘贵。在高欢的军中，高昂是仅有的汉族名将，早期被高欢麾下的鲜卑族名将所轻视，后来凭借着自己的赫赫战功才得到他们的尊重，但是汉人在整个东魏乃至北齐的地位并没有因为他而发生变化。高昂血沃沙场后，和他打了一辈子仗的西魏举国而庆。高欢对高昂本人虽然敬重，但恩宠程度远远比不上他麾下的鲜卑族将领。高昂死在公元 538 年的北豫州大战中，彼时他遭到重创，原本已经逃到了高欢的属地北豫州城下，但是守城的高永乐因与高昂不和，拒绝为他开门，导致高昂壮烈牺牲。事后高欢虽然痛惜不已，给了高昂很重的封赏，但是对导致高昂身亡的高永乐却只是轻描淡写地给了个降职的处罚。高昂这样的功臣尚且如此，整个高欢治下的汉人地位也就可想而知了。

事实上，在高欢即位的早期，为了实现治下的和谐，他还是做了很多工作的，最主要的工作就是和稀泥。这种办法起先很好，但是日久天长，效果就差多了，因为北齐境内的主要矛盾并没有改变。

高欢大鲜卑主义的根子也就在这里。就高欢自己的情况来说，他虽然是汉人，但是长期与鲜卑人居住在一起，整个人的思想观念以及生活方式都已经高度鲜卑化了，甚至他在军队里发号施令用的都是鲜卑语。高欢的妻家娄家，本身就是鲜卑军阀家族，高欢的发迹很大程度上凭借了娄家的人脉。他的嫡系军队也是由北方鲜卑族六镇士兵组成的，从上到下，高欢都是当时鲜卑军阀阶层的代言人。因此在国家施政方针上，他虽然要依靠当地的汉族世家大族，但是从根子上说，他更要维护鲜卑六镇军阀阶层的利益。众所周知，六镇起义的源头就在于北方六镇鲜卑军人不满足世家大族的压迫，在高欢时代，鲜卑世家大族已经被尔朱荣以及葛荣等人的一次次战乱摧毁殆尽，世家大族主要势力变成了北方汉人，这样一来，双方之间的矛盾也就在北齐延续下来。高欢在世的时候更多的是施展平衡手段，对鲜卑军阀家族，他多采取安抚为主的政策，对北方士族则采取恩威并施的方式。比如当时的汉臣杜弼，曾向高欢揭发鲜卑军将纵兵抢掠、欺压百姓的行为，高欢得知后非但没有惩罚肇事的兵将，反而把杜弼捆绑起来，假装要处罚杜弼，吓得杜弼连连求饶，高欢这才赦免了他。对鲜卑骄兵悍将的行为，高欢也不是完全不管不问，他故意找了一个“演员”，当着各路军将的面抽打，嘴里说着“叫你纵兵抢掠”，用这种杀鸡儆猴的把戏来震慑这些军头们。虽然如此，高欢在位时期，帮助他打天下的这些骄兵悍将飞扬跋扈成风，为了防止汉族士大夫因此归顺南朝，高欢索性对汉族士大夫也采取了纵容政策，放纵他们扩张土地掳掠人口，这样两边都给好处，高欢的朝廷也就暂时和谐了。当然，这只是表面上的和谐。

公元 546 年，攻打西魏失败的高欢在回师的路上病逝。高欢去世后，他的儿子高澄即位，不久被一个奴隶刺死，之后即位的高洋废除了傀儡孝静帝，自立为帝，建立了国祚只有二十七年的北齐王朝。在这二十七年里，北齐相继换了六个皇帝，这些皇帝中，许多人都是以荒淫和残暴著称的。但北齐短命的根本原因却是朝廷上下大鲜卑主义日益加剧。北齐历史上一百多个中央大臣，鲜卑族占了百分之九十，甚至官方语言都是鲜卑语，在汉族人口占有绝对优势的北齐，这样的统治注定是难以长久的。同时，北齐对汉族士大夫极力打压，北齐发生过三次汉族士大夫企图夺权的政变，都以失败而告终，诸多世家大族遭到了残酷的镇压。更为严重的是，北魏以来的均田制和租庸调制到了北齐时代被破坏殆尽，人口逃亡日多，经济日益凋敝，国力由强转弱，渐渐被西边的北周政权所超越，最终于公元 577 年被北周政权所灭。

身为汉族的高欢在北方执行了完全鲜卑化的统治政策，而身为鲜卑人的宇文家族却在西魏执行了完全汉化的政策，他们的苦心得到了回报：灭掉北齐，统一北方。

第二十一章

西魏的脱贫之道

关于南北朝分裂局面的结束，世人说得比较多的都是隋文帝杨坚于公元 589 年挥师南下，灭掉了苟延残喘的南陈政权，从此一举结束了数百年的分裂割据局面，重新实现了中国的统一。然而细观历史，隋文帝能完成大一统的伟业，其实是前人栽树，后人乘凉，为杨坚栽树的就是建立西魏及北周的鲜卑宇文家族。

说宇文家族是在为杨坚栽树，是因为在杨坚之前，宇文家族经过数代的苦心经营，已经为中国的统一积累了足够的实力，包括强大的军队和雄厚的财政储备。更为重要的是，针对南北朝时期的民族矛盾，宇文家族经过历代努力，成功消弭了这个巨大的鸿沟，完成了包括一心改革的孝文帝都没有彻底完成的伟业。从西魏到北周，宇文家族日益走向强大的窍门只有一个——全盘汉化。

说到鲜卑政权的全盘汉化，表面上看并不新鲜，鲜卑人从进入中原的第一天起就与中原汉族有了密切的联系。无论是当初的慕容燕国还是后来的拓跋魏国，持续汉化是历代鲜卑族领袖的不二选择。北方汉族与鲜卑集团的合作，从五胡十六国到南北朝，早已经绵延久远，如果说谁汉化到了骨髓，恐怕非西魏宇文政权莫属。因为即使是孝文帝的汉化，在恢复了北方生产，缔造了繁荣北朝文明的同时，也不可避免地导致了鲜卑人的尚武精神被磨灭殆尽，整个鲜卑王朝迅速腐化堕落，再也不复早期开疆拓土时代的勃勃生气，最终落得尔朱荣家族叛乱，北方混沌一片走向分裂的结局。相比之下，西魏政权虽然继续了汉化政策，但是整个王朝在吸取汉文明灿烂文化的同时，并没有丧失蓬勃的生气与强烈的进取精神，鲜卑尚武精神与华夏文明传统相互融合，建立了一统北方的勃勃武功，并真正为后来隋朝一统天下留下了一支足够强大的军队。与此同时，中国北方的汉文明也在这时期蓬勃发展，儒家文化重新焕发了其生命力。在此过程中走向强大的西魏王朝也最终压过了原本起点甚高、经济发达军力强大的东魏，成为中国北方的主人。

问题是，西魏究竟是怎么做到的？

一

要了解西魏成功的奥秘，不妨先看看西魏的开创者宇文家族。西魏政权的创立者，是当时的关中鲜卑军阀宇文泰，在当时的鲜卑军阀中，他是一个身份非常特殊的人。

宇文泰，字黑獭，世居武川镇。他的家族是世代为将的鲜卑军阀，但是从根子上说却是一个鲜卑化了的匈奴人。比起三国吕布的三姓家奴经历，早年的宇文泰也不差，他原本是武川镇一个普通的军将，在震撼整个中国北方的六镇大起义中，宇文泰也不甘寂寞，加入了鲜卑人鲜于修礼的起义军，在军中英勇作战，地位节节提升。谁想到鲜于修礼不争气，没几天就歇菜了，宇文泰擦干身上的血迹，摇身一变又成了葛荣起义军的一员。葛荣虽一度有百万大军，却终不是军阀尔朱荣的对手，很快被打得全军覆没，葛荣这一场败仗，就是历史上著名的邺城之战。尔朱荣仅用七千多人就一举击破了葛荣号称百万大军的劲旅（实际人数三十多万），仅俘虏就抓了二十多万，宇文泰也在其中。仗打赢了，可俘虏的事情却棘手，尔朱荣军队才几千人，要看押二十万俘虏，杀没法杀，用也不好用，尔朱荣干脆把几十万士兵全部遣散，仅将几千名军将留下量才录用。这时的宇文泰仅是葛荣麾下的一个小军官，但他一生的命运也从此开始改变。他被编入了大将贺拔岳麾下，先做警卫员，又凭着屡立战功节节攀升，先后随贺拔岳参加了镇压匈奴人万俟丑奴的起义，到公元530年贺拔岳平定关中平原时，他已经是贺拔岳身边的重要部将了。

出身低微的宇文泰能够在北方战乱中顺利冒头，原因不仅是他的运气好。宇文泰虽然读书不多，却是一个行事极其沉稳的人，早年被尔朱荣俘虏时，众俘虏皆不知道自己命运如何，人人都有慌乱之色，唯独宇文泰神色平静，吃睡如常，引起了此时前来选兵的贺拔岳的注意，奏请尔朱荣将其编入自己麾下。随后在镇压万俟丑奴的战斗中，宇文泰屡次献计献策，特别是他本身就是义军出身，熟悉起义军流动作战的特点，每次献计都能卡住起义军的要害。在万俟丑奴兵败企图逃跑的时候，宇文泰缜密分析，解析了万俟丑奴有可能逃跑的三条路线，结果在宇文泰的布置下，四路突围大军全部被堵截住，最后落了全军覆没的下场。此事也让贺拔岳对宇文泰分外赏识，赞叹他前途无量。

前途无量的宇文泰，在镇压万俟丑奴四年后就得到了机会。公元534年，贺拔岳已经平定了整个关中地区，成为真正的关中王。而中原方面的政局也发生了天翻地覆的变化，原本是贺拔岳领导的尔朱荣在中原的内战中不敌东部的高欢，被杀得全军覆没。慑于贺拔岳在关中平原的势力，高欢起先采取了通好政策，挟持孝武帝册封贺拔岳为关西大行台。已经是贺拔岳心腹的宇文泰力劝贺拔岳不要接受这个任命，认定高欢必不能容他，然而胸无大志的贺拔岳没有听进这个建议。事实果然如宇文泰所预料，不甘贺拔岳称霸关中的高欢秘密收买了驻守平凉的侯莫陈悦，竟于是年春天将贺拔岳杀害。关中地区登时陷入混乱之中，关键时刻，贺拔岳的部将推举宇文泰接替贺拔岳之位，率军向侯莫陈悦复仇。当时的侯莫陈悦已经接管了贺拔岳的大部分军队，并有大批关陇士族的支持，且占有了关中重镇长安。宇文泰方面，拥戴他的大部分都是贺拔岳麾下的中下级军官，尤其是和宇文泰一样出身起义军后被招安的军将们，实力远远不如侯莫陈悦。但是宇文泰迎难而上，硬是绕过了侯莫陈悦的层层包围，率领精锐骑兵闪击长安，一招黑虎掏心直接将侯莫陈悦击垮。就在同年，一个天大的馅儿饼又砸在他的身上。被高欢挟持的孝武帝因不忍高欢的专权，和高欢窝里反了，两家打了半天，孝武帝最终不是高欢的对手，仓皇逃进了关中平原。宇文泰抓住机会，拥立孝武帝在长安登基，建立了西魏政权，从此正式和高欢家族分庭抗礼。

观宇文泰建立西魏早期的局面，几乎所有的明眼人都有一个共同的看法：他被东魏击败甚至灭亡是早晚的事情。

二

表面上看，宇文泰短短几年三级跳，掌握了广阔的关中平原，是捡了一个大便宜，其实却是一个烂摊子。当时的关中平原早就不复传说中的富庶景象，从五胡十六国开始，关中平原就涌入了大量少数民族，到了北魏时期，关中的民族构成可谓戎狄近半，包括匈奴、鲜卑、丁零、羌、氐各类少数民族，在鲜卑王朝的统治下，这些人的出路大都只有一条——当兵。孝文帝改革后，军人地位日益下降，下层兵户负担沉重生活困苦，矛盾日益激化，所以从北魏末期开始，大规模的抗暴运动不断发生，包括葛荣、破六韩拔陵、万俟丑奴、盖吴等起义军，都把关中地区当作活动地带。常年的战乱导致关中地区生产破坏严重，人口锐减。比如关中著名的大州岐州，在孝文帝迁都洛阳时期曾经有人口三十万人，到了宇文泰建立西魏时，竟然只剩下三千多人，这样一个经济残破的烂摊子自然是无法与东魏相抗衡的。

宇文泰作为一个挟天子以令诸侯的枭雄，其出身与他实在不配。东魏的创立者高欢虽然也是贫寒出身，但高欢毕竟是鲜卑北方官宦家庭的姑爷，他身后是一个掌握重兵的鲜卑军阀集团。宇文泰却不一样，他原本就是穷大兵出身，又有不光彩的逆贼身份，无论是在鲜卑士族还是在汉族大族的眼里，他都是身份低下的人。所以在贺拔岳死后，虽然侯莫陈悦属于篡立，但因为身份，当时的关中大族还是一边倒地支持了侯莫陈悦。在南北朝时期，宇文泰的这一身份无疑是他成就大业的重大障碍。

但也正是这个问题奠定了宇文泰施政的主要特点——汉化。高欢因为依托鲜卑军阀势力而采取大鲜卑主义政策，宇文泰反其道而行之，主动与关中大族合作。其实在他跟随贺拔岳打天下时期，就与关中的汉人保持了非常良好的关系。在他南北征战时，不断有汉族地主为他提供钱粮，甚至派遣乡兵助阵。他早期的嫡系军队中就有许多汉兵汉将，在他挟持孝武帝登基、建立西魏之后，与当地汉族大族的合作也成了他的主要国策。西魏从建立开始就以其鲜卑军阀为核心，不断吸引汉族世家大族参政，其中一个就是宇文泰的重要谋臣苏绰。

苏绰是陕西武功人，年轻时候就以“博览群书，尤善算术”著称，他得到宇文泰的赏识，是公元534年宇文泰占领长安的时候。当时的宇文泰自以为已经占有关中，一派志满意得的气概，特意邀请滞留在长安的各家族子弟饮宴。在饮宴期间，面对扬扬自得的宇文泰，苏绰不动声色的一句“将军此时祸将至也”，引起了宇文泰的侧目。面对宇文泰的怒视，苏绰不慌不忙，丝丝入扣地分析了此时宇文泰所面临的问题，包括民穷、财尽、人心不定等，有理有据，很快让宇文泰心悦诚服。从此，苏绰就成了宇文泰身边的重要谋士，这不仅仅是苏绰个人命运的转化，更是宇文泰统治政策的改变。这之前的宇文泰因为出身于下层军人，对关中的世家大族并不感冒，最多只是和当地的寒门地主有过合作，但是在苏绰之后，宇文泰的政策调整为与关中汉族大族之间的全面合作。很快，在苏绰的主持下，宇文泰出台了“六条诏书”政策。这六条诏书包括清心、教化、尽地利、擢贤良、恤狱诉、均赋税。六条之中的清心，指的是帝王要提升个人的修养；教化，指的是帝王要重视教育，建立学校，普及汉族儒家文化；尽地利，指的是鼓励垦荒，发展农业生产；恤狱诉，说的是要严明刑法，清明吏治；均赋税，就是要减轻老百姓负担，轻徭薄赋。这几条内容大多属于封建社会都出现过的仁政，但唯独擢贤良这条，在宇文泰的政权中起到了非常重要的意义。首先是要恢复曹魏时期的门阀制度，即取材首先要凭门第，这一点是为了笼络当时在关中依然具有巨大势力的士族们，但是同时又要在选拔门阀子弟的时候以贤良为先，关陇士族的英才们也就因此被宇文泰所用。比起东魏的高欢来，宇文泰这招显然要高明得多，东魏的士族们虽然也与东魏政权合作，但一则良莠不齐，反而激化矛盾，二则高欢的大鲜卑主义也导致了与士族之间的多次内耗。而西魏的鲜卑军阀与当地汉族士族，却因此实现了和谐。

苏绰作为名臣，经常利用一切机会对宇文泰进行讽谏。比如有一次他陪同宇文泰出游，路过汉代的沧池，宇文泰突然心血来潮，问起大家沧池的历史，大家都不知道该怎么回答，唯独苏绰侃侃而谈。谈到最后，主体内容却变成了要求宇文泰节俭，不要重蹈前代奢侈腐化亡国的覆辙。苏绰如此进谏，宇文泰却不生气，反而当场称赞苏绰是奇才，竟然拉着他一口气谈了三天三夜。苏绰主政期间，对西魏的政治进行了大胆革新，订立了三十六条新制，包括整顿贪污、裁减官员、设立正长、实行屯田等。

尤其值得一提的是，在三十六条新制之中，贯彻最为彻底的就是吏治的改革，将整顿贪污腐败以及考核官员放在了首位。北魏末期以来人浮于事，效率低下的状况得以扭转。与此同时，宇文泰的大量鲜卑军队实行屯田，转入了农耕生活。而随后府兵制的推行使大量汉族农民进入了西魏军队中，西魏军队的主体也由原来的鲜卑人变成了以汉人，这几条均新制对后来西魏政权的变迁产生了重要影响。

在西魏拨乱反正、实行全盘汉化的同时，宇文泰其实并没有迎来多少和平年代，因为高欢建立的东魏始终作为一个重大威胁存在。作为一个深谋远虑的军事家，高欢深知西魏的威胁，他很想趁自己有生之年解决掉宇文泰这个麻烦。诚如高欢对自己的亲近部将高昂所说，“此黑獭为一大患，恐吾儿不及也”。此时的东魏，无论是经济实力还是军事实力都完全压倒了西魏，确实是灭掉西魏的最好时机，但幸运的是，这样的危急局面，宇文泰最终还是挺了过去。

三

最让高欢痛惜的，就是当年宇文泰差点儿死在他手里。高欢灭掉尔朱荣的时候，为了防止高欢顺势挥师西进，宇文泰受到贺拔岳的委派，到高欢处出使通好。高欢见宇文泰仪表堂堂，深恐将来他会成为自己的大患，便趁机拉拢，后又因拉拢不成，杀心大起，意图除宇文泰而后快。但宇文泰贼精，嗅到风向不对，立刻逃命，就这样，高欢失去了一次灭掉对手的机会。当然，高欢当时的犹豫也不无道理，他刚刚平定尔朱荣，自身力量不足，也不敢贸然与盘踞关中的贺拔岳翻脸。

在孝武帝西逃、西魏建立之后，高欢终于向宇文泰亮出了刀锋。他把东魏的都城迁到了邺城，这次迁都的意义非同小可，就是要把整个东魏的战略重点转向西部，以灭掉宇文泰为先。公元 536 年，高欢以三路大军兵临蒲城，企图消灭宇文泰。迎击的宇文泰其总兵力只有高欢的三分之二，但宇文泰极会用兵，故意用精锐骑兵迂回到潼关，从侧面向高欢发动进攻，先击破高欢的侧翼窦泰部，继而乘胜追击，把高欢打得全军覆没。遭到重创的高欢不甘心，不等恢复元气，次年又统率大军进军河原，企图再次袭击宇文泰。这次宇文泰可谓祸不单行，当时的关中平原刚刚遭受了百年不遇的旱灾，宇文泰能够用于作战的军队只有一万多人。眼见高欢进兵，宇文泰只能节节退却，诱引高欢进兵，等高欢进军到渭水南岸的时候，他和其主力部队已经脱离，仅带着先锋三万多人。宇文泰抓住机会，率领一万多士兵突然发动反击，再度击溃了高欢。这一仗非常凶险，宇文泰一如既往地耍诈，先派小股部队佯攻，准备趁着高欢出击的时候，诱引他到附近的沼泽地然后围歼。但是这样的部署被高欢看破，本来高欢打算将计就计，向沼泽地放火箭把宇文泰烧死，高欢身边的大将侯景出馊主意，认为应该活捉宇文泰。高欢于是派兵向沼泽地进击，结果熟悉地形的西魏军把高欢打得全军覆没，军粮也被宇文泰所得，直接给面临大旱的西魏政权赈灾了。

公元 538 年，高欢大将侯景闪击洛阳，为东魏夺得了重镇洛阳。宇文泰亲自率军回救，但出师不利被侯景打垮，本人也险些被生擒，好在后军赶上，把侯景打败，宇文泰乘胜追击，击毙了高欢的名将高昂。这件事情的打击对高欢非同小可，高昂是高欢麾下少有的汉族能将，他的死不但是高欢的损失，更是高欢内部汉人军将的损失，从此之后，高欢军阀内部的汉人日益边缘化，高欢政权与汉族大族之间的关系也日益紧张，最终导致了东魏到北齐的几次变乱。

遭到宇文泰数次打击之后，高欢休养生息，经过精心准备，于公元546年发动了对西魏的进攻。这时高欢已经到了人生的暮年，灭掉宇文泰的愿望越发迫切，这次他出动十万大军攻打玉璧，企图一举攻破。宇文泰的主力军队正在和北方的柔然人作战，根本无法支援，本是高欢的大好机会，但是镇守玉璧的韦孝宽是个名将，凭七千多人硬是死守玉璧五十多天，杀伤高欢八万多人，伤亡惨重的高欢最后不得不撤军。这场战斗对高欢的心理打击非常大，撤军的时候正好碰上了日食，古人都把日食当作不吉祥的象征，高欢也悲叹地说："难道这说明天不助我吗？"转过年来，一代枭雄高欢与世长辞。

宇文泰能够在高欢历次打击中死里逃生，除了他本人极会用兵，以及运气比较好外，很重要的一点就是得民心。宇文泰建立西魏之后，施政以宽仁著称，轻徭薄赋，因此经济恢复非常快。与此同时，西魏严明的刑罚也使得吏治大为清明，尤其重要的是，府兵制的推行提升了士兵作战的积极性。比起东魏和北齐把士兵当奴隶的做法，西魏士兵的待遇更高，士气也更旺盛，作战自然不顾生死，如上种种，都使高欢一次次与灭掉宇文泰的机会擦肩而过。

在和高欢周旋的同时，宇文泰也没忘了整顿内部。当年从高欢手里逃亡过来的孝武帝，在宇文泰手里充分体会到"才出狼窝，又入虎穴"的道理。高欢性格伪善，当年虽然把持大权，对孝武帝却非常尊重，宇文泰就实诚多了，十足地不拿孝武帝当干部，直把孝武帝折腾得叫苦不迭。他于公元534年投奔宇文泰，第二年就被宇文泰毒杀，之后宇文泰相继拥立了拓跋家族的两个皇帝，北魏家族彻底成了宇文泰的玩物。

折腾皇族的同时，宇文泰也没忘了折腾内政。他的诸种汉化政策，难免引起鲜卑军人的反感，为了平衡关系，公元554年，宇文泰发起了胡化运动，主要内容有两条：一是允许士兵们在战争后掳掠占领地的人口为奴婢；二是对军队中的汉族将领改赐胡姓，并且恢复鲜卑人的祖姓，连早就改姓元的西魏皇室也因此重新改姓为拓跋。这两条政策，前者是鲜卑军队的固有作风，后者只不过是表面文章，整个西魏的汉化大势其实已经不可阻挡。值得一提的是，在胡化运动中，西魏军队中的汉人将领也必须改胡姓，比如后来唐太宗李世民的祖父李虎就改成了大野，而隋文帝杨坚的家族则改姓为普六茹。

在和东魏周旋的同时，宇文泰也没忘了与他隔江而对的南朝。公元553年，宇文泰挥师南下，占领了南陈的四川地区，这使得南朝长江的天险效果大打折扣。次年又占领了江陵地区，南陈的版图进一步缩小。公元556年，宇文泰又改革官制，摒弃了北魏的旧官制，参照《周礼》制定了新官制。这一条对当时的关中汉族影响很大，因为新官制的实行也就意味着鲜卑族要从制度上完成全盘汉化。在这个新官制下，原本掌握大权的鲜卑军阀的权力被进一步被削弱，地方的兵权被完全收归中央，大量的文官职位则被汉人所占据，汉人在西魏的朝廷里一下子占有了非常大的优势。此后不久，北巡的宇文泰病逝于途中，临终的时候，将国家大权托付给了侄儿宇文护，而一场宇文家族的大变乱也就因此而发生。

宇文护作为宇文泰的侄儿，在历史上鼎鼎有名，有个绰号叫“屠龙第一人”。因为他接了宇文泰的班后，一口气连杀了三个皇帝，先是逼着已经是傀儡的西魏恭帝退位并杀之，又扶持了宇文泰的儿子宇文觉为帝。这个宇文觉也是个有主意的人，不甘心受宇文护的摆布，在皇宫内招募兵马，时刻准备发动政变解决宇文护。但宇文护哪里有这么容易解决，得知情况的宇文护索性又把宇文觉送上了西天。之后他又立了宇文泰的另一个儿子宇文毓。宇文毓是个很低调的人，对宇文护很尊重，起初宇文护很满意，但不久之后就不放心了。公元 557 年，宇文护假装说要把权力还给宇文毓，其实是和宇文毓客气客气，宇文毓哪里懂这个，干脆和宇文护不客气，借机收回了宇文护的大权。这还了得，宇文护牙一咬，又把宇文毓给毒死了。公元 561 年，宇文护扶持宇文泰的四儿子宇文邕即位。宇文邕看着老实巴交的，说话也不多，貌似个好糊弄的人，登基之后也很听宇文护的话，北周政权就这样稳固下来了，之后是宇文护十二年掌权的时期。

虽然后世对宇文护的评价不高，甚至许多的历史学家说他是权臣、逆贼，但是在国家建设方面，他却是一个对新生的北周政权贡献颇多的人物。他在位期间继续推行宇文泰的政策，恢复经济发展生产。他把所管辖地区的耕地数量作为考核官员的重要标尺，甚至给每个地方官都分配了土地，要求官员们主动下田从事生产活动。同时，因为宇文护是篡权而起，名不正言不顺，因此他更需要汉人的支持，他在位期间，废除了西魏征兵的许多门槛，汉族农民得以进入西魏军队。对西魏军队的统治机构，宇文护也竭力拉拢，抬高汉族军将的地位，尤其是允许汉族人在鲜卑族人做统帅的军队里为将，打破了关中鲜卑军阀赖以生存的门第结构。如上种种，皆对后来北周的政局产生了深远影响。但千算万算，宇文护还是漏算了一个人——被他一直当作傀儡的宇文邕。

从公元 561 年开始，宇文邕做了整整十二年的傀儡皇帝，在这十二年里，隐忍的宇文邕一直在寻找着机会。公元 573 年，机会终于来了。宇文邕得到了亲弟弟宇文直的支持，兄弟俩一起策划，利用宇文护觐见宇文邕的时候发动政变，一举将他诛杀。从此之后，宇文邕真正掌握了大权，这就是大名鼎鼎的北周武帝。

四

在历史上，北周武帝的知名度远远高于他的父亲宇文泰，因为他完成了宇文鲜卑全盘汉化的最后一步。公元574年，即北周武帝亲政的第二年，他对文化进行调整，确定三教顺序。所谓三教，就是当时的儒教、道教、佛教，在北周武帝的排序中，儒教被排在第一位，佛教被排在了最后一位，这就意味着北周政权已经成为一个以儒家文化为正统的政权。与此同时，他开始全面纠正其父宇文泰时期的胡化政策，最重要的一条就是勒令麾下诸军队大量释放奴婢，将常年战争中被掳掠来的奴婢全都转化为自由民，由国家发放土地，并从中挑选精壮入伍。这些得到宇文邕解放的人口，自然有很高的积极性，从军打仗更是身先士卒。如此一来，北周军队的战斗力大大提升。

宇文邕时期，北周和老邻居北齐之间的力量对比也发生了天翻地覆的变化。宇文泰时期，北齐强而北周弱，宇文政权每年冬天都要把与东边交界的黄河河冰捣碎，防止敌人借机入侵。而到了宇文邕时期，攻守却易形了，换成了北齐捣碎河冰防止北周入侵。宇文护时期发动了两次攻打北齐的战争，虽然都遭到了失败，但是双方强弱的大势已经发生了转变。比起北齐政权的民族冲突以及上层矛盾，北周政权更团结也更有生气。这样的大好机会，宇文邕当然不能放过，公元576年，他发动了征讨北齐的战争，先经过浴血奋战占领了北齐的要塞晋阳，然后回师东进，一举攻破北齐的首都邺城，北齐末帝高伟束手就擒。这是公元 577 年正月的事情，这次战争使中国北方再次统一，而盘踞长江流域的南朝也注定朝不保夕。

宇文邕在统一北方的同时，将占领北齐地区的杂户也一并免了，如此一来，北周很快赢得了北齐的人心，特别是北齐境内汉族的支持。当然，不支持的人也有，比如那些世家大族们，因为杂户原本就是他们的财产，现在却统统被赋予了自由民的身份。

宇文邕做的另一件影响深远的事情就是灭佛运动，从公元 566 年开始，宇文护就在北周推行灭佛运动，勒令北周境内的僧尼必须限期还俗，从事生产，寺庙所掌握的土地必须归还国家，由国家统一分配给老百姓。到了公元 577 年灭北齐后，宇文邕又把这个政策在北齐推广开来，当时曾有僧侣出面劝阻，宇文邕回答说："佛是从胡地来的，我不是胡人，所以不信。"从小读汉书长大的宇文邕此时俨然以汉族帝王自居了。从宇文护开始到宇文邕的灭佛运动，虽然对佛教文化造成了极大的破坏，但它让两百万人从此从事生产，成为向政府纳税的对象，对当时北周的国力提升确实有重要的作用。

如果历史没有意外的话，统一北方的宇文邕完全可以顺势南下，一举平定南陈，完成一统中国的大业，但是意外偏偏发生了。公元 579 年，为了解除南征的后顾之忧，宇文邕发兵攻打突厥，病逝于出征的路上。北周历史的拐点就这么产生了，即宇文邕后成为北周皇帝的宇文赟是历史上著名的昏君北周宣帝，在位时以荒淫著称，大权很快被汉族杨家所掌握。后来北周宣帝在公元 579 年禅位，不久后去世，幼帝宇文衍被杨坚操纵，很快被废，宇文家族苦心打下来的江山就此姓杨了。

宇文家族被杨家取代的原因有很多，但根子却是宇文邕种下的。公元 573 年，宇文邕下了一道命令，"军士为侍官"，也就是说，地方军阀的士兵从此直接属于皇帝，国家的所有军队从此由皇帝直接掌握，这是宇文泰的府兵制发展到一定阶段的产物，却为杨坚夺权帮了忙。因为从此以后，只要掌握了中央的最高权力，也就意味着掌握了国家的兵权，地方军阀再也不能威胁中央，这样权臣篡位的难度就低得多了。杨坚凭借着外戚的身份，趁着皇帝幼小，很快就轻松地取而代之了。中国的统一大业，也就因此成了宇文栽树，杨家乘凉。

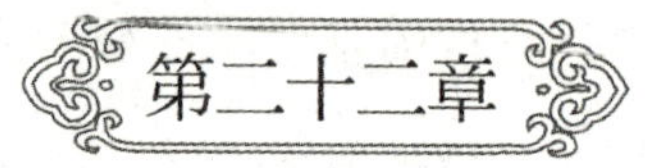

第二十二章

琅琊王氏的存亡之道

王衍和王导是如何一手缔造东晋王朝的呢？那得先从王导、司马睿一行初到江南时的南北情况说起。

此时在北方（长江以北），东海王司马越成了八王之乱的最终胜利者，可他接手的国家，内是因连年战乱而满目疮痍的社会，外有匈奴、羯族、鲜卑等异族铁骑的虎视眈眈，可谓危在旦夕。面对每况愈下、朝不保夕的形势，司马越和他的政治盟友王衍制订了屯兵中原、荆州、青州的整体防御计划，同时又命王衍堂弟王导同琅琊王司马睿南下江东，坐镇建康（今南京市），与湖北、湖南遥相呼应，保卫司马越的大本营徐州（今苏北地区），并同中原地区互成掎角之势。

此时在南方（长江以南），以顾、陆、朱、张为首的大族也明白，连年战乱，又受到强大游牧民族威胁的中原王朝大势已去。此时他们面临着两种选择：一、在江东找到一个当年孙坚父子式的英豪人物，带领他们重新割据自立，这样能最大限度地保障江南大族的利益，此为上策。二、接纳南渡的晋皇室和中原士族，与他们共建政权，并在新政权中得到权位和经济利益的充分尊重，此为中策。但当时的实际情况是，他们并没有在南方找到一个孙坚父子式的英雄人物，如果贸然逞强，割据自立，实在太过冒险。他们只好退而求其次，选择中策，即与中原士族共建政权，共享利益。

王导和司马睿便是在这样的南北环境下来到江东的。

一个成熟的赌徒在下注前总要先观察一段时间的局面，政治人物在决定站哪个队时同样如此。起初，江南士族对初来乍到的王导和司马睿也有怀疑，不知这些从前在北方高高在上、不可一世的中原豪门会如何看待自己，所以也就没有太多主动的积极表示。

那么，在这种有些僵持、处于试探阶段的交往中，王导是如何做到“Ice Break”，如何为司马睿在江南打开局面，取得南方士家大族支持的呢？

王导首先用吴语扣开了江南人士的心扉，打消了他们的疑虑。王导一到江南便苦练吴语，小有所成后，便立刻用还不太标准的吴语主动同江南人士交谈。那些江南人士听到赫赫有名的琅琊王氏竟主动用吴地方言同自己交谈，无不深深地被触动，感到了王导对他们的尊重和一片赤诚，渐渐地对王导和他极力推崇的司马睿有了好感，开始频繁交流，并且渐生爱戴之心和拥护之意。

王导不但自己和江南人士用吴语交谈，也鼓励其他北方人士学习吴语，并多用吴语同南方人交流。很显然，这样一种入乡随俗的友善表示大大消除了南北人士之间的隔阂，拉近了他们之间的关系，更重要的是取得了南方人士对司马睿等一行人的好感和支持（王导安排司马睿和众中原名士在建康城举行华丽隆重的车骑游行，以吸引南方士族侧目之事，后经多位名学者考证，确定属后人加工创作，所以笔者在此不录）。

那么，在王导、司马睿一行人渐渐在江南站稳脚跟之时，中国北方的情况又怎么样呢？

公元311年，匈奴首领刘聪遣多路大军入侵中原，先是大将石勒在苦县宁平城（今河南鹿邑）围歼晋中原主力十余万人，太尉王衍、三十六位王爷以及众多当时名士都不幸遇难。同年，匈奴另一大将刘曜又攻陷晋都城洛阳，俘虏了晋怀帝，并在京城里大肆烧杀抢掠，屠杀三万多士兵百姓。可以说，当时的中原在异族铁骑的蹂躏下，已经由中华文明的摇篮变为了满是烧杀抢掠的人间炼狱。大量汉族百姓、士族子弟为了躲避强盗的洗劫、恶魔的追杀，不得不背起行囊，携妻带子，举家南渡长江，流落江南。这一年，史称永嘉之乱。

面对源源不断南下避乱的北方老乡，冷静、沉着的王导显示出了一个成熟政治家的气度和智慧。他向司马睿提了三点建议：一、设立侨州侨县以安置大量的北方难民；二、选拔其中有威望、有才干的士子，为我所用；三、要求南下的北方大族在圈占田产时，尽量避开江南大族的势力范围，不要触及他们固有的土地利益。

后来，这三项建议被司马睿一一采纳，并成为推动东晋立国的关键性因素。第一，侨州侨县的设立使得大量北方难民在南方有了栖身之所，点燃了他们重建家园的希望，他们自然对司马睿感激拥护；另外，北方流民的涌入，为开发经济落后的江南带来了大量劳动力和先进的农业生产科技，这些都刺激了南方经济的繁荣。第二，任用大量南渡的士族子弟使得司马睿王府精英荟萃，既笼络了南渡北方士族的心，又为日后的东晋政府做好了人力资源的储备。第三，不去触及江南土著大族的固有土地利益，使得江南大族在司马睿那里，得到了尊重和利益上的安全感，所以也对司马睿、王导真心支持。

王导、司马睿能够雄踞东南半壁江山，还有另外一个关键因素——军方实力派的支持。

王导一方面在建康为司马睿立国江南做着种种内政准备，一方面又积极游说琅琊王氏的另一个重量级人物——此时正屯重兵于建康上游军事重镇扬州的堂兄王敦，劝说他与自己统一立场，支持琅琊王司马睿。结果，王敦在王导的游说下，非但旗帜鲜明地支持司马睿，还用实际的军事行动为司马睿立国江南扫清障碍。公元 311 年，王敦先是亲自率军击杀了不肯听命司马睿的江州刺史华轶；三年后，他又派大将陶侃剿灭了活跃于湖北、湖南一带以杜弢为首的四川流民军。可以说，王敦用铁和血为东晋立国做好了军事上的准备。

王导做好了内政上的准备，王敦又做好了军事上的准备，此时，司马睿立国江南可谓“万事俱备，只欠东风”了。

公元 316 年，长安被匈奴铁骑踏破，晋愍帝被俘，王氏兄弟和司马睿终于等来了“东风”。王敦作为威名显赫的大将，率先向司马睿上劝进表，支持他称帝江南。在王敦的带动下，其他拥兵在外的大将，如并州刺史刘琨、豫州刺史祖逖、幽州刺史段匹（鲜卑人）等也先后上劝进表，支持司马睿称帝。

公元 318 年，在晋怀帝、愍帝先后被俘，北方流民、南北方士族和军事实力派人物一致支持的情况下，司马睿顺理成章地在建康登上皇位，东晋正式立国。至于晋书记载的晋元帝司马睿登基时，邀请王导与他共坐龙椅，接受百官朝贺，王与马共天下一事，虽属后人加工渲染，不太可信，但至少能说明两点：一、司马睿对王导帮助他这个皇室远支子弟登上皇位而心怀感激；二、也是更重要的一点，在东晋的政治格局中，琅琊王氏居主导，皇权处弱势，司马睿不得不对王导敬重有加。

晋国初建，王与马共天下的实质是王导在京城总理内政，王敦在外总督军事。可以说，皇权在与琅琊王氏所代表的贵族特权的斗争中完全处于弱势。因为如此，司马睿继位不久，便对琅琊王氏有了鸟尽弓藏的想法。他重用寒族子弟刘隗、刁协，有什么重大决策都与他们商量，而不让王导参与，希望以此逐渐架空王导在中央的权力。

面对司马睿的鸟尽弓藏，王导虽有不满，但为了顾全大局，他还是极力掩饰，在朝廷里尽量做出若无其事、一如往常的样子。自小就骄傲蛮横的王敦就有些坐不住了，他得知王导被冷落后，立刻上书为王导喊冤，并要求讨回公道。这份奏表先是落到了王导手里，王导为了稳定全局，不想让琅琊王氏与皇室的矛盾公开化，所以就把这份奏表又退了回去。

骄横惯了的王敦哪肯就此善罢甘休，他不依不饶地又把这份奏表递了上去。果然不出王导所料，司马睿在看到这份奏表后，对琅琊王氏更有戒备疏远之心了。他命心腹刘隗、戴渊分别领重兵驻守合肥和淮阴，名义上是北上征讨匈奴人，实际上是让合肥、淮阴、建康三地驻军专门防备王敦。

司马睿启用刘隗、刁协这样的寒族人士来防范王敦这样的高等士族，无疑激怒了已经窝了一肚子火的王敦，并使司马皇族和琅琊王氏所代表的士族集团的矛盾走向公开化。

公元 322 年，王敦以“清君侧”为名，要诛杀刘隗，率军进攻东晋都城建康。

王敦起兵后，刘隗立即进言司马睿，要求以王敦叛乱为由将京城里包括王导在内的琅琊王氏子弟全部斩尽杀绝。司马睿权衡再三，最终给予了否决。司马睿没有因为王敦叛乱而将琅琊王氏灭族，笔者认为他主要有三点顾忌：一、司马睿还是顾念旧情的，不愿将昔日帮他登上皇位的恩人送上刑场；二、前方战事胜负难料，司马睿在为自己和皇室留后路，不敢把事情做得太绝；三、如果将声名显赫的琅琊王氏灭门，势必激起其他大族对他的猜疑、不满和怨恨，这样即便前线获胜，他也将失去士族的支持。

后面事态的发展证明司马睿投鼠忌器、预留后路的做法是很有预见性的。王敦大军从武昌（今武汉市）出发，运用机动灵活的战术，一路势如破竹，很快打败了刘隗、刁协等人所率领的守军，占领了东晋的都城建康。

进入建康后，除了政敌刘隗、刁协一死一逃外，王敦找王导商量如何在朝臣中重新洗牌，制定了敌对朝臣的黑名单，并根据这份名单诛杀了戴渊这样久负名望的大臣。然后，王敦又在朝廷内外广树亲信，不但加封自己为丞相兼江州牧，并进爵武昌郡公，还将许多琅琊王氏子弟一一安排要职。而司马睿这个由琅琊王氏一手捧上皇位的皇帝也彻底沦为琅琊王氏的提线木偶，没过几个月，司马睿便忧愤而死。

毫不夸张地说，此时的琅琊王氏爬上了其家族政治命运的巅峰，而王敦、王导兄弟此时的权势、威望，比起当年司马师、司马昭兄弟也是有过之而无不及。实际上，王敦也确实有司马昭之心。司马睿死后，王敦忌惮太子司马绍贤明，提议改立一个更易受控制的皇室子弟为帝，为自己日后称帝做准备。

显然，从琅琊王氏再高升一步的角度出发，王敦的提议是有道理的，但这次，王导却极力反对，并用自己在朝中和家族内的影响力使王敦这个提议胎死腹中。那王导为什么要阻止王敦改立新皇呢？主要有以下三点原因：

一、一手策划建立东晋的王导是晋皇室的大忠臣，对司马氏忠心耿耿，力阻王敦改立新皇，是恪守臣节。

二、东晋王与马共天下的政治格局，不仅在于贵族特权对皇权的牵制，也在于各个贵族之间的互相牵制。王敦第一次发兵进攻建康能得到大多数士族的支持，是因为他们同样不满意司马睿为加强皇权而打压贵族特权。而这次，如果琅琊王氏要再高升一步成为皇室，势必打破目前贵族间的权力平衡，激起其他大族的强烈反对，并有可能让他们与司马氏站在一起反对琅琊王氏。换句话说，肯定会有其他大族的联手反对，琅琊王氏想要改朝换代的风险系数依旧不低，这是王导不能不考虑的。

三、最后一点也是最重要的一点，琅琊王氏根本没有必要改朝换代。在士族社会中，相比皇室的高处不胜寒，琅琊王氏的位置好太多了。东晋南朝的历史发展也恰好证明了这一点。从东晋到南朝宋、齐、梁、陈，一个朝代、一个皇室，长不过一百零三年，短则只有二十三年，无论朝代如何变化，琅琊王氏最高等贵族的社会地位却始终不变，王氏子弟在东晋南朝近三百年的时间里始终能钟鼎玉食，享尽人间繁华。可以说，在魏晋南北朝，王氏的血统绝对比任何一个皇室都要高贵。以至于在王导去世两百多年后，一代枭雄宇文泰在面对身为俘虏的王褒和王克时，竟冒认他们为舅舅，还煽情地说道："我就是琅琊王氏的外甥，你们都是我的舅舅，请看在亲戚的情面上，不要再怀念家乡了。"实际上宇文泰出身低微，他的母亲根本不可能是琅琊王氏的女子。他之所以要冒认俘虏为舅舅，就是想借琅琊王氏的招牌来抬高自己的出身。从中我们可以清楚地看出琅琊王氏在当时人心目中的高贵程度，连叱咤风云的英雄人物也要沾他们的光。相信王导对这样的历史发展是有预见性的，所以，为了家族的长远利益，他反对王敦进一步的篡位行动。

也正因为上述原因，当两年后王敦又一次率军攻向建康意图篡位之时，王导旗帜鲜明地倒向晋明帝司马绍一边，并代表琅琊王氏与王敦彻底决裂，划清了界限。

王敦这一次率军进攻建康，也没了上一次的运气，先是自己重病卧床，不能亲自上阵指挥，后来帐下大将又接二连三地战败。重病在身，加上不断的战败消息，王敦终于没能实现他篡位的野心，含恨而死。王敦的军队因此士气大挫，很快被忠于皇室的东晋军队剿灭。

王敦之乱平定后，晋明帝司马绍非但没有怪罪王导，反而因为王导坚定支持自己的立场，加封王导为太保，并晋爵始兴郡公。王导同琅琊王氏并没有因为王敦叛乱失败而遭到大的损失，王导仍旧官居宰辅，琅琊王氏也仍旧是第一豪门。

晋明帝司马绍年轻英武，睿智果断，很想大干一番事业，但无奈天不假年，在平定王敦叛乱一年后，年仅二十七岁的司马绍也一样与世长辞了。

晋明帝死后，晋成帝司马衍继位，王导受遗诏辅政。虽然后来颍川庾氏的庾亮、浔阳陶氏的陶侃都有心挑战王导和琅琊王氏的地位，并且在实际利益上也与王导所代表的琅琊王氏存在冲突，但无论是国舅爷庾亮还是强兵在握的名将陶侃，都不敢公开同王导和琅琊王氏起冲突。笔者认为这主要是由于以下三点原因：

一、王导“镇之以静，群情自安”的执政理念。王导对下属的南、北士族子弟非常宽容，这样一种管理理念无疑有利于下属的士族子弟使用各种手段攫取大量经济利益，满足了士族阶层的利益需求，所以大多数士族子弟都支持王导。

二、王导居中，能够调解各方面的矛盾。王导性情宽和，善于忍让，他居京城掌管朝政，虽然限制了颍川庾氏、浔阳陶氏等大族的利益，但至少各大家族包括皇室都有稳定的利益，大家可以大体维持和睦共处。如果王导和琅琊王氏被斗垮了，势必打破当时相对平衡的政治格局，各大家族包括皇室势必会为了权力的重新分配斗个你死我活。然而，在这样血雨腥风的权力斗争中，谁又能保证拼杀来的权势一定比原来的多呢？谁又能保证自己和自己的家族不会覆灭呢？从某种程度上讲，这是庾亮、陶侃等人不敢轻举妄动的根本原因。

三、颍川庾氏、浔阳陶氏，他们同琅琊王氏的根本利益是一致的。在中国历史上，东晋王朝是贵族阶层的黄金时代。贵族享有超越皇权的力量，他们的利益已经得到了最大化。所以，对庾亮、陶侃而言，最根本的问题是如何维系东晋王朝及其权力结构。与之相比，贵族之间的权益矛盾无疑是次要的。

八王之乱紧接永嘉之乱，汉族政权在中原地区的统治先因自相残杀而遍体鳞伤，后因异族铁骑而荡然无存。值此国家、民族生死存亡之际，王导凭借高贵的出身、宏远的政治远见、开阔的胸怀和卓越的政治协调能力，挽狂澜于既倒，在江南重建汉族江山，重树衣冠文明。无论是东晋王朝这个国家机器，还是王与马共天下这个权力体系，能够大致满足各方面需要，协调各方面矛盾的王导都是最重要、最核心的部件。

纵观王导一生，他在国家、民族危难之际，力挽狂澜，建国于江左，为汉族政权保住了东南半壁江山；他缔造了贵族和皇族共享权力的政治格局，有效地限制了皇权，使政治决策由皇帝一人的决断扩大为贵族一群人的决断，相对扩大了政治决策的民主程度。他就如同元老院的长老，一直致力于调解各个利益集团的矛盾，使东晋王朝这个国家机器始终能有效运转，不至于分崩离析。他将琅琊王氏带上了家族命运的巅峰，为日后琅琊王氏的持续高贵定下了基调。

第二十三章

南朝最弱王朝——陈朝

如果要给魏晋南北朝出现过的所有政权搞个评选，不管评什么，总是公说公有理，婆说婆有理。但若要评选魏晋南北朝中最弱的南方政权，陈朝是基本没有异议的。

南朝四个政权里，陈朝是最后一个王朝，它的国土面积最小，人口最少，国力最弱。之前的宋、齐、梁三朝，虽然也都属偏安，但总算还有几次荡气回肠的北伐，轮到陈朝基本就是被动挨打了。别说收复河山，不让人家跨过长江来收它就算阿弥陀佛了。到了王朝的末世，又出了一个“留名青史”的亡国之君陈后主。此君基本算是后世李后主、宋徽宗之流的模范先驱。国破家亡的命运最后也没躲过去，而且比前面的宋、齐、梁三朝都惨，人家的亡国都是改朝换代，最惨也不过是丢点儿国土。轮到陈朝，大好的河山让北方打包全收了。公元 588 年，取代北周自立的隋文帝大举北征，一举攻灭偏安南方的南陈政权，中国历经西晋末年开始的三百年分裂后，终于重归一统。在这个历史性的时代里，陈朝末帝君主陈叔宝及其君臣们更以其荒淫的表现、自毁长城的做派，为中国的统一大业做出了“特殊贡献”。

如此王朝，不说最弱似乎是说不过去的。

但当我们翻开煌煌史册，却又惊讶地看到了另一个陈朝：它的开国皇帝陈武帝陈霸先，在之后的几千年里一直为历代英雄敬仰，就连开创贞观盛世，平生自视甚高的唐太宗李世民，也赞颂他“中兴江南，荡跌乱世，不世之功”。后来同样偏安江南的南宋王朝里，有志收复北方河山的仁人志士们也同样视他为偶像。按照一般王朝的剧本，但凡王朝灭亡，其帝王也大多会慢慢被人遗忘，可是陈朝为数不多的几代皇帝——陈武帝、陈宣帝、陈文帝等人，却在民间被敬奉为神。百姓为他们修建的祠堂宗庙不但未因陈朝的灭亡而消失，反而在整个封建时代都香火不绝。这份殊荣，别说是北朝诸如高欢、宇文泰们这些英主享受不到，就是盛唐的仁君们也很难获得。最弱的陈朝虽然灭亡得干脆利落，却成了百姓们一种特殊的纪念。

这个在正史中最弱、亡得最惨，却赞誉颇多、纪念颇重的陈朝，究竟是怎样一个模样？无论是英雄辈出，还是积贫积弱，陈朝的一个事实是后来史家所公认的：比起之前的宋、齐、梁三朝来，陈朝面对的是一片烂摊子，陈朝的开国皇帝是南朝四位开国皇帝里最不容易的。

比一比陈朝之前的三个南方政权，这个事实就很清楚了。刘宋开国虽然建立在荡平东晋晚期内乱的基础上，但持续的农民暴动打击的多是当地世家大族，军阀的叛乱多属窝里斗，且持续时间较短。虽然大批世家在暴乱里覆灭，但国家的人口和经济受伤害并不大，整个南方经济还处于勃勃上升之势。所以才有了刘宋建国早期横扫北方的威猛与元嘉之治的繁荣中兴。刘宋与萧齐两个政权，全因晚期末帝的昏庸暴虐而亡国，夺权的萧齐与萧梁全是凭着发动兵变，经过小规模的流血冲突完成了政权的平稳过渡，国民经济在此期间也并未受损。萧齐的开国皇帝萧道成以及萧梁的开国皇帝萧衍，都是继承了前人巨额财产的暴发户。可轮到陈朝，暴发户肯定是做不成了。陈朝建国之前，江南经历了一场自晋室南渡以来最惨烈的暴乱——侯景之乱。梁武帝晚年错纳北朝叛将侯景投降，此人野心勃勃，借梁朝宗室内斗机会发动叛乱。此时梁朝虽然表面承平，但内部矛盾深重，宗室诸王明争暗斗，遭世家大族压制的寒门想翻身，巨大的贫富差距早在民间埋下了怒火。侯景一乱，等于点燃了一个火药桶，使承平近半世纪的梁朝终于覆灭。占据江南的侯景全无政治远略，他带来的骄兵悍将们只知杀戮破坏，繁荣的江南大地一下子赤野千里，这样的局面无疑是最危险的时候。

就在这最危险的时候，陈朝建国了。

一

说陈朝的建国，无疑要说到陈朝的开国皇帝陈武帝陈霸先，在中国古代历史上的开国皇帝里，陈霸先的成就貌似不大，但后世许多功业远远超越他的英主，包括那些完成一统天下伟业的帝王皆奉他为楷模。而观他一生的作为，得此尊崇是毫不过分的。

和之前宋、齐、梁的三代开国皇帝一样，陈霸先同样是寒门出身，比起刘裕、萧道成、萧衍，他的称帝之路更不容易，之后的建国之路也更艰辛。

说起陈霸先的家世，往上一直追溯，直到东汉，才出了一个做官的——太丘县令陈寔。陈霸先出生在浙江长兴县，出生的时候，他的家族在当地已有十代，是当地大户，但在门阀当道的南北朝，其身份依旧“寒”得可以。寒门出身的陈霸先自然难获太多机会，以其家族身份，至多只能得到些小公务员的职务。陈霸先起先做过当地的里司（《水浒传》里晁盖做过的工作），还做过管油库的小吏。他本人也是个低调扎实的人，平时话不多，每一样工作都干得兢兢业业，在当地是个出了名的老实人。就算是门阀当道的年头，老实人也不吃亏，工作成绩突出的陈霸先虽然没有被提拔起来，却得到了一个很有前途的工作——给梁武帝的侄子萧映当传令兵。萧映是当时梁朝宗室里的青年才俊，爵位是新喻侯。对当时的寒门来说，给这样的人打杂算是攀了高枝。老实做人的陈霸先很快得到了萧映的赏识，后来萧映调任广州刺史，陈霸先跟随赴任，官升中直兵参军，成了手握兵马的武将。在当时的寒门子弟里，混到这一步是很不容易的。

可去了广州才知道，得到这个官不容易，当这个官更不容易。当时的广州不像现在这般繁华，还属蛮荒之地，当地各民族杂居，暴乱冲突极多。但对陈霸先来说，这是一个机会。有仗打，才有功劳拿，和平年代一辈子碰不到的功劳在广州期间全碰到了。跟随萧映到广东的陈霸先，先受命平息了当地几场小规模的暴乱冲突。他还很低调，比如别人打仗，都是尽可能地多杀人、多立功，他却是能不打就不打。无论是当地的士兵造反还是各族部落起事，他都坚持和为贵，能说服教育就说服教育，能和平解决问题就和平解决，他公正处理当地乡民的各种纠纷，不搞歧视，经常兵不血刃地化解冲突。对一些生产落后的少数民族地区，他还主动派兵兴修水利，发放稻种，在当地搞起了扶贫。这使他很快在当地百姓中有了威望。后来他统率广东兵马北上勤王，挽救危局，两广各族百姓一呼百应，群起声援，其群众基础就是这时候打下来的。

民望日高的同时，陈霸先的官运也好得很。在广东的这些年里，他很少争功，每次立了功，多都把功劳分给有世家大族背景的同僚。如此能干活又低调的好干部，萧映自然喜欢，他的官位也节节攀升，先做西江都护，后来又成了高要太守。到了公元544年，广州爆发兵乱，将萧映包围在城中，消息传出后，两广各地驻军阳奉阴违，谁都不敢出头救援。堂堂广州刺史萧映成了光杆儿司令，缩在广州府衙里等死。就在这关键时刻，陈霸先来了，他以三千兵力出其不意地发起进攻，成功打垮了广州叛军，救了连遗书都写好了的萧映。在最危险的时间出现在最危险的地点，担当最危险的责任，解决最危险的问题，这是陈霸先人生里的第一次，也是他一辈子都在做的事。

广州解围后，满怀感激的萧映在奏折里大赞了陈霸先的功劳。远在建康拜佛的梁武帝也第一次知道了广东还有这样一位老实人。两广平乱的捷报送到后，梁武帝特意派画师到岭南，画下陈霸先的画像带回建康。此后不久，陈霸先的老领导萧映染病身亡。陈霸先闻讯后大为悲痛，悲痛完了就主动要求护送萧映的灵柩回故里。此后他不辞劳苦，从广州一路护送萧映尸骸回建康。如此忠诚，也引得梁朝上下嗟叹不已。

此后，陈霸先获得了他人生里的一个重要职务——交州司马。南北朝时期的交州在今天的广西地区，这个职务相当于当地的总司令。寒门出身的陈霸先成了梁朝晚期的一个封疆大吏。这次任命让他拥有了一支精锐的军队和归他管辖的地盘。但天上没有白掉的馅儿饼，如果说两广是南朝的“老少边穷”，那么交州就是这里最穷、最乱的地方。陈霸先到任后当地就发生了叛乱，从公元 545 年开始，陈霸先一直忙着在当地平叛，一直到公元 548 年，在他和为贵的方式下，当地的叛乱终于全数平息，他后来打天下的两大部将周文育和杜僧明也是这时期招降来的。可也就是在这一年，北方发生了大暴乱，梁武帝招降的北齐叛将侯景悍然起兵造反，江南大地陷入一片战火中。

暴乱消息传来后，陈霸先依然很老实，他首先想的就是北上勤王。可这时的梁朝树倒猢狲散，两广当地掌握兵权的军阀们个个都拥兵观望，甚至还有人图谋自立，将两广地区从南朝版图分裂出去。最老实的陈霸先和他们比起来，实力弱得多。但陈霸先不惧，他先派人联络梁朝湘东王萧逸，取得了朝廷的北伐授权。在萧逸的支持下，陈霸先打败了图谋割据自立的广州刺史元景通，逼他自杀。而后又或打或拉，以广东韶关为基地平定四方，各路阻挠北伐的军阀们被他相继灭掉。之所以这么顺利，除了陈霸先本人的才略以及朝廷授予的讨伐叛逆的权限外，更依赖陈霸先本人的群众基础。凭借多年来在两广积攒下的威望，他的军队所到之处，百姓纷纷归附，甚至敌对军阀内部也有军队倒戈投诚。到公元 551 年，陈霸先终于平定了两广各地的反对势力。此时的江南大地已经成了乱兵肆虐的人间地狱。侯景杀死梁武帝、攻克建康后，立梁朝宗室萧纲为傀儡皇帝，自任丞相把持大权，但他毫无建国之意，只是放纵乱兵在江南大肆掳掠屠杀。而后他南下攻掠浙江等地，打败各地的勤王军队，一路屠城无数，甚至掳掠江南人口贩卖到北方。整个江南大地一片战乱，繁华的江南文明已然到了摧毁殆尽的边缘。

在梁朝各路宗室军阀经过一次次劳而无功的勤王和丢盔卸甲的兵败后，真正的拯救者来了。

公元 551 年，陈霸先集中三万两广军队誓师北进。他的军队主要由世居在两广的客家汉人组成，常年跟随他南征北战，是富有作战经验的精锐部队。远在江南的侯景越发嚣张，连傀儡皇帝萧纲也被他杀死，他自己称帝，改国号为汉。公元 552 年正月，陈霸先从江西南昌东进，路上与另一路勤王大军王僧辩部会师。陈霸先把自己从广东带来的粮食全数分给了缺粮的王僧辩部，两军团结一致，经过三个月苦战，终于兵临侯景的老窝建康城下。决战打响了，侯景集中了自己数万精锐骑兵发动反扑，这是一支长久以来横扫南北的精锐骑兵，各路勤王军皆不敢战，但陈霸先敢，当下命令广东军结阵硬顶。惨烈的战斗从早晨打到下午，陈霸先先后八次击退侯景的反扑，将侯景死死地按在建康城下。骄横的侯景终于崩溃，决死一搏，带着八百亲兵向陈霸先猛冲。结果这些亲兵被两广兵的弩箭尽数射成了刺猬，侯景本人拼死捡回来一条命，之后逃到松江，被当地梁朝军队杀死。这场毁灭梁朝、荼毒江南大地数年的侯景之乱至此彻底平定。

侯景之乱平定后，名义上的勤王军统帅萧逸即位，史称梁元帝，居功至伟的陈霸先奉命镇守江苏镇江。但南朝的危机并未过去，北方的西魏与北齐趁火打劫，纷纷吞并梁朝国土。尤其是公元554年，西魏突袭江陵，不但大肆劫掠，更杀掉了梁元帝萧逸。虽然不久后被击退，但梁朝最高权力的位子一下子空了。身为统军大将，陈霸先与老战友王僧辩商定，立梁武帝九子萧方智为帝。但这时候，北齐又来趁火打劫了。北齐送回了早年被其拘押的梁朝宗室萧渊明，并要求梁朝立其为帝，其算盘昭然若揭——立一个受自己摆布的傀儡皇帝，得到南朝大地自然如探囊取物。

这样的算盘，明眼人一看就知道意味着什么。且不说萧渊明是个拿北齐当干爹的傀儡废物，就说这个北齐，此时正是著名的暴君高洋在位，他治下的北齐百姓早就苦不堪言，由他来完成统一大业，等待南朝百姓的必然是一场比侯景之乱还要惨烈数倍的兵灾。此时执掌大权的是王僧辩，他坚决主张立萧渊明为帝，整个南朝的命运也就走到了一个十字路口上——听王僧辩的，就要接回一个傀儡皇帝，最后大家一起做亡国奴；不听王僧辩的，那就只能造反了。

国家命运面前，老实了一辈子的陈霸先终于不老实了：兵变！奇袭建康、杀王僧辩父子、废黜萧渊明、重立萧方智为帝，整个过程做得干净利索，陈霸先独掌大权，已然是第一权臣。王僧辩的部将杜龛率北齐军入侵，强敌压境下，陈霸先巧使谈判计，打打停停。瓜步一战中，众将同仇敌忾，大破北齐精锐部队，北齐数万人被杀，十数名大将战死，陈霸先终于打退了最强大的对手。然后是广东萧勃、长沙王琳，在经过了一系列讨伐以后，江南终于归于平静了。

公元557年，陈霸先废黜萧方智，登基称帝，建立陈朝。登基之后，他兢兢业业，外抗强敌，内整民力，大量的广东兵民迁移到江南地区补充人口、恢复生产。他力量最弱，却是一个很有理想的人，早在平定侯景之乱时，他就欲出兵江陵，收复失地。称帝之后，他也一直把统一南北当作目标，他以正统自居，经常叮嘱臣下“勿忘北方山河”。他在位的时间不长，只有两年，但这却是南朝政权最关键的两年，公元559年，征战一生的陈霸先与世长辞。两年间，江南经济得到恢复，实力得到增强，抗击了北齐政权一次次南下入侵。最危险的时候，是陈霸先带着南朝军民一起走过来的。

二

陈霸先过世后，他的事业并没有因为他的离开而终止，此后相继登基的陈文帝和陈宣帝都是陈朝历史上的英主。这段时期也是南北朝晚期又一个难得的中兴——文宣中兴。

陈霸先过世后，登基的是他的侄儿临川王陈蒨。陈蒨和陈霸先一样，也是临危受命。

陈霸先过世时，陈朝的内外局势依然非常凶险。当时，陈霸先的儿子陈昌在和西魏的战斗中被俘，一直被扣押在长安。为了抵御北朝的军事威胁，陈朝的大将也大多拥兵在外，一旦接班人悬而不决，兵变和敌人入侵都是很可能发生的。所以陈霸先死的时候，陈朝秘不发丧，密令陈蒨入京，在侯安都、蔡景力等重臣的推举下登基。陈霸先的遗孀章皇后不同意侄子接班，陈蒨本人也觉得资历不够，几番推辞。大将侯安都急了，当场抄家伙面见章皇后，逼着章皇后下了懿旨。陈蒨最终迅速登基，这就是陈朝历史上的第二个皇帝陈文帝。这个侯安都是陈霸先的亲信部将，侯景作乱时代开始跟随陈霸先，多年以来立功无数，绝不是有勇无谋的粗鲁之辈，反而很有政治眼光。王僧辩欲迎立萧渊明时，也是他力劝陈霸先起事，才坚定了陈霸先的决心，否则也就没有后来的陈朝了。这一次他拥立陈蒨，同样因为他有眼光：在陈家的宗室中，陈蒨是唯一一个有能力继承陈霸先大业的人。从平定两广开始，陈蒨就是陈霸先的得力助手，南征北战多年，见过大阵仗，既有政治经验，也有谋略，正是百废待兴的陈朝唯一需要的皇帝。

事实证明陈朝臣将们的选择没有错，陈蒨登基后，主要还是以经济建设为中心，他继续陈霸先时代的移民政策，迁移两广人口到江南的同时实行屯田制，劝课农桑，兴修水利。他在位期间，江南的人口和经济继续发展起来。对外战争方面，陈蒨也不含糊。陈霸先时代没有彻底剿灭的军阀王琳趁陈蒨登基再次起事，反被陈蒨在芜湖一通猛打，全军覆没。公元561年，他又打败了北齐的南征大军，大涨了陈朝的国威。

陈蒨在位的时候，也遇到了他叔叔陈霸先遇到的问题。这时西魏使坏，故意在陈蒨登基后放回了被其扣押的陈霸先亲子陈昌，企图挑拨陈朝内斗。陈昌也很配合，在回陈朝的路上，就写信大骂堂兄陈蒨夺位。起初陈蒨几度安抚，一路上又送礼又封侯，但陈昌就是不买账。陈蒨故意当着侯安都等重臣的面长吁短叹，假装说要把皇位让给陈昌，自己找地方养老。百官们哪肯答应，当下万众一心：干掉这个不知好歹的陈昌。大将侯安都假意护送陈昌回建康，路上发动突袭，把陈昌五花大绑扔进长江里喂鱼。初登基的陈蒨小施手段，就除掉了这个帝位的最大威胁。事后他先假装宣告全国，说陈昌路上溺水身亡，大办丧事，痛哭流涕，好一派兄弟情深的模样。接着他又厚道了一把，不惜割让大片江淮国土，从西魏手里赎回了同样被扣押的亲弟弟陈顼。

但厚道的陈蒨，最后却没有放过对他登基有大功的侯安都，当然这也是侯安都自己惹的祸。在平定王琳之后，侯安都成了陈朝的征南大将军，俨然是朝廷里“一人之下，万人之上”的人物。他也越发不拿陈蒨当干部，总觉得这个新君软弱可欺，不但自己招揽了许多文臣武将，甚至在陈蒨整顿吏治的时候顶风作案，包庇和自己有瓜葛的贪官污吏。有一次，陈蒨在宫中举行宴会，侯安都喝高了，竟然躺在陈蒨的御座上高声呼喝，政治影响坏到了极点。如此嚣张跋扈的人物，当然不能不除。对侯安都，陈蒨也很隐忍，每次侯安都嚣张，陈蒨都好言抚慰。公元 563 年，陈蒨假装召侯安都全家入宫赴宴，席间酒过三巡，突然翻脸宣布侯安都罪状，把他全家当场逮捕。之后侯安都被赐死，但家族并未被株连，陈朝最大的权臣就这样以迅雷不及掩耳的速度被陈蒨除掉了。

纵观陈蒨在位的表现，主要套路就是先示弱，装无能，趁对手麻痹的时候突然发动致命一击，可谓心计深重。凭其心计，他除掉了与他争位的堂兄陈昌，杀掉对他有拥立大功的侯安都，击败了北齐的进攻，剿灭了王琳的叛乱。但他也曾下诏全国节俭，立法打击权贵奢靡，惩办贪官污吏。他自己也恭行节俭，缩减开支，并且友爱自己的宗室兄弟，不惜割国土换亲弟弟。他在位时期，陈朝日益强盛，经济日益复苏，百姓安居乐业。虽然后世对他的行为褒贬不一，但他确实是一位振兴社稷的好皇帝。

公元 566 年，四十四岁的陈蒨驾崩，其子陈伯宗即位。三年前他杀了侯安都，这时也遭到了报应。侯安都虽然跋扈，但对陈朝却忠心耿耿，并无反叛之心。何况他的存在本身就是牵制陈朝宗室的力量，他的死让陈朝政权一下子失去平衡。侯安都死后，陈蒨最信任的人就是他的弟弟陈顼，在临终前还遗命陈顼辅政。但他万万没想到，看起来对他忠心耿耿的好弟弟陈顼会在他死后反咬一口。陈伯宗登基后，执掌大权的陈顼很快开始排除异己，以太傅的名义把持大权。在除掉尚书仆射列仲举、中书舍人刘师知等政敌后，他独断专行，把陈伯宗彻底架空，并最终在公元 570 年废黜陈伯宗，自立为帝，这就是历史上的陈宣帝。

从封建伦理纲常上说，陈顼的篡位自然是令人不齿的，但事实证明，他是一个远强于其侄的好皇帝。他在位时期，陈朝也到达了政权的黄金时期。文治方面，他萧规曹随，继续进行恢复生产的工作。他积极发展农业，两广产量比较高的新稻种也在这时候被大量引入江南。他修缮了因战乱而损毁的江南各处水利工程，还多次勒令世家大族释放奴婢，给那些恢复了自由身的奴婢们划分土地，增加国家的自耕农数量。陈朝的经济实力也在这时候大幅度增长。

军事方面，陈顼的对外武功达到了陈朝的顶点。他也确实赶上了难得的好时候，这时的北齐正是荒唐天子高炜在位时期，高炜残忍好杀不说，整日耽于淫乐，不理国事，先前强大一时的北齐，实力迅速衰弱。一直进行汉化改革的西魏此时已经被宇文家族的北周所取代，北周政权忙着平稳过渡，一时无力南进，这正是陈朝对外扩张的好时候。

陈顼也抓住了这个机会，公元 573 年，大将吴明彻统军，发动了意在收复淮河流域失地的淮南之战。战斗进行得出奇顺利，陈军势如破竹，连续攻克江苏六合、安徽合县等多个失地。尤其是在六合之战中，陈朝猛将萧摩柯击败了北魏猛将长孙宏略，斩杀其麾下精锐十多万人。这支军队是北齐最精锐的六镇骑兵，经此一败，北齐元气已然大伤。这时的北齐，已经处于其王朝的末期，常年倒行逆施早激得国内反抗连连，无论是底层的百姓，还是山东、河北的世家大族，都已经发动过多次反抗北齐高家王朝的暴动。外部方面，强大起来的北周连续在北齐的西线进攻，并和陈朝约定“中分天下”。到了公元 573 年十月，陈朝在寿阳之战中击败了北齐主力军队，一举攻克寿阳，并俘虏了常年和陈朝作对的梁朝叛将王琳。至此，整个淮南之战里，陈朝已经攻克北齐数十座城市，斩杀北齐精锐部队十几万人，可谓大获全胜，淮河以南的领土，尽数落在了陈朝手里。

陈朝的这次淮南之战看似开疆拓土无数，其实在战略上却犯了大错。淮南告捷后，陈朝许多大臣，包括尽知北齐虚实的前线将领吴明彻、萧摩柯等人，都主张乘胜追击，抢在北周之前灭亡北齐。这时的北齐，实力衰弱不说，政治上更是众叛亲离，陈朝进军顺利，也和北齐统治区百姓的支持分不开。但陈顼无远略，之前南朝历次北伐在初战告捷后往往会失败，所以陈顼这次决定见好就收，他在整个淮南收复后随即下令停止进兵，在淮南驻军防御，失去了抢先攻灭北齐的最好机会。结果，北齐西面的北周趁机对北齐发动了猛攻。彼时在位的北周武帝一举拿下北齐，完成了中国北方的统一。这时的陈顼才突然间回过味来，开始想着统一北方了。可灭掉北齐后的北周已经在力量上形成了对陈朝的绝对优势，公元 577 年，陈顼派吴明彻再次出兵攻打北周控制的彭城，这次却碰上了硬茬子，先前连战连捷的陈军被打得大溃，吴明彻本人以及四万多人被俘，陈军生还者只有几千人。之后北周乘胜追击，先前陈朝将士辛辛苦苦收复的淮南失地全被北周夺了去。如果不是北周武帝英年早逝，陈朝的亡国只怕要提前了。

北周武帝的死让陈朝躲过了一次灭顶之灾，此后的北周陷入宗室内斗中，并最终由杨坚建立的隋朝取而代之。陈宣帝于公元 582 年过世。他在位的十四年，是陈朝国家安定、政治清明、经济发展的十四年，虽有淮南之地的得而复失和对北周的大败，历代史家依然把他在位的这段时期叫作中兴。

可陈朝灭亡的祸根，也是他在位时候种下的。这是整个南北朝命运的十字路口，在北齐衰弱的情况下，如果南陈政权能够抓住机遇，夺取北齐的领土甚至抢先灭亡北齐，那尚能够形成对北周的抗衡，但陈顼关键时刻的见好就收等于帮了北周的忙，北朝政权对南朝的绝对优势就此形成，北方统一南方的大势也就不可逆转了。

三

陈宣帝的去世意味着著名的文宣中兴的结束。南陈被统一只是一个时间问题，陈顼长子陈叔宝的即位更把这个被统一的时间表提前了。

客观上说，陈顼去世后，即使即位的是一个有为英主，陈朝的灭亡也已经不可挽回。这时的隋朝已经拥有了整个北方外加西南的领土，正统的陈朝只是偏安东南一隅，四面都被包围。而且之前的几个朝代，南朝对抗北朝的最大依靠就是其经济优势，但陈朝时期，虽然南方经济经过几代经营大大恢复，可北方在宇文家族全盘汉化改革后，经济恢复得非常迅速，经济总量和战争支持能力早就压过了南朝，汉人杨坚的登基夺权更消弭了南北方的民族界限。陈叔宝登基后，陈朝的迅速腐化也让陈朝失去了人心。这时的隋朝在杨坚的经营下，政治上日益清明，经济上大行均田制，大批南方农民纷纷逃亡北方。陈朝的灭亡已经是大势所趋，加上陈叔宝的胡闹，更是回天乏力。

陈叔宝历史上被称为陈后主，是出了名的昏君。有关他的恶行，比如宠信后妃、不理朝政、奢靡腐化、排斥忠良，史家都有记录，但他最大的错误却是忘战。在陈朝如此严峻的形势下，陈叔宝却大行文治，重文轻武。

此时陈朝士族阶层正走向崩溃，寒门大臣纷纷崛起，陈叔宝信的只是其中的文人。他最大的爱好就是每天和一帮文人、美人吟诗作乐。同时，他大反历代陈朝皇帝的勤俭之风，大兴土木，奢侈享乐。上行下效，整个国家的行政体系迅速腐化下去。要奢侈就要钱，他之前的陈朝本来是以赋税低著称的，到了他这时候，却是挖地三尺地搜刮百姓。比如在收税方面，不问士庶，一律交税，原本有免税特权的军人也不例外。陈朝之前能保持的强大军力，全赖国家对军队的优惠政策，这样一来，大批军队纷纷叛逃，陈朝的柱石一下子就垮了。横征暴敛让大批百姓北渡，隋朝统一中国则是万事俱备，只欠东风了。

公元588年，“东风”到了，隋文帝下令南征，列举了陈后主二十条罪状，然后以五十万大军发动全面进攻。整场战斗几乎兵不血刃，隋军迅速渡过长江拿下建康，陈后主带着妃子躲到井里，被隋朝士兵搜了出来，这是公元589年二月的事。中国在经历了近四百年分裂之后，从此重归一统。

被统一的陈朝，也因为这最后的不光彩，素来为史家所轻视。其实从整个历史的发展来看，陈朝也同样有重要意义。陈朝时期，南中国的割据军阀势力被一一扫平，尤其是陈霸先，本身就发家于岭南，所以陈朝时代对两广乃至中国南海诸岛的经营都深深影响到了后世。以陈朝时期的海南岛为例，汉人大规模南渡，开发海南岛，把隋朝统一国家的条件提前准备好了。另一个被忽略的就是陈朝灭亡后的中国GDP，隋朝统一中国后，中国的人口第一次突破了九百万，联系到陈朝数代帝王在恢复经济上的努力，这个军功章着实应有陈朝一半。